封寒

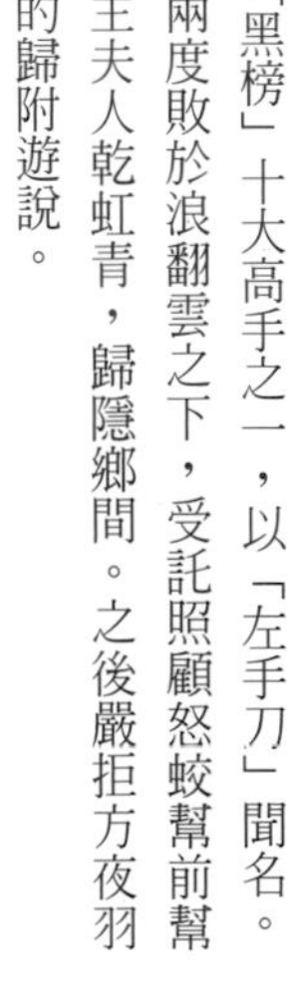

「黑榜」十大高手之一，以「左手刀」聞名。兩度敗於浪翻雲之下，受託照顧怒蛟幫前幫主夫人乾虹青，歸隱鄉間。之後嚴拒方夜羽的歸附遊說。

秦夢瑤

慈航靜齋百年首次踏足江湖的傳人。憑其地位及武功，消弭了明室覆亡之危。

白芳華

天命教女，潛藏於鬼王府，暗地裡執行顛覆明室的計畫。

戚長征

怒蛟幫後起之秀，得浪翻雲首肯闖蕩江湖，武功精進。機緣中拜乾羅為義父，得封寒刀藝眞傳。

谷倩蓮

雙修府使女，機靈善辯。對風行烈情有獨鍾，終使風行烈與雙修府合力復國。

甄素善

花刺子模美女，精通武略，與方夜羽有政治婚約。懂得權衡情勢，保留實力。

《覆雨翻雲》主要人物

繪圖◎李澤寧

方夜羽

龐斑首席愛徒，蒙族後人，俊秀智謀，有「小魔師」之稱，統領眾多高手，策反併侵中原武林。以反明復元爲志。

韓柏

秉性善良純眞，因緣際會習得種魔大法，獲得赤尊信高深武功。豔遇頻頻，與「黑榜」高手獨行盜范良極結識爲忘年好友。

浪翻雲

怒蛟幫首席高手，以「覆雨劍」敗走乾羅，和於赤尊信，躍登「黑榜」榜首，是無敵宗主「魔師」龐斑一統天下的最大障礙。

風行烈

盡得厲若海眞傳，善使長槍，曾因爲龐斑修練種魔大法之爐鼎而武功盡廢，後因緣際會，與戚長征、韓柏並列新一代三大高手。

虛夜月

鬼王之女，刁蠻任性，武藝高強。

龐 斑

名號魔師，魔門古今第一人，武功深不可測，人人畏懼。和慈航靜齋有段因緣，退隱江湖二十年，習得道心種魔大法，最後與浪翻雲決鬥於攔江。

覆雨翻雲
黃易
作品集
卷一
【修訂版】

【目錄】

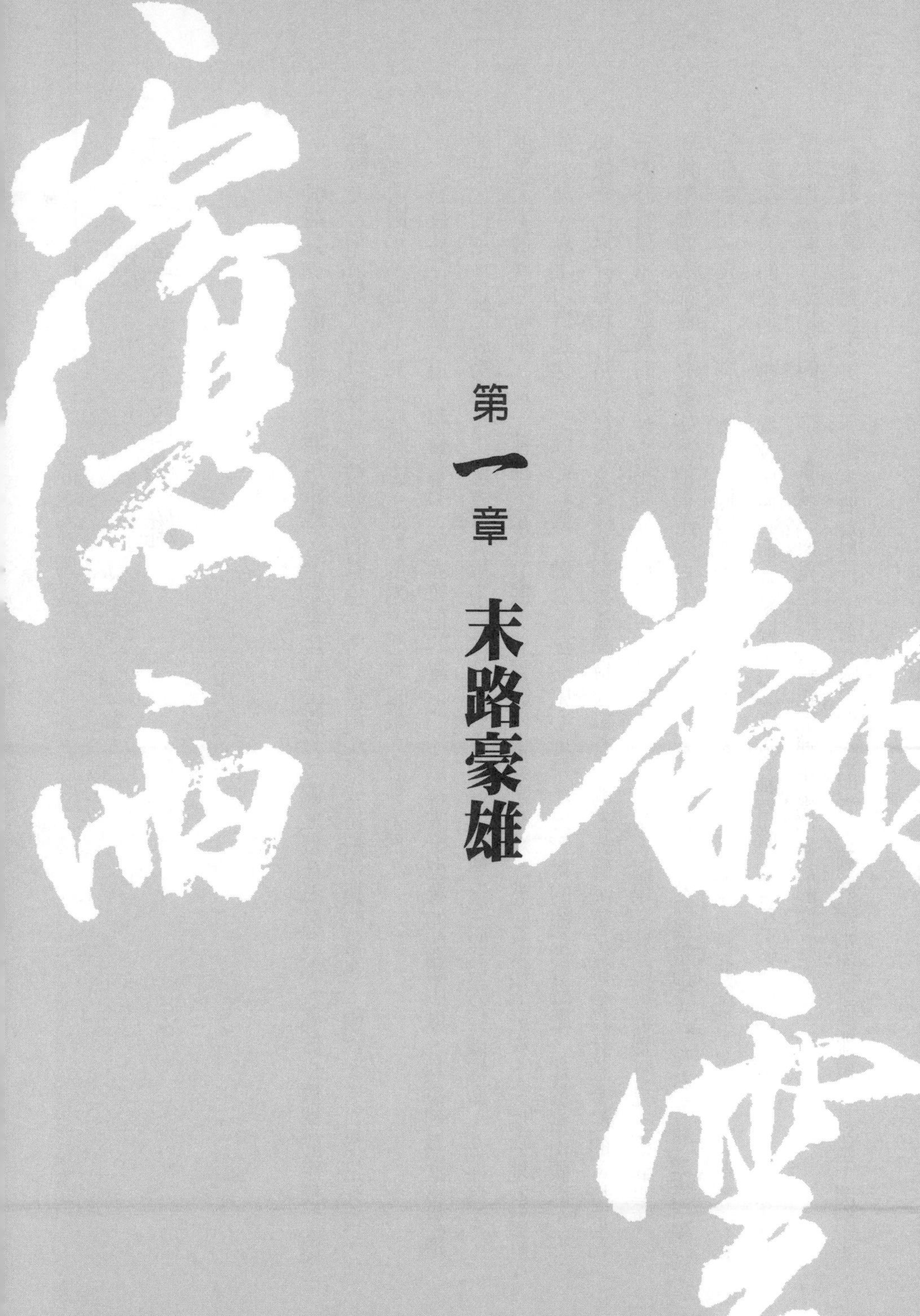

第一章　末路豪雄

第一章 末路豪雄

浪翻雲步入觀遠樓二樓廂房雅座，恰是華燈初上時分。觀遠樓在怒蛟島上，屬於小酒樓的規模。浪翻雲愛它夠清靜，可以觀望洞庭湖外的景色，所以這兩年來成爲觀遠樓的常客。兩年了！自惜惜死後，轉眼便兩年。他也不知這些日子是如何度過，想到這裏，意興索然！

怒蛟島在江湖黑道上赫赫有名，與赤尊信的尊信門、黑道大豪乾羅的乾羅山城，同被列爲武林黑道的三大凶地。這三股勢力，主宰著當今黑道的命運。有人預言，只要這三股勢力打破均衡，合而爲一，就是天下遭殃的時刻。這一種趨勢正在發展，確實的內情異常複雜。怒蛟島是洞庭湖上一個佔地數萬畝的大島，島上山巒起伏，主峰怒蛟嶺，矗立於島的中心地帶。怒蛟幫的總部怒蛟殿，建於半山腰處，形勢險峻，易守難攻。這等建築，是與浪翻雲並列爲怒蛟雙鋒的右先鋒凌戰天精心設計和督建的。接近三千的怒蛟幫眾，過萬的家眷，聚居在沿岸一帶的低地，熱鬧昇平。賭場、妓院與酒樓林立、販商雲集、勝比繁華的大都會，又儼如割地稱王。自上一任幫主上官飛，以怒蛟島爲基地，在左右先鋒「覆雨劍」浪翻雲和「鬼索」凌戰天兩人的協助下，南征北討，把湖南湖北洞庭湖一帶收歸勢力之下，其影響力藉著長江東西的交通，幾乎遍及中原。販運私鹽，又從事各種買賣，坐地分肥，使一般幫眾，都家產豐厚，遑論頭目級以上的人物。有錢能使鬼推磨。錢也促進了這個湖島的興旺。

浪翻雲對窗坐下，要了兩大瓶女兒紅。窗外淡淡一輪明月。洞庭湖水面波澄如鏡，月色下閃閃生光。秋露迷茫凝月影，寒齋清冷剩梅魂。惜惜就是在明月迷濛的一個晚上，欲捨難離下，撒手歸去。浪翻雲沒有流淚，他從不流淚！湖內有燈火疾掠過去，浪翻雲知道這是本幫巡邏的快艇。近年來以四川雲南一帶為基地的尊信門，在完成了對西陲的控制後，魔爪伸向中原，威脅到怒蛟幫的存在，形勢已到一觸即發的險境。自惜惜死後，浪翻雲從不過問幫內事務，現任幫主上官鷹繼承父業，銳意圖強，樂得浪翻雲投閒置散，好建立自己的處事作風和新興力量。成又如何，敗又如何！縱能得意一時，人生彈指即過，得得失失，盡歸黃土。譬之如惜惜的絕代風華，還不是化為白骨！浪翻雲心內絞痛。長達四尺九寸的「覆雨劍」仍繫腰際，這寶劍曾是他的命根，現在卻像是廢銅爛鐵，對他沒有分毫意義。掛著它只是一種習慣。

一陣輕微的步音傳入耳內。浪翻雲知道有高手接近。步音熟悉。一人推門進來，隨手又把門掩上。坐在浪翻雲對面的位置。這男子容貌瘦削英俊，兩眼精明，虎背熊腰，非常威武。正是與浪翻雲齊名的右先鋒「鬼索」凌戰天。凌戰天的身體剛好擋著浪翻雲望向窗外的視線。浪翻雲無奈，把欣賞洞庭湖夜月的目光收回，心內一陣煩躁，知道今晚又要面對險惡的世情。

凌戰天今年三十五，比浪翻雲少了一歲，正值壯年的黃金時代、生命的頂峰。浪翻雲望著這個幫內最相好的兄弟，想起當年兩人出生入死，共闖天下；勉力提起精神，露出一個罕有的笑容道：「戰天，明天你即要起程往橫嶺湖的營田屬幫，我借此機會，為你餞行。」

凌戰天道：「你居然也知道了。」

浪翻雲聽出他語氣中的不滿。的確是，若非為他打點日常起居的小郭告訴他，即使凌戰天離去多久，他也不會知曉。自惜惜死後，甚麼事他也不想知，不想理。想到這裏，對這生死至交生出了一份內疚。

浪翻雲溫和地道：「放心去吧！我浪翻雲有一天命在，保你的妻兒一天平安。」當時幫規所限，外調者一定要把妻兒留在島上，藉此牽制部下。

凌戰天面容一整，正要發言。浪翻雲一抬手，阻止了他說話，道：「休要再提，前任幫主待我等恩深義重，豈可在他老人家魂歸道山，便反對他的後人。叛幫另立之事，不可再說。」

凌戰天面容浮現一片火紅，雙目射出激動的神色，怒聲道：「大哥，這個恕難從命，我們明天以後，可能再無相見的日子，心內之言，不吐不快。」

看到這個有生死交情的兄弟悲憤堅決，浪翻雲儘管不願，亦不得不讓步，嘆道：「你說。」只有簡單的兩個字，似乎連多一字也不想說。

凌戰天道：「恕小弟直言，自新幫主上官鷹繼位後，不斷安插像翟雨時、戚長征、梁秋末等無能之輩，把持幫務；一班昔日以血汗換回怒蛟幫偌大基業的弟兄，卻一一遭受排斥；不是權力被削、調往無關重要的位置；便是被派予完全沒有可能成功的任務，不幸的身死當場，較幸運的也橫加辦事不力的罪名，以致人心離散。」他的聲音愈說愈響，愈說愈激動，完全是一種不計後果的心態。

一向以來，凌戰天以冷靜精明著稱，可是在這個最尊敬的大哥前，他心內的感情像熔岩般爆發出來。凌戰天胸口強烈地起伏著，待得平靜了一點，才繼續說：「尤其自從上官鷹娶得乾羅那不知從何冒出來的女兒乾虹青後，更變本加厲；一方面加強排擠我們這群舊人，另一方面，又籌謀與這野心勃勃的黑道巨擘——乾羅山城的主人『毒手』乾羅合夥，說是聯手對付尊信門主『盜霸』赤尊信的擴張。其實乾羅這絕代凶魔，豈是易與之人，這樣引狼入室，徒然自招滅亡。」說到這裏，聲音有點哽咽。浪翻雲一言不發，定定地望著杯內色如瑪瑙的醇酒。酒醒何世？

凌戰天望著浪翻雲，俯身向前，一對掌指按在桌面，因用力而發白，桌面被抓得吱喳作響，沉聲道：「老幫主和我們打出的天下，難道要眼睜睜拱手讓人嗎？」他的雙眼噴火。頓了一頓，坐直身子，道：「大哥在幫內的聲望不作第二人想，只有你能力挽狂瀾於既倒，怎可以這樣無動於衷？」

浪翻雲一手握起滿杯醇酒，一仰頭，那酒似箭一般射入喉嚨內，一股火熱的暖流往身體各處竄去。面容卻如千古石巖，不見絲毫波動。濺出的酒灑在襟前，亦不拭抹。凌戰天把心中積鬱了近兩年的話，一口氣痛快地說了出來，情緒宣洩後，人也逐漸平復下來。他知道若不能使這個與赤尊信和乾羅並列江湖黑榜十大高手的「覆雨劍」浪翻雲振作起來，前途再沒有半點希望。

凌戰天續道：「三日後『毒手』乾羅便會親率手下凶人『破心拐』葛霸、『掌上舞』易燕媚、『封喉刃』謝邏盤等，傾巢而來。分明要一舉把我幫接管過去。」一陣悲笑，哂道：「可憐上官鷹那小鬼對付自己人用盡機心，遇到這等興亡大事，卻暈頭轉向，不辨東西，還以為平添臂助，可以對抗赤尊信那個魔君。分明是被妖女乾虹青玩弄於股掌之上。」

浪翻雲閉上雙目，不知是否仍在聽他說話。凌戰天不作計較，時間無多，明天他便要給人外放，到了營田，那時鞭長莫及，只能空嘆奈何，急忙續道：「現在乾羅唯一忌憚的人，就是大哥。我被外調他方，一定是乾虹青受乾羅指示下所為，盡量削弱大哥各方面的助力，屆時大哥孤掌難鳴，還不是任人魚肉。眼前唯一生路，就是在乾羅抵達前，把領導權爭取過來。怒蛟幫的生死存亡，全在大哥一念之間。」浪翻雲再乾兩杯烈酒，神情落寞。

凌戰天憤慨的眼神，轉為憐憫的神色，放輕聲音道：「大哥！不要再喝了，自從大嫂病逝後，沒有一天你不喝酒，即使鐵打的身子，也禁不住酒毒的蝕害呢。」言下不勝惋惜。若非浪翻雲這兩年來意氣消沉，全無鬥志，乾羅和赤尊信等雖說是一方霸主，縱橫無敵，亦不敢這樣明刀明槍，欺上頭來。兼之現任幫主上官鷹樂得他投閒置散，好讓他從容安排，棄舊納新，建立自己的班底勢力。外憂內患，使曾經雄霸長江流域的怒蛟幫，勢力大不如前。

當時天下黑道鼎足而立，乾羅山城以北方為基地，控制黃河兩岸。尊信門則以四川、雲南一帶為據點，勢力籠罩了中國西陲。怒蛟幫佔據了中部地帶，包括湖南湖北河南江西等肥沃的土地。無論是處在北方的乾羅山城，又或在西陲的尊信門，若要在中原擴張勢力，都自然而然要先攻克中原霸主，換言之，就是要先擊敗怒蛟幫。但怒蛟幫昔日上官飛健在時，一代豪雄，統率全幫，武功有浪翻雲，組織有凌戰天，極一時之盛。無隙可尋，穩如泰山。不過自從上官飛五年前逝世，浪翻雲兩年前喪妻，叱吒一時的長江第一大幫，已是今非昔比。縱使如此，百足之蟲，死而不僵，幫內好手仍眾，若非新舊勢力傾軋不已，凌戰天不相信有人敢這樣欺上頭來。

浪翻雲不理凌戰天反對的眼光，再盡一杯，才把酒杯倒轉放在桌上，以示這是最後一杯。凌戰天知道浪翻雲給足他面子，心下百感交集。

浪翻雲第一次把目光從酒杯移開，望向凌戰天道：「戰天，不如今夜由你我護送秋素和令兒，逃離島外，覓地隱居。」他自愛妻惜惜死後，還是第一次這樣積極地要去做一件事情。凌戰天毫不領情，一聲悲嘯，站了起來，緩步走向窗前，望向窗外月夜下的洞庭湖。涼風從湖上徐徐吹來，帶來湖水熟悉的氣味。窗外的明月又大又圓，一點也不似窗內兩顆破碎的心，滿懷悲鬱。

凌戰天斷然道：「凌戰天生於洞庭，死於洞庭。我若要走，就算乾羅和赤尊信親自出手攔阻，恐怕仍要付出可怕代價。擔心的是大哥方面，乾羅威震黃河，手中長矛，鬼神難測，兼之善耍陰謀詭計……」

浪翻雲恰在這時長身而起，走到窗前。兩人一齊望向月夜下的洞庭湖，這個生於斯，長於斯的地方。浪翻雲喃喃道：「還有多少天是八月十五？」凌戰天想起浪翻雲的亡妻紀惜惜便是病逝於兩年前八月十五的圓月下，知道他憶念亡妻。

凌戰天心下悲嘆。想他生無可戀，不自殺便是堅強之極。這人才智武功，均不作第二人想，就是感情上死心眼之至。當下眼見多說無益，唯有盡力而為，走一步算一步而已，順口答道：「還有五天。」

浪翻雲沉吟不已，好一會才道：「戰天，回家罷，秋素和令兒等得急了。」

凌戰天知道他下逐客令，其實他肯聽他說這許多話，已大出他意料之外。無奈暗歎一聲罷了，轉身離去。剛推開門，凌戰天又回首道：「在島南觀潮石處，我長期佈有人手快艇，大哥只要在石上現身，便有人接應。」欲言又止，終於推門而去。

凌戰天步出街外，夜風使他精神一振，回復平日的冷靜機變。想起浪翻雲昔日英氣懾人，比之如今的頹唐失意，不勝唏噓！一人在暗處現身出來，是凌戰天手下得力的大將龐過之。龐過之堅毅卓絕的面容帶著失望，顯然從神色上察知凌戰天無功而還。

龐過之人極機敏，絕口不提浪翻雲的事情，沉聲道：「上官鷹方面派人來偵察，都給我方的人截著。」

凌戰天眼中寒芒閃動道：「若非我念著老幫主，便有十個上官鷹，也早歸塵土。這小子也算了得，勢力擴張得這般快速。這次我們硬不給他面子，以後的衝突，會更為尖銳。」

龐過之面容不變，沉著地道：「正式鬧翻，是早晚間事，乾羅一到，便是攤牌的時刻，可恨在那妖女慫恿下，將副座你硬調外放，令乾羅可以在此從容佈置，將我們連根剷除。」

凌戰天冷笑一聲道：「我凌戰天甚麼風浪不曾經過，鹿死誰手，不到最後一刻，豈能分曉。」話題一轉道：「明天離去的事，安排妥當沒有？」

龐過之道：「一切安排妥當，行走的路線，除了你我之外，只有曾述予一人知道。」凌戰天聽到曾述予的名字，冷哼一聲，似乎對這手下有極大的不滿。龐過之待在一旁，靜候吩咐。

凌戰天心道，我縱橫江湖，比現在更惡劣的場面，仍能安然度過，豈會如此可欺，不妨等著瞧吧。一輪明月，高掛天上。好一個和平寧靜的晚上。凌戰天轉頭望向龐過之道：「過之，這次我們動用的人手，須有兩個條件，首先應是核心階層的人物，忠心方面無可懷疑；其次必須武功高強，貴精不貴多，才能在防止風聲外洩下，發揮最大作用。」

龐過之道：「副座放心，一路以來，所有安排，都循著這個方向發展，當然，曾述予是唯一例外。」面上出現一個詭祕的笑容。

凌戰天道：「他是我們最重要的一只棋子。他不仁，我不義，也沒有甚麼好說了。」說完凌戰天望上夜空。剛好一片烏雲掠過，明月失色。明天，名義上他要起程赴營田。三日後，威震黃河的乾羅山城主人，大駕光臨。五日後，浪翻雲亡妻忌辰。所有事情，都堆在這數日內發生。赤尊信的尊信門又如何，他怎會坐視乾羅吞掉怒蛟幫，他不來則已，否則一定是在這三日內到來，在米已成炊前到來。風雲緊急。龍虎相拚。酒樓外的街道一片熱鬧昇平景象，一點也不像有即將來臨的災劫！

乾虹青坐在馬車內，躊躇滿志。一想到可以見到乾羅，她便全身火熱，陣陣興奮，乾羅這號稱無敵的黑道高手，對女人有一種驚人的吸引力。連她這個假冒的女兒也不例外。一個時辰前她剛再踏上怒蛟島，手下報告浪翻雲和凌戰天兩人在觀遠樓商談的消息。她不驚反喜，連忙回府梳洗，把自己打扮好，才驅車往怒蛟宮見她的丈夫上官鷹。在任何一刻保持最美麗的形象，是她媚惑男人的一種手段。馬車停了下來。車門打開。近衛在車前分兩列排開。這種排場，上官鷹最為欣賞。他認為大幫會應有大幫會的氣派，排場是必需的。單是這項，講求實際效率的凌戰天等舊人便看不順眼。新的一代試圖爭取新的形象和地位；另一方面，舊人堅持舊有的傳統和規律，矛盾叢生，自是必然。

乾虹青輕擺柳腰，走出馬車，頓時車外所有目光都集中在她身上。乾虹青深明對付男人的訣竅，她雖然擁有一副美麗修長、玲瓏浮凸的胴體，卻絕不會隨意賣弄風騷，反之她每一個動作都含蓄優雅，臉上有種拒人於千里之外、凜然不可侵犯，玉潔冰清的神情。這樣反而使熱中於征服女人的男人，更為顛倒。愈難到手的東西，愈是寶貴。所以當她稍假辭色，他們莫不色授魂與。只有那硬漢浪翻雲是例外。

即使以凌戰天為首的一干舊人，和她是站在完全敵對的立場，但從他們眼睛在她身上巡弋的神態看來，也可知道他們沒有一個不是對她有興趣和野心的。獨有浪翻雲例外。他真是對她絲毫不感興趣。這不是說他對她視若無睹，而是當他望著她時，便如同看見一件沒有生命的死物。那種眼光令人心悸。浪翻雲身材高大，面貌粗獷。皮膚粗黑不用說，雙眼細長而常常帶上一種病態的黃色，使人不欲久看。可是在乾虹青這成熟而對男人經驗豐富的女人眼中，浪翻雲另帶有一種神祕奇異的吸引力。他的確有異乎常人的卓特風範。況且浪翻雲雖然外貌粗獷豪雄，但頭髮和指掌都比一般人來得纖細。乾虹青知道這外貌嚇人的豪漢，絕不如表象的鋼鐵模樣，而是一個溫柔、多情和細心的男子。否則他也不會因妻子的病逝而陷入這樣的境地。

無論如何，一般人都追求表面的美，所以粗獷的浪翻雲有幸遇到一個極懂欣賞自己的妻子，種情自深，以致不能自拔。想到這裏，乾虹青步進了怒蛟殿的大堂。剛好一個人迎了上來，原來是怒蛟幫第二任幫主上官鷹手下的第一號謀臣和大將——翟雨時。翟雨時面上泛起尊敬的神情道：「夫人回來了，幫主在議事廳批閱卷宗。」

乾虹青露出一個微笑。梨渦乍現，秀色可餐。她佯作嬌嗔道：「這人也是，只要工作便甚麼也不顧，每天都這麼晚。」她的語氣親切，但她卻知道這令翟雨時更不敢接觸她那會說話的眼睛。暗讚一聲，這翟雨時對上官鷹的忠心毋庸置疑。

翟雨時是上官鷹提拔出來的新人中之佼佼者，幫內資歷雖低，卻是位高權重。翟雨時感恩知遇，對上官鷹自然是忠心耿耿。於是成了上官鷹這新幫主的重要班底。乾虹青心想，如果鵲巢鳩佔，奪過怒蛟幫的偌大基業，第一個要除去的人，自然是名動江湖，被譽為當今最可怕劍手的「覆雨劍」浪翻雲。第二個要除去的人，不是凌戰天，而是翟雨時。翟雨時一向反對乾羅的支援，不過名義上乾羅是上官鷹的「岳父」，疏難間親，無可奈何罷了。這人精明厲害，又忠心一片，是心腹之患。幸好她深知乾羅的瞞天手段，尤甚於毒蛇的城府，所以並不擔心。這時翟雨時的聲音傳入耳際道：「夫人若沒有吩咐，屬下告退了。」

乾虹青一抬手，阻止翟雨時離開：「今日入黑時分，浪翻雲和凌戰天兩人密談的事，你知不知道？」

翟雨時面容不改，淡淡應道：「兩人份屬至交，明天凌戰天將外調他方，敘在一起說說離情別話，平常事吧。」

乾虹青暗罵一聲。翟雨時所代表的新派勢力，和凌戰天所代表的舊派勢力，對立的情況，於今尤烈，鬥爭無日無之。所以今晚浪、凌兩人的聚首，若給凌戰天把中立超然的浪翻雲爭取過去，翟雨時儘管有上官鷹撐腰，仍難避免全盤覆沒、落敗身死的局面。所以乾虹青不信翟雨時不比她緊張浪凌兩人見面之事。翟雨時這刻偏要裝作若無其事，不問可知是待乾虹青笨人出手。

乾虹青心內冷笑，誰是笨人，可要到最後方知。一邊應道：「翟先生所言有理，如此我不阻先生休息了。」

翟雨時哦的一聲，顯然估不到這一向仇視凌戰天等舊人的幫主夫人如此反應，頗有一點失望。遂告罪一聲，自行離去。乾虹青心中好笑，往議事廳走去。議事廳大門關閉，門前站了兩名身穿藍衣的衛士，他們胸前繡有一條張牙舞爪，似蛟似龍的怪獸，正是怒蛟幫的標誌。兩名近衛一見幫主夫人駕到，連忙躬身施禮。乾虹青影響力大，他們怎敢掉以輕心。乾虹青阻止了兩人通傳後，推門便入。議事廳中放了一張長十二尺闊五尺的大木檯，四邊牆壁都是書架書櫃，放滿卷宗文件，是怒蛟幫所有人事、交收、買賣、契約的檔案。一個面容俊偉的年輕男子，正坐在檯前工作，他檯前分左右放了兩堆有如小山般高的文件，看來已完成了大量批閱，但剩下的，還是不少。聽到有人推門進來，青年男子不悅的抬起頭來，顯然不喜歡有人不經請示貿然闖入，打斷他的專注。乾虹青迎著他的眼光，露出體貼溫柔的笑容。年輕男子一見是乾虹青，眼光一亮，不悅神色，一掃而空。乾虹青走到他身後，貼著椅背望向他檯上的文件。乾羅曾吩咐她要盡量了解怒蛟幫各方面的財軍佈置和操作程序，所以她從不放過這些機會。一面看，一雙纖纖玉手放在年輕男子疲倦的雙肩上，緩緩按摩。她的技巧甚佳。年輕男子停止了工作，閉上雙目，面露鬆弛舒適的神情。

乾虹青以近似耳語的輕柔聲音道：「鷹，爲甚麼每日都工作到這麼晚，也不顧及自己的身體。」語帶嗔怨。

乾虹青嬌美動聽的聲音傳入耳內，使上官鷹心內充滿柔情。他的頭剛枕在乾虹青那柔軟而帶有彈力的高聳胸脯上，想起她昨夜那火熱的身體，一切是那樣實在，一種幸福滿足的感覺，流遍全身。乾虹青不待他答話，續道：「我很爲你擔心，這樣夜以繼日苦苦工作，全爲了本幫全體的利益，那些人不知感恩圖報，還暗中圖謀不軌，眞是豈有此理。」她說到最後有點咬牙切齒，像是爲上官鷹忿忿不平。其實這便是她高明的地方，每一件事都絲毫不牽涉到本身的愛惡，每一件事都是彷如從大局出發，爲上官鷹處處設想。正是一個幫主夫人恰如其份的態度。

上官鷹面上露出一絲笑意，若無其事地道：「剛才雨時來通知我，浪翻雲和凌戰天在觀遠樓上，談了一段時間。我已告訴了他不用擔心。」

乾虹青心中冷笑。這翟雨時剛才裝作對浪凌兩人相見的事，毫不介懷，其實恰恰相反。在這件事上她和翟雨時目標相同，當然不會蠢得和他抬槓，扯他後腿。

乾虹青輕嘆道：「你這個人心胸太闊，過於爲人著想，所以事事都不計較，可是人心險詐，昨日忠於你的人，今天未必如是，你不要總是令我擔心呵。」

嬌妻的體貼入懷，上官鷹感激萬分，道：「虹青你眞傻，難道連我的性格爲人也不知嗎？昨天向凌戰天發出要他外調的命令，他只有兩個選擇，一是造反，一是遵命外調。若是前者，一切都會在祕密下進行，像這樣公然找上浪翻雲，只代表兩人還未建立起默契協定，不足成事。不用杯弓蛇影了。」

乾虹青嬌哼一聲，高聳的臀部被上官鷹反手打了一記。乾虹青嗔道：「幫主大人，小心有失體統。」

上官鷹笑道：「幫主大人見到幫主夫人，還要甚麼體統。」跟著輪到他一聲呼叫，乾虹青的玉手按捺他背上穴道，非常舒適。

上官鷹面容一整道：「幫內大小各事沒有一件能瞞得過我，甚麼風吹草動，我是第一個知道。」

乾虹青道：「我也知道你這幫主有通天法眼，精明厲害。聽說這次浪凌兩人相見時，周圍滿佈凌戰天方面的人，禁止我方的人接近，這就有點太過不把你放在眼裏了。」

上官鷹怒哼一聲道：「凌戰天打由我少時開始，從沒有看得起我，怎會把我放在眼裏，現今公然在幫內建立另一個勢力，與我對抗，我要他死無葬身之地。」眼光灼灼，露出狠辣的神色。在他心中，凌浪兩人，一個看不起他，一個毫不理他，使他非常不滿。

到此乾虹青大是滿意，她觸起上官鷹對凌戰天的仇恨，大大有利於她針對凌戰天而定下的毒計。她見好就收，不再說及這方面的問題，轉而道：「爹還有三日便來了，爹最疼愛我，即使有甚麼事情不能解決，到時將我們乾家絕學傾囊向你傳授，你身兼上官和乾兩家之長，再多個凌戰天，也不礙事。」

上官鷹面上露出嚮往神色道：「虹青，你這樣為我，我也不知道如何感激你，凌戰天外調後便不礙事，因為幫規所限，他心肝寶貝的妻兒，一定要留在怒蛟島，這等於人質在手，他是有翼難飛。浪翻雲兩年前無可否認是絕世奇才，兩年後的今天，只是一個手顫腳抖的醉貓吧。唯一擔心的，只有赤尊信那凶魔，此人博通天下武術、精擅各類兵器，即使奇兵異刃，到了他手上，便像是苦練多年的成名兵器那樣運用自如。兼之手下七大煞神，惡名昭彰，實在不好對付。故能與你父親在黑道上平起平坐，對他我們絕對不能疏忽。」

乾虹青心下同意上官鷹的說法。浪翻雲這樣壯志消沉，所謂逆水行舟，不進則退，所以武技減弱，不在話下。不過餘威猶在，但亦如那日落西山的太陽，餘時無多。可是她的義父乾羅卻絕不是這樣想。三個月前她裝作回乾羅山城請乾羅出手助陣時，乾羅曾訓示各人說：在被譽爲黑榜十大高手裏，只有三個人他放在心上。第一個就是尊信門主赤尊信，這人揚名江湖三十年，所向無敵，敗在他手上的高手，不計其數。被譽爲古往今來最能博通天下武技的天才。當時有人問乾羅，爲甚麼無論怎樣形式的武器——刀、槍、劍、戟、斧——以至長鞭軟索、飛輪旋陀，到了他手上，運用起來都純熟自如，便如苦練了多年一樣？這個與赤尊信並列黑道十大高手的乾羅正容答道：「這好比是寫畫大師和技匠的分別，技匠只工一藝，但大師意到筆到，天下景物，千變萬化，無一不可入畫，只要一經他的妙手，佳作豁然有若天成。赤尊信亦復如是，他在武學上，貫通天下武技的精華，把握了事物的『物理』，任何兵器到了他手中，都能被發揮得淋漓盡致。所以難怪他三十年來，雖然仇家遍天下，仍能屹立不倒。」眾人聽了乾羅的分析，無不嘆服。乾羅續道：「第二個不可輕視的高手便是『左手刀』封寒，有很多人以爲他曾敗於『覆雨劍』浪翻雲劍下，應該在十大高手中除名。其實是大錯特錯。首先，他和浪翻雲是十大高手中唯一有機會互相較量的一對，這等高手對壘的經驗，最是寶貴難得。武功到了他們這個層次，已不是純靠苦練而能進步，更重要的是思想和精神上的突破，能和程度相近的人作生死較量，便提供了捨此之外，再無他法的辦法，對於使他們更上一層樓，有絕大的推動性和裨益，這是不可不知。其次，封寒這人的眼力高明，否則也不可能在浪翻雲施展最凌厲的殺著前，抽身退走，成爲至今以來，唯一可以在覆雨劍下全身而退的人。」

當時有人問到，封浪兩人決戰時，乾羅本人並不在場，如何可以知道封寒是在浪翻雲施展殺著前退走？而不是在施展中或施展後退走。乾虹青還記得乾羅當日傲然道：「天地間自有其不可更改的物性和數理，陽極陰生，陰極陽生，每逢至凌厲的殺著展出前，必有最鬆懈的一絲空隙，這是在覆雨劍下唯一逃脫的機會，當然，能察覺出這絲空隙的人，天下只有寥寥數人，所以我說儘管封寒名義上是敗了，只是他選擇了退走罷了。當然這顯示出他在浪翻雲的強大攻勢下，失去爭勝的信心。這些年來他以浪翻雲爲目標，潛心刀道，當他捲土重來時，必然大有看頭。」

乾虹青插嘴說：「我知道第三個人是浪翻雲，但是他近年悲痛亡妻，無心武事，功夫必然倒退，反之封寒矢志雪恥，精進厲行，當時兩人差距已然不大，現今一退一進，勝負之數，不問可知。」

乾羅大搖其頭，答道：「虹青你這樣說是大錯特錯，浪翻雲的武學已經達到由劍入道的境界，人在劍在，就是因爲他能極於情、所以能極於劍，這種境界，微妙難宣。對付浪翻雲，有兩個途徑，一是借封寒的刀；一是施以防不勝防的暗殺手段，非到不得已，我也不想正面和他對敵。」當時對乾羅品評浪翻雲的話，乾虹青頗不以爲然，但是她一向信服乾羅，知他見解精闢超卓，所以依然照他吩咐去做。一切都被安排妥貼。

上官鷹的說話繼續傳入耳內，把乾虹青從回憶中驚醒過來，只聽上官鷹道：「其實不應該勞動他老人家，這樣萬水千山地到來。」

乾虹青連忙大發嬌嗔，道：「你再要這樣說，我就不理你了。你是他的女婿，他怎能不親自前來。」

上官鷹慌忙賠罪，這樣體貼入微的妻子，往哪裏找。乾虹青暗暗竊笑，有時連她對自己的眞正身分都有眞僞難辨的感覺，她的演出實在太投入，太精彩了。這一切都爲了乾羅。想起他便要到來，全身興奮莫名。

八月十二日晚。戌時。凌戰天走後第二日。乾羅抵達怒蛟幫前一日。浪翻雲並沒有喝酒。

這是他的家。一所築在怒蛟島南一個小山谷內的石屋。這是島上最僻靜的地方，一里內再無其他人家。兼且石屋藏在山谷的盡頭，屋前小橋流水，非常幽雅。萬里入無徑，千峰掩一籬。屋前的小窗，因爲山勢頗高，恰好看到一小截洞庭湖的湖水。洞庭湖潮水漲退的聲音，隱隱可聞。浪翻雲心中正在重複凌戰天說的「生於洞庭，死於洞庭。」惜惜也是死於洞庭。在一個月圓的晚上。

在惜惜的要求下，浪翻雲抱著臨危垂死的愛妻，踏上一艘繫在湖邊的小艇上，直放往湖心。小艇隨著水流飄動。在明月的照射下，惜惜蒼白的臉散發著一種超乎世俗的光芒。直至她死去，兩人也沒有一句說話。說話已是多餘的事。死在洞庭。

自從第一天遇到這位蘭心蕙質的美女，浪翻雲只覺得他不配。在另一個早上，兩人坐在小溪邊，把兩雙腳浸在冰涼澈骨的溪水裏。一切是那樣美好。浪翻雲忍不住問道：「惜惜，你爲甚麼要對我這莽夫這樣好？」

惜惜轉過她的俏臉來，她的肌膚在陽光下閃閃發亮，眼中帶著笑意，溫暖的纖手，輕輕撫摸著浪翻雲粗獷的臉龐，無盡的憐愛，輕輕道：「其他的人那樣蠢，怎知你才是這世界上最美麗的人。」就是那一句話，令浪翻雲覺得不負此生。他決定全心全意，將自己獻給惜惜。無論是她生前，或是死後。

所有人都認爲浪翻雲因紀惜惜的死亡，以致消極頹唐。浪翻雲卻覺得自己是更積極地去愛，去享受生命。便像眼前的小屋、遠方和他血肉相連的洞庭湖、天上夜空內的明月和孤獨。只有在孤獨裏，他才能感受到心懷內那無邊無際的世界，感受到一般人忽略的事物。往日快劍江湖，長街奔馬。今日明月清風，高山流水。想到這裏，心中一動。不如往凌戰天的妻兒處一行。他這人極重信義，答應了的事，一定要做妥。坐言起行，取過長劍，走出屋外。樹木清新的氣味，傳入鼻內，蟲鳴蟬唱，奏著自然的樂曲，雜著流水的淙淙響聲，浪翻雲費很大的努力，才把取消此行的強烈慾望壓制下來。在這清幽隱蔽的環境裏，他無法聯想到外邊人世間的爭權奪利，陰謀詭計。他緩緩從小路走出山谷，這是他的禁地，除了有限幾人外，其他人都不准進入。一邊走，一邊欣賞著從月夜的叢林內傳來的每一個聲響。惜惜似乎是一生下來便懂得欣賞和享受這些上天賜給的恩物，自己卻要努力去學習。不過這兩年來大有進步，惜惜一定非常高興。浪翻雲離開了山谷。

不到半個時辰，浪翻雲走在沿湖的大街上。這已是上床睡覺時刻，大多數人都躲在溫暖的家裏。浪翻雲孤單一人。在他身邊走過的人，都認得這大名鼎鼎的怒蛟幫第一高手。他們似乎表面上毫無異樣，心中都是在惋惜浪翻雲的自我消沉。浪翻雲習慣了他們的眼光。幫眾的房舍集中在怒蛟島的南部和中部，凌戰天的大宅在島的東南處，這裏的宅舍較具規模，屬於統領級以上人物的居室。浪翻雲不想遇到熟人，揀了條山路捷徑，繞個圈子，越過一座小山前往凌戰天的私宅。走了不過半個時辰，山下里許遠處出現了一點點燈火，目的地在望。就在這時，一陣輕微的風聲自背後傳來。浪翻雲心念一動，身體如鬼魅般飄往一旁，在叢林裏一閃而沒。背後的夜行人剛好掠過。夜行人身形雖快，豈能逃過這名列黑榜十大高手之一的浪翻雲的眼睛。這人是凌戰天的手下，與龐過之同被他倚之爲左右手之一的曾述予。浪翻雲本來打算無論是何人經過，避過就算，不再理會。這時卻不得不改變主意。首先這人是凌戰天的親密手下，但浪翻雲一向對這人沒有好感，覺得他有點過於聰明，風流自賞，人也有點浮滑。其次是他這時臉上有點鬼祟的神情，雙眼閃爍不定，像有不可告人的祕密。第三，也是最重要的一點，就是曾述予在十年前原來是凌戰天的情敵，同時戀上凌戰天現在的妻子楚秋素，結果當然是敗於上司凌戰天的手下。這都屬陳年舊事了。可是這時剛好凌戰天不在，曾述予又是這樣鬼鬼祟祟，防人之心不可無，浪翻雲決定全力追躡，若他眞是對楚秋素圖謀不軌，浪翻雲也可施以援手。他如大鳥翔空，在月夜下閃電追去。

曾述予心情興奮，想到又可和佳人相會，全身每一個細胞都在活躍。生命是如此的有意義。興奮歸興奮，他一邊展開身形，仍是非常小心。他是老江湖，專揀些容易避開跟蹤的路線，速度忽快忽慢，他自信幫內能跟蹤他而又不會被他發覺的，不會超過兩個人。一個便是凌戰天，已離此不在。另一個便是那變成廢物的浪翻雲，也可以不理。只要再過幾天，他便可大模大樣地和佳人雙宿雙棲，人生至此，夫復何求。曾述予心想我怎會是屈居人下之人？凌戰天何德何能，豈能永遠騎在我的頭上。上官鷹那小子寸功未立，卻貴爲一幫之主，見到他還要禮數十足，想起便要生氣。他身形電閃，很快離開了山路，忽地躍入一個樹林內，忽又從側邊閃出，撲入一個莊院內，不一刻又從莊院躍出，從莊院旁一條窄巷，疾奔而去。任何人若以爲他的目的地是那個莊院，必然失了目標。最後來到一所四周圍有丈許高石牆的小平房前，平房雖小，院落頗爲寬敞。他並不立即躍過高牆，躲在牆角暗影裏，口中裝作鳥叫，連鳴三下。屋內燈光一閃即滅。曾述予毫不猶豫，躍過高牆，一閃身，從窗戶穿進屋內，動作極快，一副駕輕就熟的模樣。他才撲入房裏，一團火辣辣的溫香軟玉，小鳥投懷般撞進他懷內，響起一陣衣衫和肉體摩擦的聲音。黑漆的房子裏，春情如火。

女子纏綿下的嬌呼，男子的喘息，雖在蓄意壓制下，仍然瞞不過窗外三丈處矮樹叢後浪翻雲比一般人更為靈敏的雙耳。他幾乎想立即離去，若果女方竟然是凌戰天的妻子楚秋素，他就不知如何是好了。就在他剛要離去的時候，室內傳來輕微的語聲。浪翻雲立時打消離開的念頭。發話的是女子。他知道這時他們仍未完事，女子分神說話，大不簡單。他把聽覺的接收能力，發揮到極致，房內傳來的聲音雖然細若游絲，仍給他收在耳裏，聽個絲毫不漏。

女子略帶嘶啞的聲音，雜在男子的喘息聲中道：「那件事有沒有甚麼臨時改變？」又一陣喘息和嬌啼，女子催道：「說呀！」

曾述予帶點無奈的語氣道：「有甚麼事是你料不到的，到起程的前一刻，凌戰天忽然通知我們他要將往營田的路線改變……」忽地中斷。「呀！」一聲，女子的嬌呼傳來，這是欲罷不能的時刻。

窗外的浪翻雲冷汗直冒，他聽出正有一個陰謀詭計，針對著自己的生死之交凌戰天在進行著。他並不在這時貿然出手，讓他們自己說出來，才最是妥當。室內最原始的動作在進行著，好一會，才回復風平浪靜。

女子柔媚地道：「你有沒有依他們的計畫進行？」她對先前的問題，一直鍥而不捨。

男子有氣無力地說：「我怎敢不依，幸好我是負責不斷將幫內消息彙報給他的人，否則凌戰天那奸鬼怕連我也會瞞過，所以一知道路線的改變，我便畫下兩份路線表，一份依你之言，以飛鴿傳書寄給了封寒，另一份在我這處。」

女子一陣嬌笑，非常得意，像是自言自語地道：「封寒和浪翻雲、凌戰天兩人仇深似海，一知凌戰天落單上路，如此良機，豈會放過，凌戰天呀凌戰天，這次教你死無葬身之地！」語氣一轉道：「你幹得好，我有樣東西送你。」

男子還來不及答話，忽地一聲慘嘶，顫聲道：「你幹甚麼？」

女子嬌媚不減道：「愛你呀！所以送你歸西。」帶著無限的後悔。

男子氣若游絲的聲音道：「我明白了，你是利用我。」

女子的聲音轉爲冰冷道：「若非利用你，曾述予你何德何能，可以任意享用我的身體？」

男子喉嚨間一陣亂響，跟著聲息全無，似乎斷了氣。女子徐徐站起，赤裸的身子，剛好暴露在月色下，全身流動著閃閃的光采，非常誘人。

這時，一個平淡的聲音在窗外響起道：「你的身體有何價值？」

女子全身一震。她的反應也是極快。一閃身從窗中穿出，躍入院內，手中握著一長一短兩柄利劍。劍尖藍汪汪的光芒閃滅，淬了劇毒。襯起她驕人的美好身段，高聳圓渾的雙峰，不堪一掬又充滿彈力的纖腰，修長的雙腿，一身賽勝冰雪的嫩白肌膚，確是迷人至極。一個高大的身形立在樹叢旁，雙目有如黑夜裏的兩粒寶石，灼灼地注視著她。一見來者是誰，女子幾乎失聲驚呼。

浪翻雲神情落寞，淡淡道：「你叫吧，讓大家看看堂堂幫主夫人的赤裸形象。」

乾虹青一陣嬌笑，嫵媚之至，一點沒有因爲一絲不掛有分毫尷尬。媚聲道：「能令對這世界毫無興趣的浪大俠產生興趣，小女子不勝榮幸。」她的話語帶雙關，的確誘人。

可惜這一套用在浪翻雲身上毫無作用，他沉聲道：「也好，人赤裸裸來，赤裸裸去，讓我送你上路吧。」

乾虹青哎唷一聲，裝作驚恐的樣子道：「浪大俠還請三思，曾述予這等小人物死不足惜，若是幫主夫人赤裸死去，恐怕會引起軒然大波，即使以浪大俠也招架不住。」

浪翻雲哂道：「哪管得這麼……」他話還未完，滿天藍芒，在乾虹青雙手暴射過來。這女人既機智又狠辣，一看事無善了，立即出其不意，驟施殺手，希望趁覆雨劍出手前，一擊成功。

乾虹青柳腰擺動，兩丈的距離瞬眼間掠過。一長一短兩把利刃，化作兩道藍芒，一左一右攻向浪翻雲。她竭盡全力，務求一舉斃敵。藍芒閃電般向浪翻雲推去，這一下殺著，純粹利用對方不敢觸摸淬有劇毒的劍尖，故須必先避過鋒銳，如此一來，便會落到她的計算中。她跟著的殺著正是完全針對敵人退避而設，即使對方較自己爲高明，猝不及防下，往往陰溝裏翻船。這些絕活是乾羅親授，利用種種因素，例如男性對美麗女人的輕視等等，爲乾虹青製造最有利的條件，厲害非常。浪翻雲卓立不動，名震天下的覆雨劍仍掛在腰上。一對修長細滑的手，像魔術般彈上半空，掌指收聚成刀，刺削劈擋間，每一下都敲在乾虹青瘋狂刺來大小雙劍的劍背上。乾虹青赤裸的胴體，倏進倏退，剎那間刺出了七十多劍。無論她的劍從任何角度，水銀瀉地式地攻去，浪翻雲總能恰到好處地化解了她的攻勢。她開始繞著他疾轉，一時躍高，一時伏低，雙劍的攻勢沒有一刻停止，暴風雨般刺向浪翻雲。

這景象極爲怪異，一個高大粗獷的男子，被一個千嬌百媚的赤裸美女，從四面瘋狂攻擊。乾虹青刺出第一百一十二劍時，浪翻雲一聲悶喝，覆雨劍終於出鞘。乾虹青耳內盡是碎成千千萬萬的鳴聲，她不知浪翻雲如何拔劍，只看見浪翻雲雙眼射出從未曾有的精電，手上寒芒大盛。乾虹青怒叱一聲，展開渾身解數，長短雙劍回抱胸前，灑出一片光影，護著要害。身形暴退，卻遲了一步。浪翻雲手上的光芒化作點點毫光，像一個網般迎頭向乾虹青罩來。浪翻雲手上的光點一撞上乾虹青的護身劍網，乾虹青纖手連震，在眨眼之間，她手中雙劍最少被刺中了近十下，沉厚的力量，從劍身傳到乾虹青的手，有如觸電，全身麻木。跟著雙腕幾乎同時一痛，那速度使乾虹青要懷疑覆雨劍是兩柄而不是傳說中的一柄。乾虹青雙劍一齊墜落在地上，發出叮噹的聲響。她驀然後退，剛好撞在平房的牆上，旁邊便是窗戶。長劍發出一波又一波的劍氣，直逼靠牆而立的赤裸美女。乾虹青心中嘆道，乾羅的話果然對到極點，這人劍法之高，實在進入宗匠的境界，非是一般凡俗的武功可比。因能極於情，故能極於劍。乾虹青的頭貼靠牆上，把酥胸高高挺起，誘人非常，這是她眼前唯一的本錢。

就在這千鈞一髮的時刻，四周傳來窸窸窣窣的聲音。浪翻雲一皺眉頭，聽出大批高手在接近。不一會，牆上露出一個個的身形，如臨大敵，強弓硬箭，全部瞄向高牆下的浪翻雲。在重重包圍下，高牆內一個是卓越不群的怒蛟幫第一高手，一邊是千嬌百媚一絲不掛的幫主夫人，即使傳將出去，怕也不會有人相信。乾虹青心下大定，事情頗有轉機，儘管解釋困難，總好過當場身死。何況乾羅一到，天塌下來也有他擋著。當下連忙使自己站得更是玲瓏浮凸起來，給這麼多人瀏覽自己驕人的胴體，總是難得的。

有些人試圖躍下高牆。浪翻雲一聲喝道：「停！」平地焦雷，登時震懾意欲躍入院中的各人。另一個聲音道：「各人保持原位。」一時成爲僵持的局面。

上官鷹在浪翻雲左方的高牆出現，旁邊是他的得力手下翟雨時。四周圍著的怒蛟幫精銳，全是新幫主的親信，均在躍躍欲試，想把這個他們一向看不起，空負盛名的覆雨劍斃於手下。他們的眼光亦不時巡弋在這美麗的幫主夫人身上，她眞是少見的妖媚尤物。

上官鷹道：「浪大叔，大家都是自己人，放下刀劍，一切也可商談。」他的聲音仍能保持鎮定平和，非常難得。

火把在四周燃起，把庭院照得明如白晝，乾虹青更是纖毫畢現。浪翻雲面無表情，在這迫不得已的情勢下，昔日一代豪雄的情懷，活躍起來。這時形勢複雜異常，一個應付不好，便是浴血苦戰之局。尤其表面上來看，終是自己持劍逼著赤裸的幫主夫人。

浪翻雲沉著地道：「我可以立即說明這事的來龍去脈嗎？」

上官鷹旁邊的翟雨時道：「當然可以，但浪首座必須先放下手中利刃，讓幫主夫人回到幫主身邊，否則夫人在你威逼下赤身裸體，成何體統？」

浪翻雲冷笑一聲。翟雨時確是厲害。不理是非黑白，先趁這個良機，扳倒浪翻雲。浪翻雲一場台，舊有勢力自然煙消雲散，他們這個系統的人，便可全面出掌大局。最好是浪翻雲一劍刺翻乾虹青，再由他們亂箭射斃浪翻雲，那就一了百了。至於如何應付乾羅，那是後事。這些初生之犢，並不認為這世界有他們做不到的事。浪翻雲一邊催逼劍氣，使乾虹青不能開口說話，以免形勢更為複雜，節外生枝，一邊喝道：「上官幫主，我只和你一人對話，請你要其他人閉口。」

上官鷹遲疑了片刻，道：「浪大叔，我知你喪妻的心情，若果你放下利劍，我保證不會重罰。」

浪翻雲不怒反笑，到此他才對上官鷹真正死心。上官鷹現在認為他浪翻雲是失心瘋，正是要保留自己幫主的顏面；亦是乘機把自己從怒蛟幫剔除，以免阻礙他的發展。他現在絕對不會給自己解說的機會，這個冤屈，是要他硬吞下去了。他要做到兩件事，首先就是取得那張由曾述予繪下凌戰天往營田的路線圖，其次就是要脫出重圍，登上凌戰天留下的快艇，前往救援將被封寒襲擊的凌戰天。

右邊一聲暴喝傳來道：「浪翻雲，我怒蛟幫為你羞恥，只懂威逼弱女，你再不棄械投降，我教你死無全屍。」浪翻雲憑聲音認得這是上官鷹手下勇將「快刀」戚長征，這人號稱怒蛟幫後起之輩中第一高手，手底下頗有兩下子。四周傳來嘲笑怒罵的聲音，這些人從沒有見過浪翻雲的厲害，對他鄙視至極。

上官鷹一言不發。四周傳來弓弦拉緊的聲音。氣氛沉凝，一觸即發。浪翻雲心下一嘆，自己劍勢一展，不知要有多少人血染當場。貼牆而立的乾虹青雖不能言語，卻逼出兩行淚水，流下面頰，眞是使人我見猶憐，眾人更爲此義憤塡膺，連小小的懷疑也置於腦後。

翟雨時的聲音響起道：「現在我從一數到十，若果浪翻雲你再不棄劍受縛，莫怪我們無情。」他的語氣變得毫不客氣，直呼浪翻雲名諱。浪翻雲距離乾虹青只有丈許，在牆上虎視眈眈的敵人由兩丈到四丈不等，但出於對浪翻雲的輕視，連上官鷹在內也認爲可以在浪翻雲傷害乾虹青前，以長箭把他阻截下來，再加圍剿。「一！」「二！」翟雨時開始計數。全場百多名好手，蓄勢待發。

嘯聲自浪翻雲口中響起。初時細不可聞，剎那間便響徹全場，蓋過了計「數」的聲音，連翟雨時下令放箭的聲音，也遮蓋了過去，一時間人人有點徬徨失措。浪翻雲開始動作。他手中的「覆雨劍」倏地不見，變作一團寒光，寒光再爆射開來，形成一點點閃爍的芒點，似欲向四面八方標射開去。浪翻雲的身形消失在庭院內的滿空寒芒裏。怒喝紛紛自四方傳來，勁箭盲目地射向光芒的中心。浪翻雲藉著劍身反映火光，擾亂了他們的視覺，非常高明。只有寥寥數人，仍可察覺到浪翻雲在劍光護體下，閃電般掠向赤裸的乾虹青。翟雨時和上官鷹從浪翻雲的右邊牆頭撲落。被譽爲後起一輩中的第一高手的戚長征從左邊牆頭撲下。一劍、一刀、一矛，以迅雷閃電的速度，疾向浪翻雲攻去。

他們還未撲落院中，浪翻雲的長劍已在乾虹青身上輕點了七下，封閉了她的穴道，同時一連串叮噹聲響，射來的長箭跌滿一地。戚長征人還在半空，忽感有異，一道長虹，從浪翻雲腳下處射來，他的反應也是一等一的快，立如閃電劈出，一觸長虹便運刀一絞，立時虎口一陣劇震，大刀幾乎脫手。他也險被擊中，一個倒翻，借勢墜地。那道長虹適才給他絞上半空，這時才噹的一聲掉在地上，原來是乾虹青長短劍中的長劍。戚長征暗吸一口涼氣，浪翻雲確有驚人絕藝，尤其對環境的利用，詭變百出，智勇兼備，自己這群初生之犢，實在難望其項背。翟雨時便沒有他這樣幸運，剛才浪翻雲身形一動時，順勢分以左右腳踢起地上早先擊落乾虹青的長短劍，長劍飛射向戚長征，短劍贈與翟雨時，他恨他們是非不分，只謀私利，所以含怒出手，毫不留情。翟雨時身在半空，眼前寒光一現，一道飛芒，破空而至，事出意外，他還未來得及揮劍，短劍只離胸前尺許，他甚至感到短劍的鋒銳，透體而來，大叫我命休矣。也是他命不該絕，恰好上官鷹和他一齊撲落。上官家傳武功，非同小可，長矛一動，硬是將短劍挑開半尺，但也劃過翟雨時的左肩。他慘叫一聲，向後倒跌開去。上官鷹長矛一碰上短劍，亦全身一震，倒翻墜地。他全力一挑，竟不能挑飛短劍，浪翻雲一腳之威，令他滿額冒出冷汗。後起一輩三大高手的攻勢，剎那間全部冰消瓦解。

這時浪翻雲挾持乾虹青，穿窗躍入屋裏。上官鷹和戚長征兩人站在屋前，一矛一刀，如臨大敵。翟雨時肩被短劍劃傷，坐倒地上。他也算英雄了得，右手翻出匕首，將已發麻的傷口用力一剜，硬生生剜出一大塊肉，又忍痛封穴，以免毒素攻入心臟。一時天地無聲。只有火把燒得劈啪作響。上官鷹臨危不亂，一舉手，阻止各人躍下牆頭，保持合圍的形勢。現在唯一之計，就是以眾凌寡，以逸待勞。

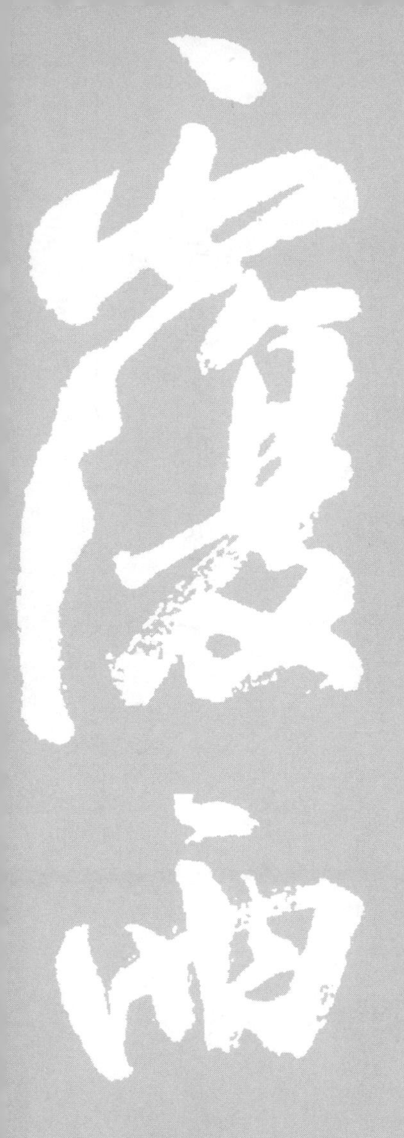

第二章

飛龍在天

第二章 飛龍在天

怒蛟幫的新進好手和浪翻雲接觸之下，才知悉浪翻雲厲害到這種匪夷所思的地步。

屋內傳出浪翻雲的聲音道：「上官幫主，這是我最後一次要求，你肯不肯聽我公開解說今晚的箇中因由。」

上官鷹毫不猶豫答道：「我令出如山，你若再不棄械投降，我將治你以叛幫的大罪，凡我幫眾，都可將你格殺勿論。」他也是勢成騎虎。

浪翻雲的聲音從屋內傳出道：「幫主呀幫主，你有子如此，恕我浪翻雲無從選擇了。」人人都知道他叫的幫主是上一任幫主上官飛。

上官鷹鐵青著臉，他動了眞怒，決定不惜任何代價，要把浪翻雲留下來。翟雨時勉強站起身。他勝在底子夠厚，兼有時間立即封閉穴道，阻止劍毒蔓延，所以一輪行功後，毒素已逼出了大半。增援的人手不斷趕來，心下稍安。這些日子他爲了應付尊信門的突襲，加強了人手防衛和應變，想不到卻是用來應付這樣的場面。超過三百精銳，把小屋團團圍著，空出了小屋和高牆間一大片空地，以這樣的人手實力，即使以浪翻雲的厲害身手，也是插翅難飛。在翟雨時的指揮下，五十多個武功較高的好手，紛紛撲入院中，佔取有利的位置，靜待血戰的來臨。火光掩映，殺氣騰騰。嘩啦一聲。一個人從窗中平飛而出，直向院落中撲來。這立即牽動了全場的目光和動作。蓄勢待發的刀矛劍斧，滿場寒光，一齊向這人攻去。兩柄劍，一把斧，與上官鷹的長矛，戚長征著名的刀，不分先後同時刺入這人的身體內，各人同時一怔，這怎麼可能？

突變再起。嘩啦另一聲巨響，浪翻雲一手挾著赤條條的幫主夫人，另一手舞動著名震天下的覆雨劍，撞破了屋頂，直衝空中，帶起了一天的碎石片瓦。當眾人還來不及思索這是怎麼一回事，天空中爆出千百光點，跟著無數碎石瓦片向四方激射，佈滿四方牆頭的好手紛紛被擊中，跌落牆下，火把紛紛熄滅，場面紛亂。原來浪翻雲利用凌空的一剎那，把覆雨劍展至極限，以劍尖刺挑碎瓦碎石，射向四周的敵人。火把熄的熄，滅的滅，其餘的也因主人左搖右擺，閃滅不定。整個院落難以見物。即使以上官鷹、戚長征的眼力，亦難以判斷快如鬼魅的浪翻雲行蹤去跡。當火把重燃時，浪翻雲失去影蹤。浪翻雲著著領先，令人大感氣餒。他們這時才看到早先從窗中躍出的人，竟是凌戰天手下大將曾述予，衣衫不整，面目灰黑，早已中毒多時。

上官鷹面色煞白，沉聲道：「不論生死，一定要把浪翻雲找到。」

遠方隱隱傳來喧叫打鬥的聲音，西北方里許處火把的光燄熊熊，照亮了半邊天。街道上不斷有武裝的衛士策騎飛馳，形勢緊張。楚秋素摟著兒子令兒，驚得心緒不寧。丈夫凌戰天走後第二日，幫中便一片混亂，不知是否尊信門大舉來犯，但細想又不像，外來的攻擊沒有理由一開始便發生在這深入內陸的住屋區。忐忑不安。其實自從知道凌戰天外調開始，她從沒有一晚能安睡。她的長劍被她拿了出來。自嫁與凌戰天後，她愈來愈少練劍，生了令兒後，幾乎連碰也沒碰過。凌戰天一走，一種缺乏安全的感覺，才使她又把束之高閣的劍拿了出來。

窗戶倏地打開。一個人一閃而入，卓立廳中。楚秋素一聲嬌呼，一手摟著兒子，另一手提起長劍，反應相當不錯。那人平靜地說：「秋素，不用怕，是我浪翻雲。」

楚秋素提起的心，又放了下來。她最信任兩個人，一個是丈夫，另一個人便是浪翻雲，在這非常時刻見到他，意識到有大事發生了。浪翻雲望著楚秋素秀美的面龐，見到她眼中射出勇敢無畏的光芒，心中暗讚了一聲，道：「我沒有解釋的時間，你隨我來，我們要立即逃離怒蛟島，否則後果不堪設想，來！將令兒交給我。」楚秋素表現了果斷的性格，一言不發，將令兒交給浪翻雲。

浪翻雲一把夾起令兒，同時問道：「令兒，你怕不怕？」

令兒才只六歲，天真的道：「娘常說你是天下第一高手，我怎會怕？」浪翻雲一愕，望向楚秋素，她面紅過耳，很不好意思。

浪翻雲若有所悟。但時間分秒必爭，不容他多想。低喝一聲：「跟著我！」便由窗戶竄出。

浪翻雲伏高竄低，穿房過舍，直往島南觀潮石處奔去。這下可苦了楚秋素，她當年雖以輕功最出色見稱，可是這些年來早已荒疏，浪翻雲雖然遷就，也追得她心跳力竭。不過，憑著堅強的性格，她咬著牙根，苦苦支撐，緊跟浪翻雲，向南撲去。浪翻雲回首望向楚秋素，灼灼的目光洞悉了楚秋素的實況。當年這美麗的女孩子，令得他們這群年輕人神魂顛倒，浪翻雲也是其中一個，最後楚秋素揀上英俊的凌戰天，浪翻雲也失望了好一陣子。浪翻雲微微一笑，心想自己究竟怎麼了，居然想起這些陳年舊事。月夜下楚秋素見到浪翻雲回過頭來，不知想到甚麼居然微笑起來，露出一排雪白的牙齒，在他棕黑的臉上份外悅目。

浪翻雲道：「前面敵人重重關鎖，這翟雨時果然是長於佈置的人才，一遇緊急事故，便顯出強大的應變能力，大大不利於我們逃走。我必須要以最快速的身法，抓著少許空隙，乘機竄逃。所以要你伏在我背上，以使我能夠全力展開身法。」

楚秋素看著他堅定的面容，絕對沒有半點的猶豫，這正是浪翻雲一向的行事作風。她一言不發下，順從地伏在他背上，雙手緊纏上他寬闊強壯的頸背。兩人一時間默然無語，浪翻雲感到楚秋素動人的肉體毫無阻隔地緊貼自己背上，連忙用意志控制自己的思想，轉移到敵方的佈置上。這時他們離開南岸的觀潮石才不過兩里許，但也是以這段路封鎖得最是嚴密。因爲怒蛟幫所有設施都是針對敵人從海上攻來，故在沿岸一帶置有重兵，愈近岸邊的地方，愈難安然闖過。楚秋素伏在浪翻雲雄偉的背上，心中生出一種安全的感覺。他的身體微弓，蓄勢待發，果然一聲「小心了」，便像伏在一頭騰空飛起的大鳥背上，兩耳虎虎風生，忽高忽低，忽停忽行，速度比之剛才快了不知多少倍，使她益信浪翻雲是無法可施下，才要自己伏在他背上的。浪翻雲停了下來。遠處傳來狗吠的聲音。楚秋素知道出了問題。

浪翻雲把頭略略仰後，嘴巴剛好湊在楚秋素的耳邊道：「前面是觀潮石，只要你在石上現身，自然有快艇來接應，如果我估計沒錯，快艇正在恭候我們。你一下艇，將會被帶到安全處所。」

楚秋素聽出他語氣並不打算和她與令兒一齊逃走，雙手下意識一緊，把浪翻雲摟個結實，悄聲急道：「大哥不和我們一起走嗎？」

聽到她嬌呼大哥，心下一軟，又迅速堅強地說：「敵人在前面佈有重兵，又有巡島惡犬，我們能登上快艇，亦難逃過他們巡艇的追截，所以我現在要現身引開敵人。當你聽我嘯聲，立即直奔往觀潮石處，切記！」楚秋素知道這不是糾纏不清的時刻。她對這大哥素來信服，尤在丈夫凌戰天之上。終於咬牙點了點頭。

浪翻雲欣賞地笑了笑，淡淡道：「記著，我是覆雨劍浪翻雲，何況我還有一張王牌在手。」腦海中浮現出乾虹青玲瓏浮凸的赤裸身體。楚秋素心中歡喜，這大哥終於回復當年的豪氣。這時浪翻雲側身把她卸下背來。楚秋素一陣空虛，無論如何，在漫長的人生路上，她和這個一向尊崇的大哥，有一段最親密的接觸。浪翻雲一聲珍重，身形消失在黑夜裏。不一刻一聲長嘯在東北方響起，外面立時一陣紛亂，狗吠聲逐漸遠去。楚秋素再不遲疑，一把抱起令兒，往觀潮石奔去。

爲了防禦敵人從水路攻來，怒蛟幫除了在山勢高處設立瞭望站，又以快艇穿梭巡湖，在沿岸重要的戰略據點建有瞭望樓，俯視著沿岸一帶水域的情形。這次變生肘腋之間，故此所有佈置都掉轉槍頭，反過來監視島內的活動，防止浪翻雲逸走。浪翻雲要襲擊的目標，就是這個高約四丈、可俯瞰南岸一帶的瞭望樓。瞭望樓上最少有四至五人在站崗；瞭望樓下燃起了十多盞風燈。一隊爲數三十多人的怒蛟幫眾，手持各式各樣的利器，牽著兩隻巨犬，扼守著通往南岸觀潮石處的通道，如臨大敵。時間緊迫，他必須立刻行動。

浪翻雲藉著房舍的掩護，迅速向瞭望樓掠去，一到了六丈之遙，兩隻巨犬已有所覺，向著那個方向「胡胡」低嚎。數十人手中利器一振，一齊望往浪翻雲那個方向，剛好見到浪翻雲有如天神下降，在半空中平掠過來。兩條巨犬狂撲而上，正中浪翻雲下懷，覆雨劍電閃兩下，兩條巨犬在鮮血飛濺中，打著旋轉撲跌出去。不殺這兩犬，楚秋素如何可避過牠們靈敏的感官。浪翻雲的身形絲毫不停，一下撞入如狼似虎的幫眾內，覆雨劍灑出點點銀光，對方紛紛中劍倒地。他所刺的都是穴位，非常刁鑽，中劍者傷雖不致命，短期內休想能行動。瞭望樓上敲起警報鐘聲。敵方援手轉瞬即來。鐘聲倏然而止，原來浪翻雲殺上瞭望樓，解決了站崗的守衛。分秒必爭。浪翻雲一聲長嘯，直向東北方馳去。他知道此舉會引起敵人的大舉追截，這正是他的目的。

浪翻雲把速度增至極限，對遇上幾股搜索他的敵人，都是採取一擊遠颺的方式。他武功又高，行動迅如鬼魅，很快將敵人弄至疲於奔命，無從捉摸的混亂局面。上官鷹和戚長征等一群武功較傑出的好手，站在東岸的高台上，這處是怒蛟島的主要碼頭，聚集了數十艘大小船隻。翟雨時面色蒼白，肩上以白布紮好。

上官鷹發出命令：「將所有人手召回，分布在沿岸重要據點。待天明才派出精銳逐屋搜索。」這一著不愧是高明的手法。

怒蛟幫一眾默然不語。浪翻雲將他們打個天翻地覆，人人面目無光。他們一向上承怒蛟幫先輩創下的虎威，縱橫得意，以爲自己這輩人後浪會勝前浪，故不把任何人放在眼裏；加上舊人被他們削去勢力，使他們更是驕橫自大。這次可以說是第一次遇上眞正的高手，才發覺己方著著失錯，無論在武功上或才智上，比之浪翻雲都是大大不如，怎不教他們心膽俱懾，自尊和自信大受打擊。

上官鷹還有更深一層的憂慮。一向以來他都不把浪翻雲和凌戰天看在眼裏，連帶他也不太把乾羅、赤尊信等人放在心上。就是在這種心理下，他以爲可以把乾羅加以利用，對付赤尊信，可是當下和浪翻雲一接觸，他自認爲智勇兼備、不可一世的一群，莫不棄甲曳戈，卻連敵人的邊兒也沾不上；更可懼的是浪翻雲每一著都是難以捉摸，令他們盡失先機，無從應付。浪翻雲如此厲害，進而推之，乾羅、赤尊信等也無不是老辣成精之輩！他們何能抗衡？上官鷹勉力振作，自忖一定要周旋到底，這時另一得力手下楊權走近來說：「幫主，龐過之、謝成就等人一齊託病不出，我們要如何對付？」眼中射出忿忿不平的怨恨。

上官鷹心想現在還能怎樣對付這班舊人，他們託病不出，隔岸觀火，已是上上大吉。一邊應道：「他們同爲舊有系統，不出面助我，乃意料中事。」

戚長征在旁插嘴道：「所以浪翻雲的事一定要迅速解決，早點了結這班舊人，否則夜長夢多，另生枝節。」島上約有三千幫眾，舊人只佔一小部分，約有二百至三百人，但他們都是身經百戰的老江湖，力量不可輕估。

翟雨時心中暗罵戚長征廢話，可以不拖下去，誰願意拖。一邊道：「幫主，梁秋末率領大批好手，在趕回島上途中。他一返來，我們實力大增，可無懼於浪翻雲。」梁秋末是上官鷹手下另一名大將，與翟雨時、戚長征並列爲後起之秀中最傑出的高手。梁秋末駐在離怒蛟島南洞庭湖邊的陳寨，打點外界與怒蛟島的聯繫，手下帶領了最精銳的好手。所以上官鷹一見局勢難以控制，立即以飛鴿傳書召他返島協助。

上官鷹心下稍安，翟雨時藉機把他拉在一旁道：「檢驗曾逑予屍體的弟兄說，他是中了一種不知名的劇毒致死……」頓了一頓，似乎有點難於啓齒地道：「他下身仍沾滿精液，顯然死前和女人有合體之歡。」

上官鷹緊咬嘴唇，一言不發，眼中閃著怒恨的凶光。翟雨時道：「我吩咐了嚴守祕密，所以絕不會傳出去。」

上官鷹道：「雨時，你做得好。」

翟雨時道：「如果我們能把浪翻雲亂刀格殺，便一切妥當。」古往今來，滅口是最佳的保密方法。

上官鷹點頭同意。這個臟，鐵定要栽在浪翻雲身上，否則威信何立？他丟不起這個臉。但要打垮浪翻雲，談何容易。洞庭湖上一輪明月高掛。海風徐來。一點也不因人世的險惡有任何改變。

巡搜隊伍開始從沿岸撤走，海島陷入一片死寂，幫眾的家屬亦奉命躲進安全的據點。浪翻雲暗睹一切，明白這是上官鷹以逸待勞的方法。心中轉到赤裸裸的乾虹青身上，自己把她藏在一座廢棄了的小樓上，此時正好趁機把她弄回手上，好作討價還價之用。他在夜空中乍起乍落，藉著四周的障礙，潛回島的中心處。他的身子忽地停了下來，藏在一叢小樹後。風聲颼颼。一個黑衣人在丈許處停了下來，跟著另一個人來與他會合。

其中一人道：「找不到浪首座，如果凌副座在這裏就好辦了。」

先前的黑衣人沉聲道：「繼續找。」兩人分頭馳去。

浪翻雲心道，找到我又怎麼樣，爭權奪利，我已毫無興趣，只待救回凌戰天後，便離開怒蛟幫，雲遊天下，豈非美事。他聽出剛才的黑衣人是自己的舊部，這樣急找，當然希望自己挺身而出，領導他們大展拳腳，好出了這些年來所受的冤氣。待他們走遠了，他展開身法，很快抵達他收藏乾虹青的荒廢小樓。小樓連著棄置的院落，雜草蔓生，一片蕭瑟。大門破爛不堪。浪翻雲穿過院落，一邊留心泥土上有沒有留下別人先他一步到來的痕跡。他從不自恃武功高強而粗心大意。想到平日凌戰天比自己更爲小心謹慎，爲何如此愚蠢，竟然信任曾述予呢？世事往往出人意表，在一些環境下不會犯的錯誤，很可能在另一個場合犯上。他雖然心中著急離島往援凌戰天，可是每一個動作和步驟都是在冷靜下進行，絲毫不見慌亂。細察附近環境，浪翻雲肯定上官鷹等並沒有早他一步，奪回那狠辣的妖女乾虹青。步進門內，赤裸的乾虹青安然放在一角，雪白的身子面牆蜷曲放在地上，肩腰臀腿的線條有如山勢起伏，柔和優美。月色從破窗透入，剛好強調了她下肢的美態。浪翻雲似乎回復昔日江湖獵艷的心情，吞嚥一下口沫，暗讚乾虹青不愧人間絕品，上官鷹血氣方剛，難怪給她迷得暈頭轉向。不過以後兩人的關係，經過今夜的事，恐怕很難繼續下去。

浪翻雲走到乾虹青身前，伸手撫在她柔軟的裸背上，忽然大感不妥，他的反應也是一等一的快，連忙運功封閉胸前幾個重要大穴。同一時間，乾虹青借著浪翻雲一拉之勢，雙掌有如雙飛彩蝶，連續擊在浪翻雲身上。浪翻雲悶哼一聲，倒跌出去，在地上滾了兩滾。赤裸的乾虹青霍地從地上躍起，纖足蓬的一聲踢在浪翻雲的腰下。浪翻雲高大的身形應腳而起，轟的一聲撞上牆壁，揚起漫天的塵屑，再橫跌地上。乾虹青一陣輕笑，她受了一晚的窩囊氣，現在才能一舒怨憤。主客形勢逆轉。

浪翻雲臥在地上，胸前隱隱作痛，若非臨時運功閉穴，他早重傷身死。饒是如此，一時還難以動彈。原來剛才他一觸乾虹青的裸背，感覺到她的皮膚柔軟，毛孔收閉，立時醒覺到乾虹青已解開了被制的穴道。否則若是穴道受制，不能運功抵禦秋寒，必然皮膚變硬，汗毛倒豎，不會保持如斯溫潤柔軟。從他躺著這個角度望上去，赤裸的乾虹青妙態畢呈，俏臉上笑容可掬，浪翻雲知道這笑容背後有著無限的殺意。他全力行功，準備拚死反撲。現在一個最有利的因素，就是乾虹青一定誤以爲他胸前大穴盡被擊中，絕難有任何反抗能力。乾虹青逐漸走近。浪翻雲口角溢血，面相可怖。只要能多拖一刻工夫，他應可恢復攻擊的能力。因乾虹青每一擊都準確命中他胸前幾個大穴，用力又剛猛，雖被他先一步運功護體，仍使他氣血不暢，一時難以提聚功力。

乾虹青走到浪翻雲身前五尺處便停了下來，嬌笑道：「浪大俠，想不到你也有眼前的遭遇，天理循環，絲毫不爽。」

浪翻雲努力擠出個微笑道：「乾小姐這樣公開展示胴體，自然應該取回些許代價。」

乾虹青眼中怒火一現，怒聲道：「只是些許嗎？」這男子死到臨頭還不知悔改，使她怒火中燒。

一個聲音從外邊傳來道：「虹青不得無禮。」語音起時，仍在十多丈外；到最後一個字時，人已踏進破屋中來。

浪翻雲心中一震，立刻知道來者是誰，怪不得自己完全察覺不到有人先來一步，佈下這個陷阱。這人緩緩步入破屋，一副慢條斯理的優閒神態。瘦削的面龐，高挺微勾的鼻，輪廓清楚分明，兩眼似閉，時有精光電閃，一看便知道是難惹的人物。他看來只有三十許，還算得上相當英俊，浪翻雲知道他成名江湖最少有四十年以上，如此估計，他的年歲應該不少於六十。只不過先天氣功到了他們這類境界，往往能克服衰老這個障礙。竟然是威鎮黃河流域，乾羅山城的主人，毒手乾羅。乾羅一到，乾虹青由野貓變回一隻馴服的家貓，悄悄地退到乾羅背後，她雪白的肌膚，襯起乾羅灰藍色的披風長袍，景象怪異。

乾羅淡淡一笑道：「浪兄久違了，自十二年前道左相逢，別來無恙吧？」這番聽來只是平常客套的說話，可是對象是跌臥牆角，口溢鮮血的浪翻雲，卻是非常具有諷刺的意味。

浪翻雲絲毫不怒，反而對乾羅非常感激，最好他多說些廢話，使自己能有更充足的時間衝開被擊中的穴道，目前唯一要做到的，就是要瞞過這魔頭銳利的眼睛。

浪翻雲嘴角一牽，以最沙啞的聲音道：「你的愛女赤身裸體，不怕她著涼嗎？」他的說話似乎言不由衷，其實卻含有深意。因爲現在乾羅、虹青兩人，認定浪翻雲再沒有反抗能力，在說話間便不會提防他，很容易洩漏出一些祕密，所以浪翻雲先試探兩人的關係。其次，他將話題拉遠，是拖延時間的不二法門，只需要多半刻的工夫即可功力盡復。

乾羅嘿然一笑道：「這樣的女兒，我有七個之多，都是我從各地精心挑選，乃萬中無一的絕色佳人。虹青更是當中出類拔萃者，經過本主訓練，她的功夫，你也試過，只不知滋味如何？」說完得意狂笑，意氣風發。他語帶雙關，但每句話都帶有尖刺，至爲陰損。笑聲一止，乾羅又淡淡道：「好了，時間也差不多，不如先讓我送浪兄上路，浪兄不用害怕，旅途上自有貴幫上下一齊陪伴，保證不會寂寞。」笑裏藏刀，刻毒無倫。

浪翻雲看著乾羅緩緩接近，嘴角牽出苦笑。乾羅大快，暗想原來你也會害怕嗎？他故意放慢腳步，蓄意增加浪翻雲死亡前的壓力，達到從精神上折磨他的目的。乾虹青俏臉上露出興奮的神色，這次立下大功，定能脫穎而出，超過眾寵，成爲乾羅山城最有地位的女人，乾羅最心愛的人。乾羅每一步都如擂鼓般敲在浪翻雲心頭，距離愈來愈近。六尺、五尺、四尺……浪翻雲右手在背後握上名震天下，被譽爲江湖第一快劍「覆雨劍」的劍把。

乾羅終於出手。著名的一對毒手如鷹爪張開，在窄小的空間向浪翻雲頭顱抓去。一舉斃敵。他發現浪翻雲眼中有一種非常怪異的神色。那不是自悲，不是恐懼，而是憐憫。乾羅大感不妥。雙爪如出鞘利刃，離弦之箭，已發難收。

就在這刻，一陣嘯聲輕響，趺臥牆角的浪翻雲被一團銀芒遮蓋。銀芒迅速爆開，破屋內滿是光點。乾虹青失聲驚呼。事起突然，乾羅不愧是一等一的高手，不退反進，一雙手化作萬千爪影，強攻入浪翻雲覆雨劍灑出的光點裏去。一個是事起突然，一個是蓄勢待發，相差何止千里。一連串劈啪之聲，在破屋內響起，乾虹青耳鼓生痛，推想是乾羅以驚人的氣勁，格擋上浪翻雲的覆雨劍時，發出的聲音。乾虹青對乾羅無限佩服，她剛才對上浪翻雲時，連他的覆雨劍是怎麼模樣、指向何處都不知道，遑論要憑空手擋劍。兼且乾羅最擅長矛，雙爪雖有絕藝，仍以矛為主要功夫。他的矛分兩截置於背上，看來一時間不能取出。她想插手援助，又是無從入手。這時她剛在乾羅背後，只見在滿天眩目的光點劍雨裏，乾羅有似毫無實質的輕煙，在屋內的空間以鬼魅般的速度移動，閃躲著浪翻雲滔天巨浪式的進攻。她明白了甚麼叫「覆雨劍」。勝負立決。血光濺現。乾羅帶著一蓬血光，暴退向後。覆雨劍寒芒暴漲，以奔雷逐電的速度，激射而來。不知乾羅能否有如封寒一樣，在浪翻雲施展最厲害殺著前，趁那一絲空隙逃遁。乾虹青心中正想著，乾羅已退到她身邊。

乾虹青眼前盡是光芒閃耀，甚麼也看不到。這時她想逃走。乾羅敗了。另一個意念在她腦海裏升起，她一定要阻擋浪翻雲一小刻，好讓乾羅逃走。這意念才掠過心頭，乾羅無情的掌，已拍在她背上，一股陰柔的大力，使她身不由主，箭一樣地以赤裸的肉體，硬朝浪翻雲刺來的劍芒迎去。乾羅這一掌把她推向浪翻雲覆雨劍最鋒銳的攻擊點，使她陷入萬劫不復的境地；也將她的心，無情地剜碎。乾羅就是這樣一個人。正如乾虹青利用其他人，乾羅亦在利用她。一到生死關頭，毫不猶豫利用別人的生命為自己爭取片刻的殘喘。就在她的念頭電光石火般掠過腦海時，她撞入了覆雨劍化開的劍雨裏。驀然呼吸不暢，像有千斤大石壓在心頭，全身有若刀割，劍鋒的寒氣使她像浸進萬年寒冰裏一樣，暗叫一聲我命休矣。

光點散去。浪翻雲在三尺外。乾羅那一掌剛猛之極，乾虹青衝勢不減，一下子撞入浪翻雲懷內。浪翻雲的身子奇異地向左右迅速側轉數次，乾羅附在她身上的掌力全被化去，乾虹青知道自己撿回了一條小命，否則單是乾羅的掌力已可令她吐血身亡。跟著身子騰空而起，浪翻雲左手摟著乾虹青，向乾羅追去。乾虹青身前身後，盡是覆雨劍在空間迅速移動所引起的嘯聲，四周滿是劍雨。她的左右兩側和背後，都給寒劍割體，獨有胸前的部分，因緊貼在浪翻雲的身上，溫暖而有安全感。這時乾羅藉著乾虹青的一擋，緩過一口氣來，身形剛退出屋外。浪翻雲身背裸女，迅速趕來。他的前衝動作，遠快於受傷向後急退的乾羅。乾羅剛離開破屋，他的覆雨劍離開乾羅只有三尺。寒芒暴漲，向屋外的乾羅激射過去。乾羅臉上現出一個詭異的笑容。這時浪翻雲剛好掠出屋外。明月當空。月色下乾羅的面容備覺詭祕。覆雨劍全力擊出。乾羅雙手一振，像魔法變幻般，一支長矛掣在手中，灑出無數矛影。矛尖顫動間，斜標向浪翻雲的面門。

浪翻雲一手摟著赤裸的乾虹青，剛搶出屋外，兩股龐大壓力從左右逼來。屋外佈有伏兵，這便是乾羅回身拚命的原因。浪翻雲悶哼一聲，也不見如何動作，乾虹青雪白的身子給他拋上半空，在月色下不斷翻動，呈露女體各種妙態。剛把乾虹青擲離手，浪翻雲手中覆雨劍化出千道寒芒，萬點光雨，一時天地間盡是劍鋒和激動的氣旋，嘯嘯生風。一連串密集的劍矛枴交擊聲音，同時響起，乾羅踉蹌倒退，手中長矛斷爲兩截，早先浪翻雲刺他那一劍內含勁氣，傷了他的經脈，內傷遠比外傷嚴重，使他發揮不出平日的四成功夫。左邊持枴的黑衣老者打著轉倒跌開去，每一轉都灑出鮮血，胸前縱橫交錯至少十道以上深可見骨的血痕，手中仍緊握一對鐵拐。右邊一人慘嚎一聲，向後暴退，剩下一隻連著手腕的斷手，手指還緊抓著一支鋒利的水刺。乾羅三人一敗塗地。

光點散去，浪翻雲持劍立在門前，面容肅穆，前額一道血痕，顯然是乾羅長矛留下的痕跡，左肩鮮血滲滲流下，順著手臂流在泥土上。乾虹青這時才在空中跌下，浪翻雲猿臂一伸，又把她摟著。乾羅連退十步，站定身形。右邊斷手者一聲不吭，以右手封閉斷手穴道，一派硬漢本色。左邊黑衣老者以枴拄地，胸前不斷起伏，襟前血漬迅速擴大。四周一陣窸窣聲響，身穿黑衣的武士在四面八方出現，手中提著各式各樣兵器，一副打硬仗的樣子，分佈在乾羅等人背後，竟達七十多人。觀其精神氣度，全是萬中挑一的精選。這是一股龐大的力量。乾羅盡起精銳，志在必得。

乾羅面容蒼白，嘿然道：「覆雨劍名不虛傳，乾羅佩服。」他一句也不提自己在猝然不備下，致為浪翻雲所乘，足見乃輸得起，放得下的人。

浪翻雲淡然道：「乾城主非常高明，這樣大股人襲擊怒蛟島，我們還是懵然不覺。」

乾羅哂道：「我女兒甚麼身分，若連個把人也弄不上來，這個幫主夫人也是白做了。」

浪翻雲剛要回話，略感有異，一看手中摟著裸女，伏在自己肩上的俏臉，兩串淚珠直瀉而下，知道她心痛乾羅剛才無情的一掌。這時她背向乾羅等人，只有自己才看見她這悽愴的情景，心下惻然。不過這等事誰也幫不了。

乾羅道：「浪兄，今晚之事，到此作罷，尊意如何？」

浪翻雲訝道：「現下乾兄實力大增，足夠殺死在下有餘，何故半途而廢？」

乾羅乾笑幾聲道：「拜浪兄一劍之賜，縱能殺死浪兄，也失去逐鹿中原能力。不如留下三分情面，希望怒蛟幫能力抗赤尊信那群馬賊，依然保留現今黑道三分天下的局面，豈不美哉。」

浪翻雲暗嘆一聲，這乾羅不愧黑道巨擘，高瞻遠矚，在這等風頭火勢上，仍能放下私人恩怨，為大局設想。想想也是，縱能幹掉名震天下的覆雨劍，必須付出鉅大代價，赤尊信一來，漁人得利，形成統一黑道的大業，這並不是乾羅願意看見的結果。反而留下浪翻雲，讓他們與赤尊信拚個兩敗俱傷，對乾羅這一方面卻是有利而無害。

浪翻雲一聲長笑道：「乾兄打的確是如意算盤。除非乾兄立誓答應即刻退走，兩年內不得干涉敝幫之事，否則浪翻雲今夜誓死也要留你在此。」

乾羅道：「浪兄眼力高明，竟能看出我要經兩載潛修，始能康復，衝著你這一點，我便要答應你的要求。」跟著立下誓言。剎那間，乾羅方面的人退得一乾二淨。

附近的蟲鳴天籟，再度響徹這荒廢的庭院。浪翻雲猿臂一緊，把乾虹青摟個結實，她俏臉上滿是淚痕，一雙美眸閉起。乾羅由頭至尾都不提她的去留，她的心必碎成片片。

浪翻雲輕聲道：「我放手了。」

乾虹青急道：「不要！」她仍沒張開眼睛。

這兩人關係奇怪，朋友，敵人，甚麼也不是。浪翻雲心中一嘆，不知如何是好。自從和惜惜一起後，他從沒有接觸其他女子，何況是這樣赤條條的尤物。在這之前，他可以當她是毒蛇惡獸，但現在形勢微妙，她回復了可憐和需要保護的弱質形象，他再不能以這種心態對她，立刻感到肉體接觸那種高度刺激。今夜的出生入死，令他心理和精神上生出異於過去兩年的變化。江湖的豪情，重新流進他的血液內。一切都發生得那樣急速和無暇多想，每一剎那都是生與死的鬥爭。他好像聽到惜惜的聲音道：「這才是我愛的覆雨劍浪翻雲。」抬頭望向天上，明月在提醒他，那夜惜惜在月圓之下，安靜地死去，在洞庭湖蕩漾的水波上，一葉輕舟之內。

乾虹青輕輕在他耳邊道：「你知道你的眼神很憂鬱落寞嗎？」豐潤的紅唇，輕輕碰觸到他敏感的耳朵。他心中生出一種無由的厭惡情緒，有點粗暴地一把推開了她。猝不及防下，乾虹青差點倒在地上。一件長袍擲在她身上。浪翻雲喝道：「遮著你的身體。」乾虹青一愕，不知浪翻雲為何態度驟變，一時萬念皆起，心中自卑自憐，想起自己在那無情乾羅指使下的種種作爲，默然無語地把浪翻雲的披風穿上，把雪白動人的肉體藏在衣下。浪翻雲一看，這敢情更不得了。在他寬大的披風裏，乾虹青全身線條依然若隱若現，胸前處的掩覆極低，露出雪白豐滿的胸肌和半顆高聳跌蕩的乳房，比之裸體時，更多一番神祕誘人的魅力。乾虹青緩緩走到浪翻雲面前，神色悽然，道：「我生無可戀，殺了我吧。」

浪翻雲長劍一動，指著她的胸口，他自己也不知怎會捨咽喉而取這位置。乾虹青閉上雙目，似乎因罪孽深重，甘心受死。浪翻雲心想，這只是一個人盡可夫的女人，但她曾貴爲幫主夫人，這兩個因素一加起來，造成她非常特殊的身分，使他不由也感到有點茫然和刺激。他想，如果我用劍尖挑開她的衣裳，她絕對不會有絲毫反抗。跟著卻又大吃一驚，怎麼自己居然有這個想法？難道這兩年多來壓抑著的情慾，經過今夜的衝激，蠢蠢欲動至不能壓制的境地。乾虹青心知浪翻雲不會這樣幹掉她。在他的劍尖下，她有種莫名的興奮。她很奇怪，自己因乾羅的無情出賣，應在極端悲痛的情緒裏，可是現在卻反而有再世爲人的感覺，似乎以往種種，全不干她的事。

浪翻雲哂道：「我倆間的事，至此了結，以後你走你的路，與我全不相干，若要尋死，便要自己找方法。」覆雨劍一閃，收回鞘內。

乾虹青嚇得張開大眼：「你怎能丟下我不管？」

浪翻雲心中浮起她和曾述予在暗室內幹的諸般聲情動作，竟動了莫名怒火，喝道：「我不將你砍成百塊，已算你祖先積德，還要怎樣理你？」事實上他也不知道自己爲何這麼多話，太不像他一貫作風。

乾虹青烏溜溜的眼珠一轉兩轉，不知在想甚麼東西。浪翻雲不再說話，走出庭院。走了幾步，乾虹青在後亦步亦趨。浪翻雲停下腳步，卻不回頭。

乾虹青在他身後道：「不知你信是不信，只要你一離開，我將立刻被乾羅的人襲殺。」

浪翻雲一陣沉吟，這話倒是不假，乾虹青在乾羅山城的地位估計不低，又爲乾羅「收養」多年，連姓氏也跟了乾羅，應屬於最高一層的等級，故能深悉乾羅山城的虛實佈置。乾羅心狠手辣，怎能容忍一個這樣的人在外面自由自在，隨時可以出賣山城的機密。

浪翻雲道：「乾羅本人傷重不能出手，『破心枴』葛霸和『封喉刃』謝遷盤剛才爲我重創，乾羅方面堪稱高手的『掌上舞』易燕媚雖還未現身，算來她武藝也是和你在伯仲之間，你敗敵不能，自保逃命，還不是綽綽有餘嗎？」這一番話合情合理，乾虹青非是一般女流，不但媚術驚人，兼且武功高強，狡詐尤勝狐狸，她不去害人，別人便額手稱慶了，如何還敢來惹她。

乾虹青蹙了蹙蛾眉，這個動作非常好看，事實上她迷人的地方，並非萬種風情下的煙視媚行、妖蕩形態，而是清麗脫俗中含蓄的誘惑，這把她的吸引力提升到一個一般美女無法企及的境界。

乾虹青苦笑道：「你有所不知，爲了控制他的女人，乾羅有一群閹割了的手下，我們這群由他自幼供養，以供淫樂的女子，無論如何動人，一遇到這批對女人全無興趣的人，便一籌莫展；其次，我們的武藝都是由他親傳，他故意在我們一些招式中留下致命的破綻，所以只要他指點一二，這批閹割了的廢物，便可輕而易舉取我性命。」

浪翻雲失笑道：「乾羅眞是想得周到至極，好吧，暫且讓你跟我一會。」

乾虹青欣然道：「眞是好！我甚麼都聽你說。」一向以來，遵從乾羅的命令行事，成爲了她的生活習慣，這下目標失去，浪翻雲對她先後施恩，使她立如發現新大陸一樣，有所依恃。浪翻雲苦笑一下，大步前行。還有兩天便是惜惜的忌辰。乾虹青不敢和他並排而行，緊跟在後，輕聲問道：「你是不是要離島去救凌戰天？」

浪翻雲再望了天上明月一眼，剛好一朵雲飄過，遮蓋了部分的光芒。頭也不回道：「連我這個不理世事的人，也知道一切事都會在乾羅來前這幾天發生，凌戰天豈會不知？若你是他，會否聽話離開？」

乾虹青點頭道：「可是我們曾用種種方法調查，他的確是在遠離本島的路上，據最後的消息，他最少在百里之外。」「我們」自然是指她和上官鷹。

浪翻雲哂道：「凌戰天何等樣人，連這種假象也做不到，何能稱雄一時？乾羅不是忌他，爲何要指示你弄他出去？」頓了一頓道：「若我估計無誤，所有屬於舊有系統的怒蛟幫精銳，都會在今夜潛回島上。」他的目光望向遠方的夜空道：「赤尊信一向都喜歡在黎明前發動攻擊，不知這次會不會例外？」

生於洞庭。死於洞庭！

上官鷹、翟雨時、戚長征和數十名幫內頭目，立在島東碼頭上，一邊是煙波浩瀚的洞庭湖，在月色下波光蕩漾，另一邊是山嶺連綿的怒蛟島。接近二千怒蛟幫眾，手提兵器，把堤岸完全封鎖。另外約五百嘍囉，分佈在沿島而設的十二個監視海岸的瞭望樓附近。無數火把熊熊燃點，把近岸一帶照得明如白晝。丑時初。離天亮還有兩個時辰。一隊隊戰馬，載著幫眾，在沿岸大道穿梭巡邏。上官鷹等看著這樣的威勢，找回不少因浪翻雲而失去的信心，又再神氣起來。

一個頭領從村內策馬直奔長伸出湖水的碼頭，下馬求見。這頭領走到上官鷹身前，肅立報告道：「遵照幫主命令，島上全部婦孺，已撤入地下密室，村內房舍全空。巡島的神犬共二十頭，集中一處，天一亮，可進行徹底的搜索。」

上官鷹嘿嘿一笑道：「任他浪翻雲三頭六臂，看他怎樣逃過我的指掌。」眾人點頭附和。怒蛟幫由凌戰天一手建立的防衛和進攻系統，這時發揮出威力。

蹄聲從左面堤岸響起。聽蹄聲急速，便知有事發生了。一騎快馬奔上碼頭，騎士連爬帶滾走到眾人面前，面色煞白，胸前不斷起伏。眾人一齊搶前，翟雨時喝道：「何事？」

騎士倉皇道：「西北區七號瞭望樓兄弟五十二人，全部陣亡，我們巡至時，他們伏屍瞭望樓周圍，身上的傷痕由不同的凶器造成，陸上全無敵人的行蹤，原先在瞭望樓附近的幾艘快艇，失蹤不見，敵人應由海路逸去。」

眾人面色大變。五十二人連敲響警號的時間也沒有，敵人實力一定非常驚人。如果浪翻雲在此，一定料到是乾羅等人由此撤走。以他們的實力全力暗襲這樣的據點，可說輕而易舉，況且還可能有奸細接應，故能把攻擊的時間安排得恰到好處，絲毫不驚擾其他人。

戚長征沉聲道：「自從幫主下令總動員後，屬於凌戰天那系統三百多人，像是消失了一樣，不見蹤影，這事會不會和他們有關係？」語氣並不太肯定。大家雖說派系不同，總是同居一處，同出一源，有著千絲萬縷的關係，很難痛下這樣的毒手。

翟雨時道：「這事只能暫時存疑，好在離天明只有兩個時辰，到時自能有一個明白。」跟著轉向上官鷹道：「幫主，目前我們務必增加人手巡邏，既要防止再有人外逃，也要防止敵人去而復返。」

上官鷹鎮定地道：「照你話去做。」翟雨時自去傳令。

有人呼叫道：「幫主！你看。」眾人一齊轉身。月夜下的洞庭湖，天邊水平線處出現一艘巨舟，乘風破浪，張開巨帆，全速向怒蛟島駛來。眾人心中懍然。難道敵人公然來犯？巨舟像隻擇人而噬的巨獸，直撲過來。碼頭上和沿東岸二千餘人，一顆心都提到口腔。神經拉緊。上官鷹極目望去。巨舟愈逼愈近，有若一座在湖上移動的高山，把人壓得透不過氣來。

上官鷹長長吁出一口氣，低罵一聲，轉身喝道：「是自己人。」大舟上飄揚著怒蛟幫的旗幟。眾人一齊歡呼。怒蛟幫駐在島外陳寨，由梁秋末率領的精銳，及時趕回。己方實力大增，何懼之有。巨舟泊岸。這樣的巨舟，十多年來，怒蛟幫總共建成了二十七艘，以之行走洞庭和長江，乃爭雄水域的本錢。在歷次戰鬥裏，其中八艘，不是當場毀壞便是日久不能使用，現時仍在服役的只有十九艘，實力已遠勝當時長江流域的任何幫會。梁秋末這艘巨舟，名叫「飛蛟」，性能極佳。與目前泊在怒蛟島的其他兩艘巨舟「怒蛟」和「水蛟」，同是速度最快的三艘。「怒蛟」是怒蛟幫主的座駕舟，威震大江的怒蛟幫帥船。每艘巨舟能容五百之眾，可以迅速把兵員運送至水流能抵達的地方，因而怒蛟幫的勢力籠罩了整個長江流域。他們勾結官府，以交換地區的和平和利益。「飛蛟」開始減速，緩緩接近長長伸入湖中的碼頭。「隆」的一聲，巨舟靠上碼頭，碼頭一陣搖動。飛索從船上飛下，碼頭上的幫眾一陣忙碌，把大船扯緊。船上放下跳板。一個高大雄壯的身形在另一頭出現，緩緩步下，不是上官鷹得力部下梁秋末是誰？

上官鷹剛要上前，忽然全身僵硬，面色大變。梁秋末面色煞白，一隻手纏滿白布，身上還有多處血跡，完全是浴血苦戰後的慘狀。船上跟著走下一個又一個的傷兵。由船上下來的人，沒有一個不或多或少帶著點傷，嚴重的更是給抬下來。眾人一時都怔在當場。

梁秋末有點步履維艱地走到上官鷹面前，雙眼赤紅，激動地道：「屬下無能，陳寨失守。」

上官鷹一震，急問：「這怎麼可能？」陳寨與怒蛟島一內一外，互相呼應，駐有重兵近千，誰能在剎那間，毫無先兆地挑了它？

梁秋末蒼白的臉掠過一陣血紅，道：「赤尊信親率大軍掩至，若非當時我等準備回怒蛟島增援，正在枕戈待旦，後果可能更為不堪。」他眼中閃過一絲恐懼，顯然回想起當時可怕的場面，猶有餘悸。

在上官鷹追詢下，梁秋末道：「敵人忽然以強大的兵力，從西北的林木區殺來我們靠湖的基地，那簡直不是戰鬥，而是屠殺。他們以火箭及快馬強攻，使我們迅速崩潰。我們完全無法擋拒，誓死抵抗下，才能且戰且退，藉巨舟逃生。」戰況慘烈，可想而知。眾人默然不語。怒蛟幫終於面對生死存亡的時刻。

梁秋末的聲音有點哽咽，悽然道：「他們簡直不是人，那種打法好像我們是他們的宿世死敵。能逃出的，只有三百多兄弟，其他全部壯烈成仁。」赤尊信是馬賊起家，凶殘暴烈，早名震西陲。

翟雨時道：「秋末，你如何肯定是赤尊信方面的人？」

赤尊信門人從不穿著任何形式的會服，只在頭上紮上紅巾，所以又被稱為「紅巾盜」。這是江湖上眾所周知的。果然梁秋末答道：「來犯者頭紮紅巾，兼且力量強橫若此，不是尊信門的強徒還有誰？」

上官鷹問道：「你有沒有和赤尊信照過臉？」

梁秋末面上神色有點尷尬道：「根據傳聞，赤尊信身高七尺，雙目猶如火炬，滿面虬髯，宛似硬毛刷，我曾詳詢各位弟兄，他們都說沒有見過這樣一個人。但『蛇神』袁指柔，我卻和她交上手。」

眾人眼中射出駭然的神色。這「蛇神」袁指柔，名列赤尊信座下七大殺神之一。女扮男裝，動作舉止一如男人，專愛狎玩女性，是個變態的狂人。偏是手中蛇形槍威猛無儔，又有赤尊信這座強硬後台，武林雖不齒其行，依然任其橫行。梁秋末的功夫和他們一眾相差不遠，只要知道兩人交手的結果，便可推測敵人的深淺。各人都有點緊張。

梁秋末苦笑道：「我一向自負武功，其實是還未遇上眞正的硬手，袁指柔一上便有若暴雨狂風，當時那種猛烈凌厲攻勢，竟然令我心生怯意，我本以爲自己全無所懼，豈知與高手交鋒，他們所生的強大殺氣，有若實質，我十成功夫，最多只可使出七成。」

四周只有湖水輕輕拍岸發出的沙沙聲響。上官鷹和其他十多名高手，默然不語，呆在當場。他們正在害怕。這時他們的心中，想到浪翻雲和凌戰天。可是事情到了這個地步，又怎能奢望他們會與幫會共同進退、抗禦外敵呢。

梁秋末道：「我奮力擋了她蛇形槍十八下硬擊，她幾乎可以從任何角度攻來，連身體亦有若毒蛇，上下翻騰，時而躍高，時則倒滾地上，防不勝防，使人全無方法判斷她下一招的動作。」他的臉上現出恐懼的神情，像在回憶一個可怖至極的夢境。梁秋末指了指包紮著的左肩，苦笑道：「這是第十九擊。若非謝佳和一眾兄弟捨命搶救，肯定我不能回來見你們。」跟著神情一黯道：「謝兄弟也因此死了。」

十八擊，梁秋末也只能擋她十八擊。想她十八擊顯然是在剎那間完成，所以幾乎是甫一接觸，梁秋末即落敗受傷，相差如此之大，這場仗如何能打？何況還有名列黑道十大高手之一的赤尊信，這人武功遠在袁指柔之上。眼前只是赤尊信座下的幾個高手，已夠他們受了。上官鷹環顧眾人，都是面色煞白，連一向以勇武著稱，凶狠好鬥，被譽爲後起一輩中第一高手的戚長征，也噤口不能言語。翟雨時眼中閃過悔恨。他們平時排斥凌戰天等人，處處佔在上風，自以爲不可一世，到現在眞正動起手來，一碰即潰，毫無抗爭能力。附近雖有二千名幫眾，卻絲毫不能給他們帶來半分安全感和信心。上官鷹記起父親臨危吩咐的說話，當時上官飛緊握著他的手道：「鷹，你很有上進心，他日必成大器，惟需謹記幫務一定要倚重凌大叔，他長於計畫組織，對全幫的發展，裨助最大，武事方面則有浪大叔，我平生遇能人無數，可是從未見過比覆雨劍可怕的劍法，切記切記，好自爲之。」可惜當時上官鷹腦中轉的卻是另一些完全相反的念頭，到現在他才知父親每一句話都是金玉良言。人是否要通過失敗才可以更好地學習。假設這是一個不能翻身的致命失敗呢？

據說赤尊信最喜歡在黎明前發動攻擊，他認爲那是命中注定的最佳時刻，每戰必勝。事實上一向以來的確如此。現在離黎明還有個半時辰。這是黎明前最黑暗的時刻。明月躲進烏雲之後，好像不忍觀看即將來臨的慘事。血戰即臨。

浪翻雲領著乾虹青，回到他深藏谷內的山居。一路上如入無人地帶，整個怒蛟幫人聚居的村落，杳無一人，靜如鬼域。唯有遠處近岸的地方，千百火把燃亮了半邊天，仍在提醒他島上有其他人的存在。山居前小橋仍在，流水依然。一進屋內，浪翻雲背窗坐下。乾虹青見他毫無招呼自己的意思，也不客氣，坐在他左側的椅上。這是唯一空下的木椅，沒有其他的選擇。乾虹青環目四顧。室內陳設簡單，兩椅一桌，另加一個儲物大櫃，別無他物。右邊內進似乎是臥室，一道門簾隔了視線，想來也不會比外間好得到甚麼地方去。清新的空氣，野外的氣息，毫無阻隔在屋內流通。月色無孔不入地映進來，把屋外樹木的影子，投射在牆上地下，帶有一種出凡脫俗的至美。這是一個不用燃燈的晚上。乾虹青這才發覺室內無燈也無燭。就在這屋內，浪翻雲度過了無數沒有燃燈的晚上。

月亮西斜，滿天星斗。四周的蟲聲風聲，有規律和節奏地此起彼落，生機勃勃。一種至靜至美的感受，從乾虹青心內湧現出來，外邊的世界是那樣遙遠和不眞實，這裏才是眞正的「生活」。浪翻雲平靜無波，似乎正在享受這裏的一切，他現在這種神情，看在乾虹青昔日的眼裏，便會被認為「落落寡歡」，可是現在乾虹青卻有完全不同的看法。其實浪翻雲是在享受。紀惜惜死亡的刺激，提醒了他一向忽略了的世界和生活。所以他絕不是頹唐失意。他的心靈晉至更高的修養境界。唯能極於情，故能極於劍。還有一個時辰，便是天明了。最黑暗的時刻。就是最光明前的剎那。

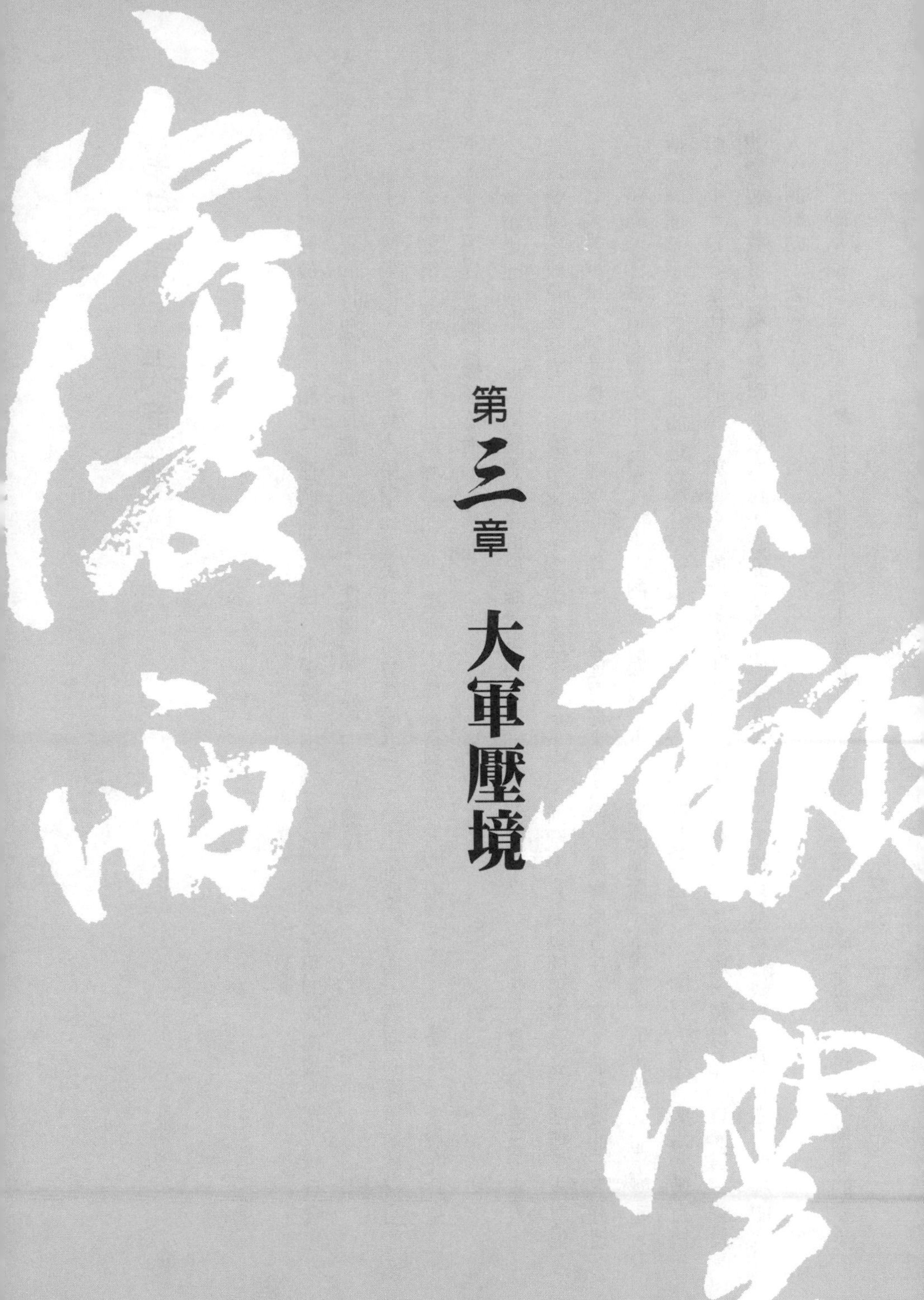

第三章 大軍壓境

第三章 大軍壓境

十七艘鼓滿風帆的船隻，在洞庭湖天邊的水平線上出現。赤尊信終於在黎明前出現。眾人感到喉焦舌燥，緊張的情緒攫抓著每個人的心靈，使他們瀕近於崩潰的邊緣。

上官鷹喝道：「將所有人集中在這裏。」命令被傳下去，除了必要的守衛，巡邏的隊伍均被召回。上官鷹發出第二道命令：「準備一切。」凌戰天當年曾對怒蛟島的防衛，下了一番工夫，現在倉皇之下，派上用場。箭已搭在弦上。

戰船迅速逼近。這些帆船體積遠遜於怒蛟幫的戰船，若以每艘可坐二百人計，實力可達三千多人，比之目前怒蛟幫總兵力二千五百多人，超出了差不多一千人，何況對方向以凶狠善戰名震西陲。赤尊信座下七大殺神莫不是武林中響噹噹的人物，何況還有從未曾敗過，被譽為古往今來，最能博通天下武技的「盜霸」赤尊信。眾人手心冒汗。十七艘敵船緩緩停下，在洞庭湖面一字排開。號角聲從船上響起，傳遍湖面。不改西域馬賊的進攻陣仗，敵船放下一艘又一艘的長身快艇，不斷有人躍入艇去。數百快艇，不一刻聚集在敵船前面，顯示了高度的效率和速度。敵人以堅攻堅，準備一戰以定勝負。另一聲長號響起。數百快艇，濺起無數水花，破開湖面，直逼過來。月夜下殺氣嚴霜，快艇上載有過千凶狠的敵人。洞庭湖上戰雲密佈。

怒蛟幫這一邊也是蓄勢待發。他們現在退無後路，唯有背城一戰。若讓這批馬賊得勝，他們的妻子兒女，將無一倖免。快艇像蜂群般洶湧而來。上官鷹大喝一聲：「放箭！」霎時間洞庭湖面上的空間密佈劃空而過的勁箭，向著敵艇飛去。生於洞庭。死於洞庭！

號角響起時，浪翻雲靠椅安坐，閉上雙目，意態優閒。反而乾虹青霍地立起身來，向浪翻雲道：「赤尊信來了，你還不援手？」

浪翻雲雙眼似開似閉，漠不關心地道：「他們是他們，我是我，生死勝敗，於我何干？」

乾虹青為之氣結。事實上浪翻雲不無道理，你不仁我不義，還有甚麼好說。只不過乾虹青的兩個身分，一是乾羅養女，一是幫主夫人，都習慣把赤尊信視作敵人，故而下意識地作出這樣的反應。

乾虹青又說道：「怒蛟幫創於你的手上，難道你便這樣坐著看它煙消雲散嗎？」

浪翻雲似笑非笑道：「你這個幫主夫人早被革職，來！讓我派給你一個新的任務。」跟著指了指背後，道：「給我按摩肩背，讓我過點做幫主的癮。」乾虹青為之啼笑皆非，想不到自己為上官鷹按摩的事，竟然傳到他的耳內，這人並不如他表面的無知。但她心中卻是歡喜，欣然來到浪翻雲背後，一雙手盡展所長，提供這特別的服務。

便在這時，一個平淡冰冷的聲音在屋外道：「浪兄死到臨頭，還懂得如此享受，確是有福。」

乾虹青全身一震，她的武功已然不弱，居然完全覺察不到屋外有人，嚇得停了下來。浪翻雲輕喝道：「不得停手。」乾虹青這時才知道浪翻雲早知有人在外，故命自己躲在他背後，加以維護。是甚麼人能令浪翻雲也緊張起來？一雙手不停地開始按摩起來。浪翻雲寬闊雄厚的雙肩，使她心中溫暖，尤其難得的是浪翻雲對她的信任。

室外冰冷的語聲繼續傳來道：「浪兄要小弟入屋謁見，抑或浪兄出門迎客？」這人的語聲，令人泛起一種冷漠無情的印象。

浪翻雲笑意盈盈地道：「封兄貴客遠來，若不入寒舍一敘，不可惜嗎？」

乾虹青心中搜索姓封的高手，驀地想起一個人來，全身如入冰窖，雙腿幾乎發起抖來。這才眞正明白浪翻雲要她站到他背後的原因。封寒和浪翻雲，一刀一劍，均名入黑道十大高手之列。封寒初時排名，尤在浪翻雲之上。兩人結怨先因凌戰天與封寒的情婦，名震黑道的女魔頭龔容悅的衝突。其中因由，錯綜複雜，非是當事人難知來龍去脈。只知在一次龔容悅與凌戰天交手，惹出了浪翻雲；龔容悅在覆雨劍下當場身亡，引發了封浪兩人的決鬥。結果是封寒敗走遁退，並聲言要殺盡浪翻雲的女人。浪翻雲要乾虹青站在他背後，正是怕封寒「誤會」。

一名男子，在門前出現，背上斜插著把長刀。這人高瘦修長，卻絲毫不給人半點體弱的感覺。整個人像以鋼筋架成，深藏著驚人的力量。使人覺得他不動則已，一動起來必是萬分迅捷靈巧。他面孔長而削，顴骨高起，兩眼深陷，雙睛神采異常，光華隱現。而且他神色無憂無喜，似是回到家中一樣。

兩人目光利如鋒刃，立時交擊纏鎖在一起。浪翻雲笑道：「封兄來得合時。想不到以封兄的自負，仍要聽命於赤尊信。」這幾句話明說封寒和赤尊信一路而來，目的是由封寒來此牽制浪翻雲，使他不能插手外面的陣仗。

封寒冷笑一聲道：「赤尊信何德何能，可以差得動我？不過凡是可以令浪兄傷心難過的事，我封寒都不想放過，加以此事對我有利無害，落得撿個便宜，在此放手一搏。浪兄這兩年來龜縮不出，小弟不知近況，只聽得些風言風語，很爲浪兄擔心，所以一有機會，便來探望。」他的語氣充滿揶揄，怨恨甚深。

浪翻雲優優閒閒，沒半點煩急，微笑道：「多謝封兄關注。」

封寒皺一皺眉，他本來以為浪翻雲必然心掛外邊的安危，致使他心煩氣躁，心不定則氣逆，露出破綻。豈知他比自己還不在意，頓然使他生出高深莫測的感覺。這些年來他苦練刀法，自覺較勝從前，頗有自信，現在一見浪翻雲，感到他的精神氣度，大異從前，可是又不知不同處是在哪裏，有點無從捉摸的感覺。浪翻雲閉上雙目，像是正在專心享受身後美女的侍奉。乾虹青渾身不對勁，封寒的人便像他背上的刀，不斷散發出懾人的殺氣，使她心膽俱震，首當其衝的浪翻雲，不知為何可以這般優閒自在。猶幸封寒電芒般眼神，眼角也未曾望過她一眼，由始至終都罩定浪翻雲身上，否則她更不知如何是好。封寒眼神充沛，連眨眼也不需要。相反地浪翻雲閉上雙目，好像著名的「左手刀」封寒，並不在他身前一樣。遠處傳來陣陣號角的響聲和喊殺聲，大戰展開。封寒嘴角露出一絲得意微笑，心想我不信浪翻雲你不急，看你能假裝到何時。浪翻雲安坐椅上。乾虹青戰戰兢兢的站在後面為他按摩。前面八九尺處是虎視眈眈的「左手刀」封寒。三人便是這樣子耗上了。離天明還有大半個時辰。明天會是甚麼樣子？

上官鷹大喝道：「火箭。」千百支燃點著的火箭，直向十多丈外的敵艇射去。天空中劃過連綿不斷的星火，煞是好看。上官鷹登上碼頭旁的高台上，以燈號和擂鼓，指揮怒蛟幫全軍的進退。敵艇高速衝來，儘管艇已著火，仍企圖在焚毀前衝到岸邊。頭戴紅巾的敵人，不斷以盾牌武器，封擋射來的勁箭火器。他們武功高強，火箭對他們沒有多大傷害。敵艇愈來愈近。最快的數隻敵艇，進入了十丈之內。戚長征等一眾人在碼頭上枕戈持戟，靜待近身肉搏的時刻。

上官鷹表現了出奇的鎮定，直到幾乎所有快艇都逼至十丈許的距離時，才一聲大喝道：「擂石！」高台上的戰鼓一陣雷鳴。岸上忽地彈起成千上萬的石彈，每個石彈其大如鼓，重逾百斤，霎時間漫天向敵艇飛去。這一著極爲厲害，石彈以機括發動，因石彈要達到某一重量才可造成殺傷力，故不能及遠。所以上官鷹待到敵人進入射程，才發出號令。這些石彈加上衝力，幾逾千斤，非是兵刃能加擋格，在慘叫連天中，紅巾盜紛紛中彈落海，大部分中彈的快艇，即使不斷開兩截，也不能行動。這一著令尊信門傷亡慘重。上官鷹暗道：「凌大叔，多謝你。」原來這都是凌戰天的設計，怪不得如斯厲害。這些紅巾盜凶狠異常，仍紛紛泅水過來，十丈的距離，絕對難不倒他們。

一陣鼓聲又在高台上響起。怒蛟幫眾將一桶又一桶的松脂油，倒在沿碼頭的湖面上。紅巾盜愈來愈近，最快的離岸只有丈許。上官鷹一聲令下，火箭燃起。再一聲令下。千百枝火箭，正對泅水而來的數百紅巾盜，電射而去。這一著避無可避。火箭一下子燃點起湖面上的松脂油，紅巾盜頓時陷進火海裏，無數人全身著火，在湖水中燒得劈啪作響，慘叫和痛嚎聲混在一起，尊信門的先鋒部隊慘遭挫敗，未沉沒的艇和離岸較遠的敵人立即撤退。熊熊火燄，照得近岸的湖面血紅一片，有若地獄。怒蛟幫眾一齊歡呼，士氣大振。翟雨時和戚長征兩人興奮得互拍膊頭，同時想到：這都是凌戰天精心創出的設計，一到這生死關頭，發揮出驚人的威力。這一接觸，尊信門至少損失了六百多人。翟雨時、梁秋末和戚長征三人站在碼頭伸出海的一端盡處，享受著初步勝利的成果。

敵船中號角傳來，組織著新的攻勢。湖面的火勢略減，松脂油燒得差不多了。便在這時，嘩啦水聲，從碼頭左側的水面響起。驚呼傳來，翟戚梁等三人霍然望去，一個頭紮紅巾，身材短小精悍，面相凶惡的人，手中雙斧翻飛下，己方的弟兄紛紛浴血倒地。原來他自恃武功高強，竟潛過火海，獨自一人撲上來拚命，凶悍至極。翟雨時心中想起一人，必是赤尊信座下七大殺神之一的「矮殺」向惡。這人向以不怕死著稱，凶名頗著。

看到己方弟兄血肉飛濺，三人眼也紅了，不約而同一齊撲去。向惡的斧法老辣非常，兼且身法進退快如閃電，在怒蛟幫的戰士中便像隻靈巧狡猾的箭豬，觸者無不或死或傷。三人中以戚長征武功最高。大刀在人群中迅速推前，一下子越過眾人，直往向惡背上橫削過去。這招頗有心思，因爲向惡背向著他，背後的動靜全憑雙耳監察，橫削帶起的風聲最少，最難提防，戚長征不愧後輩中出類拔萃的人物。向惡凶性大發，這些年來戰無不勝，剛才初攻不利，使這凶徒怒火如狂。這下劈飛了兩個斗大的頭顱，又劃開了一個人的肚皮，忽感背後有異，一道勁風割背而來。他非常了得，知道不及轉身，竟在原地一個倒翻，變成頭下腳上，雙斧凌空向戚長征猛力劈去。利斧劃過兩人間窄小的空間，左手斧劈向戚長征的大刀，右手斧直劈戚長征的眉心。戚長征在這生死存亡的一刻，顯示出多年苦修的成果，大刀反手一挑，噹的一聲大震，勉力擋開向惡力逾千斤的一斧；跟著刀把倒撞，剛好在斧鋒離眉心前一寸時，硬把利斧撞歪，貼肩而過。向惡激起凶性，一聲暴喝，身形再翻，又一個觔斗，雙斧再攻向戚長征。戚長征雙臂痠麻，知道退縮不得，喝一聲好，大刀化作一道長虹，直往仍在半空的向惡劈去，帶起呼呼破空聲，氣勢強勁。翟雨時剛好趕到，也不理先前爲浪翻雲踢劍所傷的肩膊，雙手持劍躍起，由向惡左側直插其腰。向惡一聲獰笑，一腳踢正翟雨時刺來長劍，雙斧原封不動，迎向戚長征的大刀。一陣金鐵交鳴的聲音，戚長征倒跌向後，頭上連皮帶肉被削去一大片。翟雨時連人帶劍，側跌一旁，落地時腳步踉蹌，幾乎翻倒，舊傷口立時爆裂，血染衣衫。向惡雖無損傷，但在兩大年輕高手合攻下，亦側跌落地，還未站穩，梁秋末的長戟，已閃電從後背刺來。向惡身體失去平衡，大叫一聲，迫不得已乘勢滾在地上。梁秋末乘勢猛追，長戟水銀瀉地般向地上翻滾的向惡瘋狂急刺。四周的怒蛟幫戰士奮不顧身，刀槍矛戟，死命向這凶人攻去。

向惡先機一失，雙斧揮舞，堪堪抵敵住加諸他身上狂風暴雨式的進攻。鋒芒一閃，一枝長矛像從天際刺來，噹的一聲刺在向惡左手斧上。長矛的力道沉雄無匹，連向惡也禁不住斧勢一頓，嚴密的斧網露出了一絲空隙。梁秋末見機不可失，長戟甩手直刺，對著向惡的胸前要害飛去。向惡左腳彈起，一把踢飛襲來的長戟，剛要借腰力彈起身來，長矛再次襲體而至，同一時間，一把大刀當頭劈下。向惡剛想運斧擋架，大腿間一股劇痛直入心脾，原來翟雨時乘他踢開梁秋末的長戟時，露出了大腿的內側，翟雨時長劍乘虛而入，長劍穿過這凶人的大腿，在另一邊露出劍尖。長矛和利斧絞擊在一起，向惡全身一震，利斧險險脫手，剛要變招，面頰一涼，慘叫一聲，一柄大刀嵌入臉頰，一代凶人就此了結。

周圍所有動作一齊停頓。上官鷹手持長矛，剛才全力出擊，使他虎口震裂，滲出鮮血。戚長征把嵌於向惡臉上的長刀用力拔出，一股血柱，直噴三尺之遙。翟雨時倒在地上，手上還緊握著洞穿向惡大腿的長劍。梁秋末跪倒地上，長戟跌在兩丈開外。怒蛟幫年輕一輩最著名的四大好手，費盡九牛二虎之力，才能剷除這個凶人。四人毫無歡喜之情。敵人的號角又再響起。第二次進攻即將來臨。天際露出魚肚白色。黎明。洞庭湖上，無數快艇逼來。這次進攻將更爲激烈。松脂油倒盡，石彈不剩一顆。他們除了以他們的血肉，還能以甚麼抵擋敵人的猛攻？絕望降臨到每一個怒蛟幫戰士的心頭。生於洞庭。死於洞庭！

撤退的號角傳入浪翻雲和封寒兩人的耳中。尊信門初戰不利。封寒神色詫異。這怎麼可能？赤尊信一生在刀頭舐血上長大，群戰獨鬥，無不出色，又有壓倒性的兵力，居然吃了虧，看來有對怒蛟幫重新估計的必要。

封寒沉聲道：「凌戰天是否仍在島上？」

浪翻雲緩緩睜開雙目，道：「不在這裏，在哪裏？」

封寒心中一沉，他並不是懼怕凌戰天是否在此，而是他發覺浪翻雲眞的處在非常鬆弛的優閒狀態裏，比之自己像條拉緊的弦線，截然相反，相去千里。在自己蓄勢待發的氣勢侵逼下，他居然能保持休息的狀態。久等不利。封寒決定出手。浪翻雲眼中寒芒暴閃，全神貫注在封寒身上。殺氣瀰漫室內。乾虹青感到一股股勁氣，來回激蕩，不由自主停下手來，運功全力抵抗，幸好浪翻雲生出一道無形的氣牆，抵消了封寒大部分的壓力。縱使這樣，乾虹青還是萬分難受，全身肌膚像是給千萬枚利針不斷椎刺。

浪翻雲一雙銳目，正在仔細地審視封寒，沒有一點細節能漏出他的法眼。他思緒的運轉，比常人快上百倍，以致對常人來說是快如電光石火的一擊，在他的瞳孔內便像是緩慢不堪的動作。在他的視域裏，首先是封寒的雙腳在輕輕彈跳著，使他的身體能保持在隨時進攻的狀態。跟著封寒的瞳孔放大，射出奇光，這是功力運集的現象。他甚至看到封寒露出在衣服外的毛孔收縮，頸側的大動脈和手背露出的血管擴大又收縮，血液大量和快速地流動，體能發揮到極致。

封寒出手了。同一時間浪翻雲的手握上了「覆雨劍」冰冷的劍柄。封寒右肩向前微傾，左腳彈起，右腳前跨，整個人俯衝向浪翻雲；左手反到背後，這時右腳剛踏前三尺。浪翻雲「覆雨劍」離鞘。封寒威懾黑道的左手刀從背上劃出一個小半圓，刀尖平指向五尺外浪翻雲的咽喉，右腳彈起，左腳閃電飆前，活像一頭餓豹，俯撲向豐美的食物。他的「左手刀」不啻虎豹的利齒銳爪。浪翻雲瞇起雙目，他看不到封寒，他的精神集中在封寒直飆急劈而來的左手刀上。刀尖有若一點寒星，向著他咽喉奔來。一陣低嘯有若龍吟，室內頓生漫漫劍雨。名震天下的「覆雨劍法」，全力展開。生死立決。成功失敗，都變化於刹那之間。乾虹青甚麼也看不到，只覺眼前盡是刀光劍影，耳內滿貫劍嘯刀吟。

尊信門的快艇比初攻時增加了一倍有多，實力增至近二千人。赤尊信終於下了主攻的命令。三百多艘快艇扇形散開，像漁翁撒網一樣，向怒蛟島合圍。這次敵人蓄意將戰線拉闊擴長，避免再被集中消滅。要知怒蛟幫的沿岸線綿長，只要有一個地方被衝破缺口，整條防線等於完全崩潰。快艇進攻的範圍，除了東岸的碼頭外，還包括東南、東北和偏北的淺灘。上官鷹站在碼頭上，心膽俱喪，對手實在太強，剛才若非利用凌戰天留下來的裝備，他們早已全軍覆沒。想到這裏，心中一動，想起位於主峰下的怒蛟殿，正是凌戰天的設計，易守難攻。現下與敵人硬拚，必無倖理，何不退守殿內，憑險而守，遠勝在此遭人屠殺。上官鷹想到這裏，喝叫高樓上的鼓手道：「撤回怒蛟殿！」身旁數十手下，一齊愕然以對。

撤退的鼓聲敲響。準備死守沿岸的二千多精銳，潮水般倒流回島內。怒蛟殿位於矗立島心的怒蛟峰下，只有一道長約三百級的石階，迂迴曲折地伸延上大殿的正門，其他地方或是懸崖峭壁，或是形勢險惡的奇岩惡石，飛鳥難渡。昔日凌戰天親自督工，聘盡當地匠人藝工，經營十年之久，才大功告成。怒蛟殿前有一個廣場，廣場的入口有兩條張牙舞爪的石龍分左右衛護，一條蛟龍望往正殿，另一條蛟龍血紅的雙睛，俯視著通上來的石階，負有監守的職務。牠們是怒蛟幫榮辱的象徵。

室內光點散去。浪翻雲覆雨劍還鞘。封寒左手刀收回背上。一坐一立，似乎並沒有動過手。乾虹青雖然身在當場，但雙目為浪翻雲劍雨所眩，其他事物一點也看不到。有一刹那她甚至聽不到劍刀觸碰下的交鳴聲。兩人交手的時間，似乎在瞬息間完成，又像天長地久般的無盡無極。那是難以形容的一刻。封寒面色霍地轉白，跟著眼觀鼻，鼻觀心，好一會才回復先前模樣。乾虹青知道封寒受了傷，表面上卻是全無傷痕。浪翻雲依然大模大樣坐在那裏，瞇起雙眼似睡非睡，似醒非醒，不知他是喜是怒。

封寒雙目寒光掠過，盯著浪翻雲道：「浪兄劍道上的修為大勝往昔，令小弟非常怪異，要知宇宙雖無極限，人力卻是有時而窮，所以修武者每到某一階段，往往受體能所束縛，不能逾越，難求寸進。」頓了頓，似乎在思索說話的用辭，續道：「浪兄現今的境界，打破了體能的限制，進軍劍道的無上境界，成就難以想像，未可限量。」眼中射出欣羨的神情，這世間能令他動心的，只有武道上的追求。

浪翻雲微微一笑道：「我也不過是比封兄走快半步，豈敢自誇，不過方才封兄運功強壓傷勢，可要使你最少多費半年時間，才能完全康復。」

兩人娓娓深談，仿似多年老友，沒有剛才半點仇人見面的痕跡。乾虹青給兩人撲朔迷離的表現，弄得頭也大了好幾倍。

封寒緩緩答道：「早先我以一口眞氣，由赤尊信船上潛泳來島，故能神不知鬼不覺來到這裏，現在兵荒戰亂，我要安然離島，怎能不壓下傷勢，事實上乃不得不如此。」他說來神態自若，似乎不是述說本身的問題。比之方才交手前，像換了另一個人，現在才是大家的風範。

浪翻雲張開雙目，精芒透射封寒，正容道：「封兄，小弟有一個問題，多年來懸而不決，希望由封兄親自證實。」

封寒嘴角一牽，露出了一絲罕有的笑容，似乎對浪翻雲的問題，早已了然於胸，道：「浪兄請說。」

浪翻雲道：「上次和今番交手，封兄都是只有『殺勢』，卻無『殺意』，封兄有以教我。」

乾虹青這時的興趣被引了出來，封浪兩人第一次決鬥，是因爲封寒的情婦龔容悅爲浪翻雲所殺，所以成爲死敵，故而封寒欲殺浪翻雲而後快，怎會對浪翻雲毫無殺意；但浪翻雲既有此言，自然不會是信口開河。

封寒道：「我也知這事不能將你瞞過。龔容悅和封某早便恩盡義絕，況且她所作所爲，凶殘惡毒，若非封某念在一點舊情，已出手取她性命，浪兄除之，封某不單不怨恨，反而非常感激。」

乾虹青感到兩人對答奇峰突出，離奇怪誕，既是如此，封寒爲何又苦苦相逼。

封寒續道：「對手難求，尤其到了我們這個層次的高手，等閒不想無謂爭鬥，所以今日之前，除了你我之外，十大高手中，從沒有人切磋比試，遑論以命相搏。我亦不能厚顏逼人決鬥，何況這並不是可以逼得來的事。」說到這裏，他抬起頭來，好一會才道：「故當日我將錯就錯，詐作報仇，故而得到與浪兄兩次決鬥的良機，痛快呀痛快！」一副歡欣雀躍的模樣。

乾虹青心想，就是這種對武道的沉迷，才能使他躋身這等刀道的境界。

遠方一陣陣鼓聲傳來。浪翻雲咦了一聲，奇道：「上官鷹這小子絕不簡單，居然有進有退。」乾虹青也感愕然，心想這不正是撤回怒蛟殿的訊號。鼓聲提醒了三人，外面世界正有另一場生死爭逐。

浪翻雲道：「封兄，小弟有一事相求。」

封寒爽快應道：「但說無妨。」

浪翻雲一揚下頷，翹向背後的乾虹青道：「此女背叛乾羅，生命危在旦夕，此處亦無她容身之地，還請封兄不怕麻煩，把她帶離本島，送到安全地點，那小弟就安心了。」

乾虹青眼圈一紅，浪翻雲的確設想周到，自己實在不宜留此，有封寒護送，勝比萬馬千軍，可是心中依依，又不想離開這特別的男子。

封寒道：「小事而已，浪兄放心。」兩句說話，決定了乾虹青的命運。乾虹青欲言又止，終於將話吞回肚裏。

浪翻雲望向窗外。天色開始發白。黎明終於來臨。白晝驅走了黑夜。

清新的空氣裏，傳來濃重的血腥味。長長蜿蜒向上伸展的三百多級石階上，滿佈敵我雙方的屍體和殘肢。最少有三百多人倒在石階上的血泊裏。攻擊才剛剛開始。尊信門在赤尊信座下僅餘的六大殺神率領下，以雷霆萬鈞的聲勢，像刺刀檑木一樣衝破了怒蛟幫近百級距離的封鎖，攻至百級之上，怒蛟殿在望。到了這裏，進展放緩起來，這處山勢收窄，石階的寬度只有五尺，比之山腳處寬達十五尺的石階，窄了三分之二，僅可容二至三人並肩而過。長驅直上變成逐尺逐步爭取的血戰。喊殺聲震撼著整道登山通往怒蛟殿的石階。這怒蛟殿利守不利攻，若非尊信門有高手若「蛇神」袁指柔、「怒杖」程庭、「透心刺」方橫海、「大力神」褚期、「暴雨刀」樊殺及「沙蠍」崔毒這六位著名凶人輪流主攻，紅巾盜早被趕落石階。緩慢但卻在進展著，尊信門威震西陲的紅巾盜，推進至石階的中段約一百五十多級處，鮮血從雙方戰士的身上流出，順著石階流下去。紅巾盜踏著死人的身體，瘋狂向上死攻。怒蛟幫的戰士知道這是生死存亡的時刻，藉著以高壓低的威勢，奮不顧身地向攻上來的敵人痛擊。空中長箭亂飛。雙方便像兩股相互衝激的潮水，一倒捲向上，一反撞向下，在石階的中段濺出血的浪花。

赤尊信在山腳下，背後一列排開十二名漢子。每名漢子身上都有幾種不同的兵器，千奇百怪，無奇不有。這都是預備給赤尊信隨時取用的。赤尊信每次對敵，都揀取最能克制對手的武器，故能事半功倍，殺敵取勝。赤尊信高大威武，雙目神光如炬，長髮垂肩，身披黑袍。一輪肉搏急攻下，紅巾盜又推進至第二百一十級石階處，還只有一百多級。

目睹己方仍難盡佔上風，赤尊信眼中凶芒隱現，道：「好！上官飛有子如此，已是無憾。」

旁邊的謀臣「毒秀才」夏雲開急忙應道：「門主所言極是，在我們原先算計中，怒蛟幫凌戰天已經離去，又找得封寒牽制浪翻雲，這批後生小輩，還不是手到擒來，豈知如此難纏。」

赤尊信冷哼一聲，表示心中的不滿，他今夜折損了不少人手，向惡的陣亡更是不可彌補的損失，大大不利日後一統黑道的發展。乾羅若然知曉，當在暗處竊笑。可是這條爭霸之路已走到中段，無論向哪一頭走，前進或後退，都是這麼遙遠和費力。

紅巾盜又推進了二十多級石階，現在離怒蛟殿前的廣場，剩下八十多級的石階，喊殺更激烈。石階頂的石蛟龍，兩眼冷然地俯視著石階上的惡鬥。上官鷹和一眾手下大將，和石蛟龍望著同一方向，監察著敵我雙方的形勢，不同的是他們的眼睛，噴發著仇恨的火燄。

敵人很快便會攻上殿前。上官鷹大喝一聲：「佈陣！」殿前金鐵聲一齊響起。千多怒蛟戰士，手持長矛，在殿前的空地排開戰陣。這些戰士的足踝上，手肘上都縛有尖銳的呈半圓的尖刺，鞋頭又縛了一支尖刺，一副近身搏鬥的裝備。千多支長矛尖都是藍汪汪的，顯然在劇毒內浸過。這是怒蛟幫的祕密武器「毒矛」陣，當年凌戰天根據怒蛟殿前廣場的環境，特別設計，遠攻近搏，非常厲害。矛尖的毒液，是以十八種毒蛇的唾液製成，共有十二大桶，平時密置怒蛟殿的地下室內，一到生死存亡之際，只要把矛尖浸入毒液裏，便成厲害的殺人凶器，既方便又容易，使殺傷力迅速加強一倍不止。

一向以來，上官鷹和翟雨時都不將這種借助毒物的戰術看在眼裡，認爲非是大幫會所爲，豈知到了這山窮水盡的時間，才知凌戰天思慮周到，大派用場。這個戰陣在凌戰天的指導下，排演了千百次，那時只用未染毒的尖矛，眞正染上劇毒，還是第一次。上官鷹等見矛陣擺開陣式，心中稍定。接著上官鷹還情不自禁道：「如果凌大叔在這裏就好了，只有他能把矛陣發揮出最大的威力。」

翟雨時笑容苦澀，無奈點頭道：「若有凌副座和浪首座在，赤尊信縱有六臂三頭，何懼之有。」

梁秋末沉聲道：「我有一個很奇怪的直覺，就是一直不相信凌副座會肯聽命離開怒蛟島，雖然根據眼線，他的確是在遠離這裏的路上。」他提出的疑問和浪翻雲的想法大同小異，不同處只是浪翻雲堅決相信自己的判斷，他則在存疑的階段。

上官鷹陷在沉思裏，似乎在努力追尋一些久被遺忘的記憶。戚長征道：「島上屬於凌副座系統的心腹手下，全部失去蹤影，若說不是有人在暗中主持大局，令人難以相信。」他們的語氣間，重新建立起對第一代怒蛟幫的英雄人物，眞正的尊重。

上官鷹從沉思中回過神來，望了身後的怒蛟殿一眼，沉聲道：「記得當年父親臨終時，曾提及怒蛟殿有一條祕道，可從山腳直通殿後，細節可問凌大叔。」臉上現出尷尬的笑容，續道：「父親死後，我一直忙個不停，到我想要問要這件事時，大家的關係已非常惡劣……」

眾人臉上都現出明白的神情。正要再說，山下喊殺聲大增，尊信門的凶徒又再推上數十級，離開守護山路的石蛟龍，剩下十多級石階的距離。上官鷹面色一變，下令道：「準備接應。」毒矛陣中立時衝出一隊近百人的戰士，藍汪汪百支尖矛，一齊指向衝殺上來的敵人，準備接應己方撤回的戰士。

尊信門剩下的六大殺神，輪番攻向怒蛟幫死守石階的戰士。這六人武功高強，出手狠辣，每次全力出手，必有人濺血倒下，加速了紅巾凶徒的推進。這次輪到「大力神」褚期。這凶人一身功夫，盡在一對鐵拳上。只見他運氣開聲，一個觔斗翻過在前猛攻的尊信門凶徒，像隻向下撲殺獵物的惡虎，躍進怒蛟幫戰士的封鎖內，拳劈膝撞無所不用其極，怒蛟幫的戰士雖是奮不顧身，死命阻截，仍被他連殺十多人，他才安然退回紅巾盜人叢中，使他們又推上了幾級。他才退後，「怒杖」程庭手執精鐵打成的鐵杖，硬地搶前，杖出如風，忽左忽右，使人無從捉摸他的杖勢。不一會便有四人給他撞裂胸骨，血染石階。他全力施為後，「暴雨刀」樊殺又立即補上，殺得怒蛟幫幫眾慘嚎連天，血肉橫飛，令人不忍目睹。

尊信門這個戰術非常成功，六大殺神蓄勢待發下，輪番全力出手，很快殺到石階的盡頭。這次輪到「沙蠍」崔毒，他一振手中長戈，大喝一聲，霎時間挑飛了兩人，忽然敵人潮水般退回山上。「沙蠍」崔毒經驗豐富，一看機不可失，身形閃電衝上，正要跟著敵人的隊尾窮追不捨，殺個痛快。五六支藍汪汪的長矛，從不同的角度疾刺而來，他何等了得，長戈閃動，幾支長矛被他一齊撥開，但長矛的角度非常巧妙，把他前衝的勢子完全封著，兼且矛尖顯然含有劇毒，他不敢犯險，一個觔斗倒翻入己方之內。其他眾凶一聲喊殺，待要衝上，適在這時一陣強勁的箭雨射來，把他們硬生生擋著，難有寸進。當他們再要衝前時，敵人安然退走。通上石階頂的道路杳無一人，只有兩條守護階頂的石蛟龍，巍然坐鎮。「蛇神」袁指柔最是性急，一馬當先，搶上階頂，眼前現出一個可容數千人的大廣場，千多名怒蛟戰士手持長矛，全副武裝列成矛陣，在廣場另一邊嚴陣以待。矛陣前立著四個年輕男子，神情堅決。矛陣背後是氣勢恢宏的怒蛟殿。這種陣式，連凶膽包天的袁指柔也不禁猶豫了一會，她背後的其他殺神和紅巾盜蜂擁而上，很快填滿這邊的廣場，形成對峙的局面。

紅巾盜這邊裂開了一個缺口，一個高大粗壯，氣勢威猛，身披黑袍的大漢排眾而出，身後跟著十二名凶徒，帶著各式各樣不同的利器，緊隨而上。正是名震西陲的黑道霸主，「盜霸」赤尊信。六大殺神，一字排開，列在他身後。決定勝負的時刻，就在眼前。赤尊信冷哼一聲，連說了幾聲好。

上官鷹道：「赤尊信你終於親自出手。」

赤尊信向天一陣長笑道：「凌戰天果然一代人傑，久聞他精通行軍佈陣之術，今日一戰，盛名之下，果無虛士。爾等雖敗猶榮。」

上官鷹道：「凌大叔今日若然在此，教你死無葬身之所。」語氣透露出對凌戰天的敬意。

赤尊信道：「好！虎父無犬子。今日爾等若有人能擋我十合不敗，我赤尊信掉頭便走。」他原本打算一上來立即驟下毒手，殺盡此地生人，以洩心頭憤恨，眼前一見這等陣式，知道雖能必勝，毒矛亦能令己方元氣大傷，故而從戰略入手，先以威勢寒敵之膽，再從容定計。他能稱雄黑道，自有手段。

戚長征叱喝一聲，提刀大步踏出，眾人想要阻止，已來不及。赤尊信兩眼射出兩道寒光，掃視了戚長征上下數眼，冷然道：「對付你空手便可以。」身後眾凶人一齊發笑，充滿輕視。

怒蛟幫人感同身受，憤慨萬分。戚長征心中狂怒，可是今晚敵勢凶頑，使他早收起傲心，知道這關係到己方生死存亡，敵人愈是輕敵，對自己愈是有利，一聲不響，身子弓起撲前，大刀直劈赤尊信。赤尊信寂然不動，冷冷望著敵刀攻來的軌跡，直至刀鋒離開面門三寸，雙腳一移，閃到戚長征右側刀勢難及的死角。戚長征大駭，正要轉身運刀，赤尊信左腳踢出，掃向他的左腿，原來戚長征的刀勢走狂猛的路子，最著重下盤堅穩，所以進退間，總以一腳拄地，一腳變動，一虛一實，支持重心，赤尊信眼力高明，這一腳正是掃向戚長征左腳作爲重心的刹那，時間拿捏得無懈可擊。戚長征魂飛魄散，無可奈何下迅速將重心轉移右腳，變成側跌開去，反刀護著要害，優勢全失。赤尊信喝道：「第三招！」乘勢搶入戚長征的刀光裏，一拳打在刀背上。戚長征只覺刀身有一股如山洪暴發的大力傳來，大刀脫手噹啷落地，口噴鮮血，打著轉跌往十步開外。翟雨時梁秋末一齊衝出，加以援手。赤尊信負手而立，毫無追擊的意思。紅巾盜方面歡聲大笑。怒蛟幫人人面無血色。戚長征被扶回矛陣內，雖無性命之憂，但已失去作戰能力。這被譽爲怒蛟幫後起一輩的第一高手，竟不是赤尊信手下三合之將。

赤尊信沉聲道：「還有誰要再試試看？」

上官鷹臉上忽紅忽白，不知應否親自上陣。他的武功和戚長征只在伯仲之間，何能討好？赤尊信不愧名列黑道十大高手榜上，這時上官鷹只想到「覆雨劍」浪翻雲。只有他才能對抗這魔頭。

紅巾盜躍躍欲試，摩拳擦掌。六大殺神中的「透心刺」方橫海道：「何用門主出手，光是我方橫海的透心刺，足可以保他們沒有二十合之將。」他特別將二十合以尖聲說出，充滿了輕蔑的態度。其他尊信門的人一齊發笑。形勢決定一切，怒蛟幫受盡凌辱。

一個使怒蛟幫人深感熟悉的聲音，在陣後響起道：「方橫海，我們來個賭約，只要你能在我手下走上二十合，我讓你保留全屍，你看可好？」全場之人一齊愕然。

一個人從殿裏大步踏出。怒蛟幫眾一齊歡呼。赤尊信面上第一次露出慎重的神色，沉聲道：「凌戰天！」

浪翻雲估計無誤，他果然未走。怒蛟幫的矛陣裂開一條通道，讓凌戰天通行無阻，直至陣前，上官鷹神情激動，大步迎向凌戰天。凌戰天高舉左手，和上官鷹的右手緊握在一起。眼光相交。通過緊握的雙手，所有誤會恩怨，瓦解冰消，代表著新一代與舊一代重建起新關係。

凌戰天道：「幫主，你當之無愧。」上官鷹神情激動，不能成聲。

赤尊信道：「凌兄，久違了。」

凌戰天鬆開緊握的手，回身望了身後眾人一眼，轉向上官鷹道：「幫主，請讓右先鋒凌戰天出戰方橫海。」

上官鷹聞絃歌知雅意，連忙大聲道：「如你所請。」心想不愧是凌戰天，打蛇隨棍上，先逼方橫海決戰一場，勝似硬向赤尊信挑戰。

赤尊信知道這與方橫海面子有關，難以推卸，揮手示意方橫海出戰。方橫海獰笑一聲，提起著名的「透心刺」，大步走往廣場中心。凌戰天神情無驚無喜，一拍縛著腰間的長鞭，他藉之成名立萬的「鬼索」，忽然飆出。方橫海暴喝出聲，手中利刺像勁箭般向衝來的凌戰天射去，破空聲大作，那種速度，確是驚人。凌戰天左手一動，一團黑光漫天升起，又化成一縷烏光，向著方橫海射去。方橫海急退向後，凌戰天黑索的破空聲，已在他身前身後響起，這時他才知道厲害。透心刺從不同的角度刺出，眨眼間刺索交擊了十多下。凌戰天鬼索神出鬼沒，站在場中，把方橫海逼得在場中打轉，滿場鼠竄，如此這般下去，累也要累死他。尊信門眾賊寂言無語，反之這次輪到怒蛟幫歡聲雷動。

「鬼索」名不虛傳。赤尊信心念電轉，凌戰天雖不及浪翻雲，也是難得的高手，遠勝己方的六大殺神，自己雖能穩勝，亦要費一番艱辛，今日形勢並不樂觀，幸好浪翻雲尚未現身，不知是否已和封寒兩敗俱傷，甚或同歸於盡，那就非常理想。場中打鬥的聲音停止。形勢大變。凌戰天的長索順著方橫海的水刺，像毒蛇一般，纏捲上去，直到他的肩膊。長索拉緊，兩人正在比拚內力。長索不斷抖動，顯示出通過長索，兩人的內勁在激戰。此刻比之剛才動手拚鬥，更爲凶險，敗的一方動輒身亡。全場鴉雀無聲，靜待結局的來臨。方橫海臉上現出吃力的神情，驀地一聲斷喝，一個驚人的情景出現，他的手臂竟然整條斷出，帶起一蓬血雨，連著纏緊的透心刺，向凌戰天電射而去。長索便像拉緊後放鬆了一端的彈簧，反彈向凌戰天。凌戰天面容肅穆，吐氣揚聲，右手掣出一把匕首，一下把射來的透心刺和著手臂一齊擊落，發出一聲噹然大響，至此大獲全勝。方橫海自封穴道，制止鮮血流出，面上神情猙獰可怖。他非常了得，藉著自斷手臂，一方面避免被凌戰天內勁震斃，另一方面試圖傷中求勝，將斷臂藉著凌戰天的拉勁，倒激回去，可惜未能成功。怒蛟幫歡聲雷動，士氣大振。

赤尊信神色不變，道：「凌兄不凡，我讓你休息片刻如何。」

凌戰天一揚雙眉道：「赤兄你我一戰勢在必行，早點解決，不是更好。」

赤尊信仰天狂笑，連說幾聲好，喝道：「取護臂。」登時身後奔出人來，恭身呈上一對短刃，閃閃生光，非常鋒利。

凌戰天心下嘆服，赤尊信選取這對護臂短刃大有學問。首先這護臂運轉靈活，利於應付他出沒無常的鬼索，以短制長。因爲縱然赤尊信用上丈八長戈，仍及不上他鬼索遠達三丈的長度，所謂物性相剋，極短往往能制極長，這種道理，巧妙異常。其次，只要赤尊信能搶入鞭勢，作近身肉搏，便是凌戰天末日到臨的時刻，爲此凌戰天一定要把赤尊信逼在遠處，這種打法，最是消耗體力，所以幾乎還未動手，凌戰天已知道這一局有敗無勝。可是己方只剩下自己一人，尚有可戰之力。浪翻雲！你究竟在何方？

赤尊信擺開架式，天地一片肅殺。凌戰天手按腰際，鬼索待勢行事。全場寂靜無聲，落針可聞。太陽在遠方的湖東升起，大地光明。這是決定兩幫人命運的一戰！

另一個聲音響起道：「凌兄弟，這一戰留給大哥吧。」一人大步循凌戰天的舊路自殿內踏出，不是被譽爲當今最可怕的劍手覆雨劍浪翻雲還有誰？

赤尊信收勢後退，第一次臉上變色。凌戰天退回本陣，這等硬仗，自然是讓浪翻雲出馬爲宜。凌戰天與錯身而過的浪翻雲互望一眼，曾共過生死的交情，在這一刹那表現無遺。

浪翻雲大步走到離赤尊信前兩丈處站定，嘿嘿笑道：「赤兄不在老家享清福，勞師動眾，來動我幫的根基，一個不好，還落得個全軍覆沒，何苦來由。」

赤尊信仰天長笑，還未答話，尊信門方一人閃躍而出，直向浪翻雲攻去，一邊喝道：「別人怕你浪翻雲，我袁指柔絲毫不怕，看我取你狗命。」

浪翻雲眼角也不望向手舞「蛇形矛」衝來拚命的「蛇神」袁指柔，眼神罩定赤尊信，防他乘機出手。這一切發生得太快，兼且事起突然，怒蛟幫一方的人連喝聲都來不及，袁指柔的蛇矛離浪翻雲只有五尺。矛勁把廣場上的沙塵帶起，雙方的戰士都感到一股使人窒息的壓力，逼體而來，他們離開廣場中心的浪袁兩人最少有五丈的距離，仍感到這一矛的凶威，身在攻擊核心的浪翻雲所受的壓力，可以想見。長矛離浪翻雲只有四尺時，袁指柔那半男不女的聲音又一聲大喝，運集功力，全速擊去。這是袁指柔一生矛技的精萃。「她」成名多年，在七大殺神裏被尊爲首席高手，知道浪翻雲的覆雨劍至靈至巧，自己若在這方面和他比高低，無疑自尋死路，所以化巧爲拙，這一矛以硬攻硬，純以速度、角度、氣勢取勝，非常凌厲。天地變色。廣場上的人停止了呼吸，只有數千顆緊張得忐忑跳動的心。浪翻雲這才動作。

一動覆雨劍，便劈在以高速刺來的蛇形矛上。覆雨劍以拙制拙，毫無花巧，側砍在袁指柔刺來的矛尖後寸許處。一下沉悶不舒服的聲音，在劍矛交擊時傳出，聲波激射往四周圍睹的每一個人的耳膜內，使人心跳意躁。袁指柔看著長矛要擊中浪翻雲，眼前一花，浪翻雲的覆雨劍已在她肉眼難以察覺的速度下，劈中她飽飲人血多年的長矛。袁指柔心知不妙，運起神力，方要把劍震開，運力前挑，豈知浪翻雲這一劍似拙實巧，變化微妙，雖是打橫側劈，卻是暗藏一股驚人的勁道，把蛇形矛帶向前去，袁指柔登時陷於萬劫不復的境地。要知她整個人衝前急刺下，再運矛前挑，整個勢子全是向前，浪翻雲這樣巧妙一帶，不啻是浪翻雲和袁指柔兩人一齊「合力」把袁指柔帶往前方，這下袁指柔何能抗拒，像隻狂衝的狂牛，被帶得從浪翻雲身側直撲出去。浪翻雲乘勢一膝疾撞在這不男不女的凶人下陰，袁指柔慘嘶一聲，蛇形矛脫手飛前三丈有餘，狂衝的身體卻給浪翻雲撞得倒跌向後，口中噴出一口血箭，蓬的一聲反跌地上，當場身死！全場鴉雀無聲。連雄霸西陲，不知見慣多少大場面的盜霸赤尊信，霎時間也給這慘烈的變化，震懾當場。其他的紅巾惡盜更是臉色大變，噤口不能言。尊信門七大凶神，二死一傷。這時怒蛟幫眾才爆出一陣呼叫，歡聲雷動。袁指柔殺了他們不少至愛弟兄，大仇得報，怎能不大喜如狂。

浪翻雲像完成了一件微不足道的小事，轉頭望向赤尊信，微笑道：「請！」兩大頂尖黑道高手，到了不能避免的決戰時刻。

赤尊信嘿然道：「好！讓赤某領教高明。」向身後拿兵器的手下打個手號。他和乾羅一樣，力圖避免與浪翻雲正面衝突，可惜事與願違。他成名江湖數十年，這一剎那立時收攝心神，準備力抗強敵。一個手下大步踏出，雙手抬著一個高可及人的大鐵盾，盾上滿佈尖刺，乍看起來像隻弓背的刺蝟，形狀怕人。從這人捧起鐵盾的吃力模樣，鐵盾重量絕對不少。赤尊信一把取過鐵盾，左手緊持盾後的手把，把他的身體自頸以下完全遮蓋著。這時另一大漢奔出，抬來一支長達兩丈的大鐵矛。赤尊信一矛一盾，配上他高達七尺的身形，垂地黑袍，滿臉虬髯，形狀威武。

赤尊信向著兩丈外的浪翻雲，一陣長笑道：「痛快呵痛快！三十年來赤某手下從未曾有十合之將，浪兄，請！」

紅巾盜得見門主意態豪雄，不禁重振戰意，一齊呼叫喝采，聲震廣場。反之怒蛟幫見到赤尊信這種強橫的形相，一時目瞪口呆起來。試想兩人功力相若，浪翻雲一支長劍，如何對抗這守可如鐵閘的大盾，攻可擊裂金石的大鐵矛。赤尊信在選取兵器上，的確心機獨到。浪翻雲氣定神閒，劍在鞘內。赤尊信大喝一聲，登時把為他喝采的聲音蓋過，跟著運腕一振，大鐵矛化作一連串的寒芒，在身前兩丈內的空間狂飛亂舞，左手持盾，一靜一動，雙腳一步一步向浪翻雲推進。他藉著手下喝采聲助陣，乘勢以雷霆萬鈞的姿態，發動攻擊。兩丈距離在眨眼間越過，大鐵矛化出重重矛影，罩向浪翻雲身上每一個要害。鐵矛破風聲，震盪全場。每一矛都貫滿赤尊信無堅不摧的驚人氣功。紅巾盜如痴如狂，大喝助威的聲響，震耳欲聾。怒蛟幫人人緊張得張口無聲，連凌戰天也在為浪翻雲擔心，盛名之下無虛士，赤尊信多年來縱橫不倒，確是技藝超群，先聲奪人。

一陣似乎微不可聞的低吟，在浪翻雲手中響起，連大鐵矛強勁的破風聲，亦不能掩蓋。覆雨劍離鞘而出，像蛟龍出海，大鵬展翅，先是一團光芒，光芒驀然爆開，化作一天光雨，漫天遍地迎向刺來的矛影。一連串聲音響起，活像驟雨打在風鈴上。每一點光雨，硬碰上無數矛影的尖端。劍尖點上矛尖。赤尊信暴喝連聲，身形向左右閃電急移，每一變化都帶起滿天矛影，有如暴雨狂風般由不同的角度襲向浪翻雲。浪翻雲卓立原地不動，但無論赤尊信怎樣攻擊，從他手上爆開激射的劍雨，總能點在矛影之上，硬把矛勢封擋。赤尊信難作寸進。怒蛟幫眾這時才記起大聲喝采。一時雙方齊聲發喊，殺氣騰騰，形勢緊張！

赤尊信一邊保持強大的攻擊，一邊暗暗叫苦，重武器只利攻堅，卻是不利久戰，若果自己始終被逼在這距離外，不出百招，當要力竭，只要稍露空隙，便被浪翻雲乘虛而入，主攻之勢一失，將會處在捱打局面，心中一動，決定改變戰術。赤尊信一聲大喝，大鐵矛大力打橫一掃，浪翻雲大奇，這種硬掃最是損耗功力，赤尊信必有後著。大鐵矛橫掃時帶起的勁風，把他全身吹得獵獵作響，浪翻雲運劍一帶，待要卸去大鐵矛的重擊，劍鋒拍上鐵矛，驀感輕飄飄的毫不著力，眼前人形一閃，原來赤尊信棄矛強搶上來。長矛噹啷墜地，揚起一地塵土，浪翻雲眼角感到一片黑雲劈面撞來，覆雨劍連忙出手，一撞上黑雲，全身有如觸電，禁不住向後退了一步，黑雲迅如輕煙，橫撞而過。這時才看清楚赤尊信雙手舞動那高達六尺，盾面滿佈尖刺的大鐵盾，盾邊四周銀光閃閃，鋒利之極，有如利斧。這個大鐵盾在赤尊信手中輕如無物，有如毫無重量的黑煙烏雲，可以從任何角度，以任何速度發動攻擊，有時平推如輪，有時卻似泰山壓頂，招式綿綿，千變萬化，直看得雙方目瞪口呆。浪翻雲一連退了七步，才能站穩陣腳，覆雨劍法再全力展開，阻擋著敵手水銀瀉地的攻擊。赤尊信大喝一聲，全力再擊出幾招，身形忽地退後，他似佔盡上風，要走便走。眾人大惑不解，不知赤尊信爲何捨下苦戰才得的優勢，只有明眼人才看到赤尊信雖佔上風卻不能勝，這種打法最是耗力，所以趁仍可退走時先退走，以免泥足深陷。浪翻雲並不追擊。

赤尊信退回己陣，心內一陣猶豫，不知要選取哪種兵器。浪翻雲的劍勢可柔可剛，可拙可巧，已經超越了長劍的限制。赤尊信是以天下武器為己用，浪翻雲卻以手中一劍盡天下兵器的變化。一個由博入簡，一個由簡達博。在無數的戰鬥，赤尊信都能迅速決定用最佳的兵器，但這次面對可怕的覆雨劍，他已第一次猶豫起來。赤尊信心中忽然醒覺自己已經輸了，浪翻雲專心一意，以劍制敵，自己卻要在選取武器上，三心兩意，甚至還不知道應要選取甚麼武器，以致氣散神弛。全場鴉雀無聲。

赤尊信乘勢一陣狂笑道：「浪兄，難道我們眞要分出生死，才可停手嗎？」赤尊信深謀遠慮，知道無論如何只要事後傳出他在穩佔上風時求和，面子上也大有光彩。

浪翻雲啞然失笑道：「赤兄有手有腳，又不是有人逼你前來敝島，這樣可笑言辭，虧你說得出口。」

赤尊信老臉一紅，自己這次前來偷襲，本就不安好心，是要乘隙覆滅敵人。當下坦言道：「浪兄且莫見笑，事已至此，再死拚下去，你我必兩敗俱傷，致乾羅坐享其成，對你對我，皆是不利。」他所言句句有理，因為赤尊信並未眞敗，所餘四大殺神均有完整的戰鬥能力，手下紅巾盜除去戰死者外，仍達二千多人，實力強大，鹿死誰手，尚未可知。兼且黑道三分天下，均勢一失，弱肉強食，干戈大起，永無寧日。

凌戰天插口道：「非也非也，赤兄你雖有再戰之力，卻絕無取勝之望，山腳下我已佈下精銳之師，由我手下大將『穿山虎』龐過之親自率領，斷你後路，不可不知。」

赤尊信哂道：「縱使我們全軍盡沒，怒蛟幫亦將元氣大傷。當今天下，誰不想取你我之位而代之，必乘勢崛起，怒蛟幫的滅亡，比之我尊信門，不過早晚間事，不知凌兄以為然否？」這人辭鋒厲害，把後果分析得淋漓盡致。凌戰天若還狡辯，便顯得有欠風度。因赤尊信坦承怒蛟幫有使他兵敗人亡的力量，態度誠懇。

浪翻雲淡然道：「上官幫主，是戰是和，現在由你一言決定。」

上官鷹全身一震，忽地醒悟到自己的幫主身分已被眞正承認，心中感激，知道浪翻雲利用這事來鞏固自己的地位，踏前幾步，目光毫不畏懼地迎上赤尊信射來的灼灼眼神，朗言道：「這次全因你們挑釁突襲，致令我幫損失流血，若就此容你從容退身，怒蛟幫必爲天下之人所笑。」頓了一頓續道：「除非門主能劃下本幫可以接受的條件，否則一切免談。」

赤尊信仰首望天，天上晴空萬里，還有兩天便是中秋，自己要是堅持再戰，則此仗之後不知還有多少尊信門人，可以得睹月圓的景象，一時沉吟起來。全場不聞一點聲音，靜待這威震西陲的「盜霸」決定將來的命運。秋陽掛天，大地一片靜穆。

赤尊信目光掃過敵我雙方，突然道：「好！我赤尊信從此退回西陲，只要上官鷹你在生一日，便不再進犯。上官幫主尊意如何？」這不啻當眾認輸。

上官鷹目光掃向浪翻雲和凌戰天，兩人均毫無表示，知道他們尊重自己，任由自己決定，大聲道：「好！赤門主快人快語，一言九鼎，就這樣決定吧。」

赤尊信舉起右掌，上前和上官鷹擊掌三下，黑道的兩大巨頭，立下了互不侵犯的誓言。怒蛟幫眾歡聲雷動。尊信門方面的紅巾盜亦鬆下一口氣。有浪翻雲和凌戰天在，這場仗打下去與送死何異。

上官鷹回首望向巍然矗立的怒蛟殿，心中叫道：「爹，你放心，我一定遵照你的遺言，勵志奮發，把我幫發揚光大，永保威名！」

凌戰天臉上露出陽光般的笑容，怒蛟幫經此一劫，以後當會上下一心，重振幫威。

赤尊信望向浪翻雲，道：「浪兄天下第一劍手之名，當之無愧，他日駕臨西陲，小弟必盡地主之誼，共謀一醉。」

浪翻雲淡然自若，道：「赤兄客氣。」心中卻在想，兩日後，便是惜惜的忌辰，到時他蕩舟洞庭，便要先謀一醉！

赤尊信率眾退走。怒蛟島回復和平。

《覆雨翻雲》故事至此告一段落。但覆雨劍浪翻雲的故事，卻是剛剛開始。

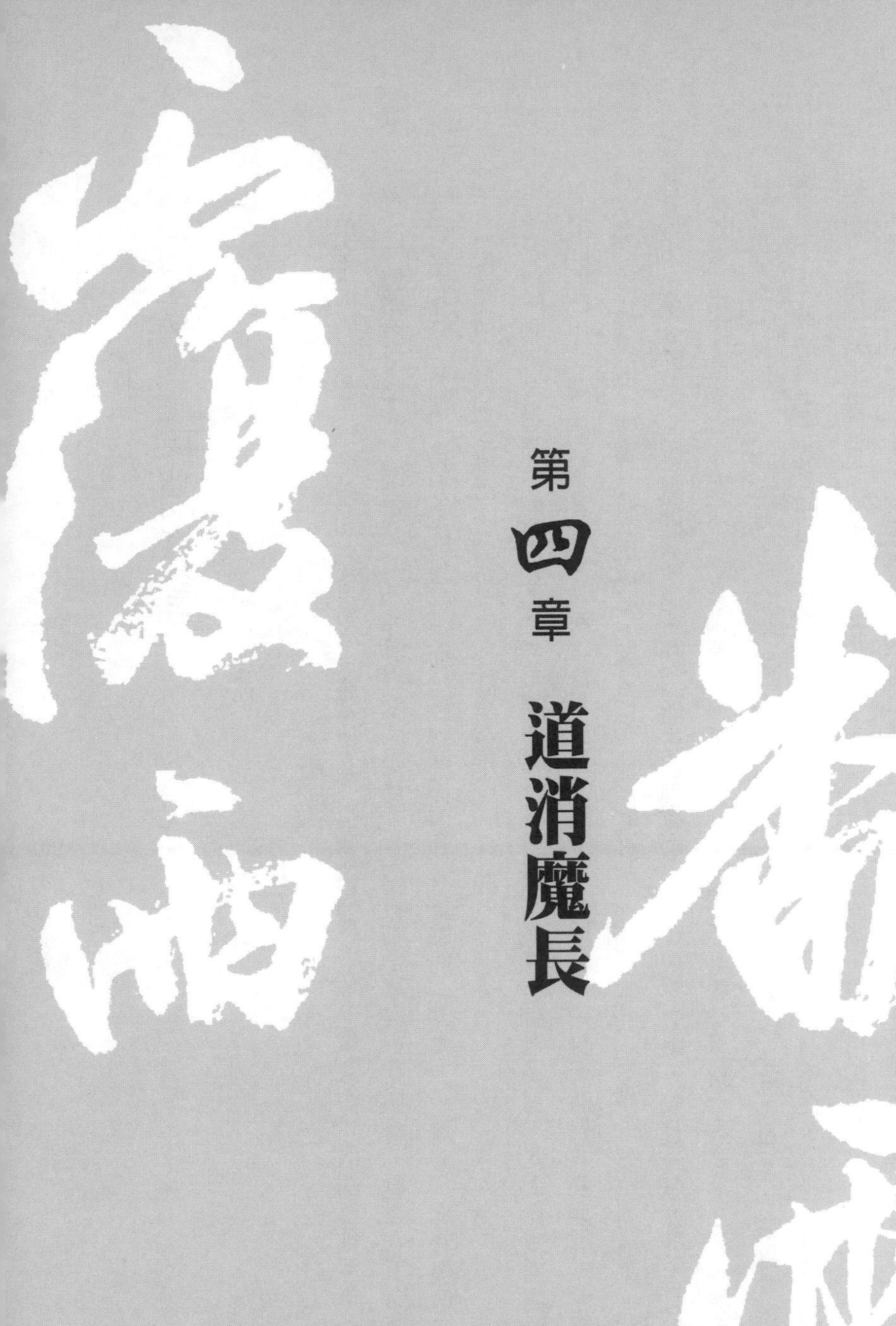

第四章 道消魔長

第四章　道消魔長

三年前，「毒手」乾羅和「盜霸」赤尊信先後暗襲怒蛟幫，在「覆雨劍」浪翻雲劍下無功而退。「毒手」乾羅吃了暗虧，潛返北方「乾羅山城」養傷，「盜霸」赤尊信折兵損將，還要立下只要怒蛟幫主上官鷹在生一日便不得侵犯的誓言。而同一時間向浪翻雲挑戰的「左手刀」封寒，亦負傷敗走。一夜間，「覆雨劍」浪翻雲躍登「黑榜」第一高手寶座。

「黑榜」十大黑道高手的第二把手，有謂仍應以「盜霸」赤尊信居之爲宜，此人爲威懾西陲的黑幫「尊信門」門主，博通天下各類型兵器，當日於怒蛟島上，盡展絕藝，雖未能挫敗浪翻雲，但卻見機忍辱求和，未曾眞敗，不減其無敵威名，論者仍予他極高評價。乾羅本在「黑榜」裏位列前茅，該夜因誤判敵情，猝不及防下，爲浪翻雲所傷，功力能否回復舊觀，尚在未知之數，兼且先施詭計，有欠光明，因而聲望大降，排名跌至榜末。封寒兩敗於浪翻雲劍下，是否仍可躋身黑榜十大高手之列，當屬疑問。

其他剩下的「黑榜」人物，是「矛鏟雙飛」展羽、「獨行盜」范良極、「十惡莊主」談應手、「邪靈」厲若海、「逍遙門主」莫意閒和「毒醫」烈震北。此六人和先前的黑榜高手從未交鋒，論者只能根據間接資料，推斷其成就高低，故此眾見紛紜，莫衷一是。誰先誰後，只能待時間驗證。

「黑榜」十大高手外，還有地位超然的「魔師」龐斑，此人二十年前退隱祕處，潛修魔道中古今從未有人修成的魔門大法，帶有玄祕的宗教色彩，躋身宗師級的地位，隱隱然凌駕黑白兩道的頂尖人物，雖不入「黑榜」，卻像神一樣受到天下黑道的尊崇，白道的畏怕。此人天性邪惡，喜怒難測，眾人都知，當他再涉足江湖時，將是噩夢開始的時刻。

高崖下的長江，活像一條張牙舞爪、起伏狂翻的怒龍，帶起洶湧波濤，綿延無盡地向東激沖奔去。這截江流被兩旁驀然收窄的崖壁緊夾，和江底許多暗礁阻遏下，不甘屈服的激流奮起掙扎，形成一個一個擇人而噬的急漩，凶險萬象。風行烈立在高崖上，俯瞰三十丈下這令人嘆爲觀止的急流，心內卻找不到分毫豪情壯志，只想著自己英雄了得，自負平生，當年叛出「邪異門」，大破「邪異門」十三夜騎於明月之下，又娶得艷絕武林、來歷神祕的美女靳冰雲爲妻，彗星般崛起於武林，成爲可與「黑榜」上十大名人頡頏的白道傳奇人物，竟然落得眼前這般田地。

冰雲！你究竟到哪裏去了？沒有人能明白他對冰雲那刻骨銘心的愛情，她像一朵彩雲的飄現，忽爾間佔據了他的天地，將它化成美麗的桃源；將火熱的愛流，注進他自少由「邪異門」訓練出來那冰凍的心田去。輕言淺笑，流波顧盼，無不牽動他的心。但十日前她已不告而別。厄運並不止於此。在冰雲離去後的極度頹廢裏，最可怕的事驀然降臨到他身上，在一次入定裏，毫無先兆並且在絕不可能的情形下，他忽地走火入魔，回醒後功力只剩下一小半。

天上白雲悠悠，江水怒吼咆哮。風行烈長嘆一聲，往崖邊走去，以了結這悲慘的命運。一聲冷哼，自身後傳來。風行烈耳鼓發麻，愕然回首。一先兩後，三名男子，赫然卓立三丈開外，當中站在前面的華服男子，身形雄壯至極，一看便知是領袖人物，其他兩人衣服一黑一白，予人非常怪異的感覺，明顯地是隨從身分。華服男子看上去只是三十許人，樣貌近乎邪異的俊偉，尤使人印象深刻處，是其皮膚晶瑩通透，閃爍著炫目的光澤，一頭烏黑亮光的長髮，分中而下，垂在兩邊比一般人寬闊得多的肩膊上。鼻樑高挺正直，雙目神采飛揚，如若電閃，藏著近乎妖邪的魅力，看一眼便篤定畢生也忘不了，配合著有若淵停嶽峙的身材氣度，確使人油然心悸。風行烈倒吸了一口涼氣，如此人物，他還是第一次遇上。這活像魔王降世的男子，身上的紫紅繡金華服一塵不染，外披一件長可及地的銀色披風，腰上束著寬三寸的圍帶，露出的一截綴滿寶石，在陽光下異彩爍動，只是此帶，已價值連城。風行烈猛地想起江湖上一個類似屬於神話的人物來，全身襲過一陣冰冷。男子眼內寒意結凝，仰首長笑，迴音轟傳遠近崖岸峭壁。

男子笑聲倏止，淡然道：「辛苦你了。」風行烈懍然不解。對方續道：「風兄有大恩於我，請受龐斑一拜。」

「龐斑」二字入耳，風行烈雖早已猜到，仍忍不住慄然大驚龐斑正要下拜。風行烈哪敢受這魔君此禮，尤其連自己究竟對他做過甚麼好事也不知，便要避過一旁，剛欲移動，一股奇異的勁氣，已封死移路，欲動不能。龐斑微一躬身，算行過了禮。

風行烈身體一輕，知道對方收回勁氣，如此強迫別人受禮，也算奇行，不禁沉聲道：「前輩無敵天下，風行烈只是江湖小卒，何德何能，怎會有恩於前輩？」

龐斑回復冷漠的神情，冷眼掃了風行烈一遍。他的眼光利若鷹隼，風行烈感到自己的衣服一點蔽體的作用也沒有，身體內外的狀況完全裸露在他的觀察下，他知道這是魔門祕傳的一種「觀人察物術」，失傳已久，想不到又在這魔君身上重現。龐斑負手緩行，優閒地在風行烈身旁走過，直至高崖邊緣，才轉過身來，眼神像利劍般刺在風行烈背上。

龐斑柔和的聲音從背後傳入風行烈的耳內道：「風兄對我的大恩，我已拜謝過，現在輪到算算我們間的大仇。」

風行烈愕然轉身，迎上龐斑燃燒著仇恨的目光，道：「前輩！」

龐斑截斷他道：「休說廢話，冰雲乃龐某女人，你盜她紅丸，不啻我之死敵，可惜你死到臨頭，還似在夢中，如蒙鼓裏，可笑呀可笑！」他雖說可笑，卻一點笑意也沒有。

風行烈只感手足冰寒若水，靳冰雲來歷神祕，即使是對她夫婿，也不肯洩露半點家世派別，龐斑如此一說，其中當然另有不可告人的祕密。

龐斑緩緩踱步走回原處。風行烈不敢相信此時眼睛所見，一方面他清楚看到龐斑踏行的每一個動作，但他對時間的感官卻更清楚地告訴他，所有這些看似緩慢的動作，都是在一眨眼間的工夫內完成，這兩種徹底在時空裏對立的快慢極端，竟然在龐斑身上出現，怎教他不大驚失色。

龐斑回至原處，轉身微笑道：「冰雲確是媚骨天生，人間極品，令我過去數天樂得渾忘一切，差點連對你的仇恨也忘記了，風兄你我都可算艷福齊天了。」

「轟！」悲憤的火燄直沖上頂，風行烈全身抖動，雙目盡赤，哪管冰雲是何來歷，愛妻受辱，怎能無動於衷？

龐斑對風行烈的悲憤露出快意，擺手哂道：「風兄有何激動資格，若非龐某爲了修練神功，因緣巧合下，風兄豈能得此造化，先我一步拔冰雲的頭籌？」

他盯著風行烈續道：「當然，這代價自是高昂至極，風兄有幸也是不幸地，成爲龐某修練大法的踏腳石，若非利用我因冰雲而對你產生燒心的嫉恨，龐某如何能闖過魔門這古往今來從沒有人闖過的一關。可笑我魔門自古人才輩出，不乏智慧通天之士，竟全是閉門造車之輩，不懂這假諸外求的不二法門，一一含恨而終，實屬可悲。」山風把龐斑的長髮吹得拂飛後舞，有種難以形容的邪異，背後黑白二僕，臉容冷漠，像一點屬於人的感情也沒有。

風行烈強壓下自己波動的情緒，他本身也是智慧圓通的人，面對壓力下，自然生出反抗的意志，腦筋連忙活躍起來。他沉聲道：「前輩智比天高，語含玄機，恕我並不明白。」

龐斑臉色一寒道：「明白與否，已是無關重要，此遊戲至此而止，龐某破例讓風兄了此殘生，於龐某來說，已是施予你的最大恩典。」

風行烈不怒反笑道：「龐兄好說，閣下豈會如斯易與，開出你的條件吧！」他對龐斑的稱謂，由「前輩」轉作「龐兄」，顯示出他誓抗到底的決心。

龐斑毫不放在心上，淡淡道：「風兄果是不凡，能在本人面前侃侃而談，足見英雄了得，這次龐某此來，實有一事相詢，若得坦誠告之，便讓風兄得個痛快。」頓了一頓，雙目精電暴閃，冷然道：「否則我在生一日，便保你一日之命，要你嚐遍天下慘事。」

風行烈哈哈一笑，欣然道：「如此風某更要洗耳恭聽了。」直到此刻，得知龐斑有事求他，才算爭回一點主動。

龐斑城府深沉，毫不動怒，傲然道：「本人武道，上承百年前『魔宗』蒙赤行一脈，專講以精神駕馭物質之道，而本人二十年前已成魔門第一人，天下難尋百合之將，為求能更上一層樓，由魔入道，故進軍從無人能修成的『道心種魔』大法。」

風行烈心中一震，龐斑在江湖上屬於無人敢提的人物，所以地位雖高，對其出身來歷卻知之不詳，這時才知他是百年前貴爲蒙皇忽必烈老師，被譽爲可與同時代兩個已是大地遊仙級人物，無上宗師令東來和大俠傳鷹相埒的蒙赤行的繼承者。

龐斑道：「這『道心種魔』大法，顧名思義，最關鍵的歷程，就是要找個天資卓越，禪心堅定的正義之士，作爲練功的『爐鼎』。」說到這裏，上下掃視了風行烈一遍，微笑道：「風兄道心晶瑩潔淨，乃千年難遇的上佳『爐鼎』，至於練功細節，不提也罷，修此功者，必須潛進對方心靈深處，歷經種種變異，播下魔種，由無至有，大法始成。」

風行烈呆了起來，這魔王現在所說之事，確是聽所未聽，聞所未聞，試問天下還有誰人能與之對抗？

龐斑續道：「人的心靈雖有層次高低之分，廣窄之別，但俱是在茫不可測中，風光無限，有如大自然無窮景象，時而天晴和風，日照月映；時則陰雲密雨，雷電交加，七情六慾，變幻難測。修練大法者，譬之怒海操舟，一不小心，受『爐鼎』情風慾潮的狂擊，舟覆人亡，輕則走火入魔，重則萬劫不復，形神俱滅，故古往今來，先輩雖人才迭出，凡修此法者，均落得敗亡身死之局。」高崖上颳起一陣狂風，烏雲忽至，似爲龐斑所述說的魔門大法，鬼號神哭。

龐斑傲然道：「龐某不才，悟出『以情制情』之法，首先本人破天荒鍾情於一女，待情根深種後，才巧妙地安排她成爲你的妻子，以激起對風兄瘋狂之嫉恨，成爲我潛入風兄心靈內怒海操舟的憑依，指示方向的羅盤。即使如此，這三年來仍是歷盡千般險阻，直到我下令冰雲離你而去，你的心靈才露出空隙，使我有機可乘，播下魔種，修成大法，成爲魔門古今第一人。」

遠方一陣電閃，悶雷暗響，彷彿感應到人世即將來臨的災劫。風行烈只覺腦內一片空白，難以作正常運作，嘆道：「龐兄神功既成，大可任意縱橫天下，肆意作惡，不知還有何事下問於我？」

龐斑道：「那是因爲風兄仍能活得好好的。」

風行烈愕然道：「這又有何關係？」

龐斑仰首望天，沉吟片晌，才道：「這種魔大法，每代只傳一人，然只限於口口相傳，不立文字，據『種魔訣』所云，若能播下魔種，身爲『爐鼎』者，必會精枯血竭而亡，可是現今風兄只是功力大幅減退，所以其中當有一定之因由。」

風行烈不由自主打了個寒顫，如此死去，確是令人慄然驚震。

龐斑冷笑道：「其實早在我施展精神大法，潛進風兄道心內時，已感到風兄除了本身精純的功力外，還另有股潛藏的奇異力量，此力量與風兄本身內勁迥然有異，顯然是在某一種特殊情形下，由外人輸入風兄體內，故能在風兄本身的護體眞氣崩潰之際，猛然而起，救了風兄一命，嘿，亦使我的種魔大法不能得竟全功，唯一補救之法，就是要將此人找出來，還望風兄告知。」

風行烈腦中閃過一個人的影像，沉聲道：「龐兄難道以爲風行烈竟是如此出賣朋友之人，尤其此人更有大恩於我。」

龐斑冷然一笑道：「龐某既親自來此，還由得你作主嗎？」

兩人的眼神都變得凌厲銳利，緊鎖在一起。長江怒哮的聲音，在高崖下隆隆轟響。天地變色，雷暴將臨。龐斑眼神精芒閃爍，比天際的陣陣電閃更懾人心魄。這邪道的不世高手，與此白道年輕一輩中出類拔萃的人物，關係奇異複雜，局外人即使想破腦袋，也不可能弄清楚他們間交纏的恩怨。

風行烈驀地露出一個詭異奇怪的笑容，道：「天下事若每一件都由龐兄作主，豈非不公平之至，例如冰雲，你先是失去奪得她童貞的機會，現在又失去她的心，雖然得回她的軀殼，又有何用？」

龐斑臉無表情，令人不知這番話是否命中他的要害。對風行烈來說，這番話實是一石二鳥，要知這魔王心智武功，均無隙可尋，唯有對他的嫉恨，卻是他自己本人多年來蓄意地培養，柢固根深，所謂以子之矛，攻子之盾，風行烈正是要撩起他的妒火，才可趁他盛怒下混水摸魚，尋出死裏求生之道。其次，他故意指出冰雲的心並不向著他，假如龐斑確爲此勃然大怒，便可反證冰雲仍深愛自己，她的離去只是被迫的，否則這番話只會適得其反，引來嘲辱。一旦探出冰雲仍是眞的深愛著他風行烈，若能逃生，便將不惜一切，也要救回愛妻。

當他仍緊張地等待龐斑的反應時，驀地人影一閃，龐斑已欺入十尺之內。風行烈連歡喜亦來不及，巨大無比的力量，當胸壓至，使他呼吸立止。龐斑黑髮像火燄般在頭上飛捲狂舞，眼神凝聚成兩盞可照耀大地的光燈，在盛怒下一時失了理智。風行烈巧計收效，同時亦把自己投入九死一生的險地，但他又豈能不行此險著？他的功力雖大幅減退，但眼光反應仍在，龐斑才逼近，他即往後疾退，豈知背後竟另有一股大力逼來，像有兩個龐斑同時向他前後夾擊，這魔君一擊之威，包含了前逼和拉扯的正反兩種力道，魔功祕技，確是驚人。風行烈無奈下拚盡剩餘的三成力道，雙拳擊出。「魔師」龐斑嘿然一笑，雙掌化爪，往雙拳抓去，若給他抓中，風行烈拳頭休想有一塊完整的骨頭。眼看龐斑白皙修長的手要抓上拳頭，風行烈做了個不啻自殺的動作。他收拳轉身，由面對面變成以背向著龐斑的魔爪，這是從沒有高手在決戰時施展的身法，即使以龐斑的機變，仍呆了一呆。這時龐斑雙爪，離風行烈的背脊只有一寸的距離，若保持原勢，肯定可以把風行烈的背脊抓兩個洞出來，甚至掏出對方的臟腑，以洩其妒恨之憤。

龐斑畢竟是龐斑，風行烈異常的動作，使他妒火中燒的神經猛地一醒，他何等樣人，若就此殺了風行烈，他要知的事豈非永無答案，爲了對魔道的探討，他不惜任何手段也要達到，否則也不會故意愛上靳冰雲，又將她送人爲妻，強去忍受那燒心的妒恨。

一寸的距離，已足夠這威懾天下的魔師，懸崖勒馬，以常人難以想像的高速，完成很多動作和變化。龐斑手指一挺，化抓爲掌，同時收回九成魔功，雙掌按實風行烈背上。風行烈慘嘯一聲，隨著口中狂噴天上的鮮血，乘勢借力向前衝出。龐斑暗呼不妙，身形發動。風行烈剛躍出高崖之外的虛空，龐斑不見動作，但已追至高崖旁，一手往風行烈抓去。豈知風行烈一個倒翻，加速了前衝之勢，「嗦」的一聲，龐斑撕下了一條布料，眼睜睜看著風行烈高大的身形由大變小，再化作一小點，沒入水裏，濺起一朵小小的水花。滔滔江水，滾滾東流，便像從沒有發生過任何事。

龐斑挺立高崖上，神色出奇凝重，望著下方滾動的江水，沉聲道：「你們兩人立即去追他，不論用任何手段，務要將他生擒回來，否則我的『種魔大法』將功虧一簣，不能超越『人天之界』。」背後黑白二僕跪下連叩三個響頭，一言不發，迅速遠去，剩下龐斑一人。

龐斑仰首望天，忽地長笑起來。「轟隆！」一個驚天裂空的閃雷後，暴雨傾盆灑下。這成就前無古人的魔師狂喝道：「順我者昌，逆我者亡。」江湖的噩夢，終於由他帶來。

岳州府。「抱天覽月樓」是岳州府最有派頭的酒家，酒席均須預定，兼且非是有頭有臉的達官貴人，富商巨賈，一般人要預定酒席還不受理呢。該樓位於長江之旁，附近藝社妓院店鋪林立，笙歌處處，只要肯花錢，保君樂而忘返，大嘆人生若此，雖死何憾。此刻是入夜戌時初，抱天覽月樓燈火通明，所有廂座擺滿酒席，雖聞杯盤交錯的響音，卻不聞喧嘩囂叫，這裏客人品流高尚，故少塵俗之態。

在該樓最高的第三層一個特別華麗的大廂房內，筵開兩席，每席十二人，精美豐盛的菜餚流水般由美麗的女侍奉上，舉杯勸飲，氣氛歡洽。此時恰好當地色藝雙全的名妓楚楚奏畢琵琶，施禮告退，眾人報以禮貌的掌聲。

近窗主家席一名華服中年大漢，以主家的身分，意態豪雄地向座上各人敬了酒後，臉孔微紅，三分酒意下向一位方臉大耳，容顏俊偉，約二十五、六的男子道：「上官幫主，怒蛟幫在你統領下，聲勢更勝從前，天下敬服，果真虎父無犬子。敬你一杯！」

這男子竟是與西陲尊信門、北方乾羅山城並稱天下三大黑幫的怒蛟幫幫主上官鷹。上官鷹飽經變故，已非是當年不知天高地厚的小子，加上這些年來潛心苦修，氣度迥然大變，淡笑道：「葉真前輩過譽了，上官某只是上承父蔭，幫中之事，全賴浪翻雲和凌戰天兩位大叔和一干兄弟把持，才不致出亂子，這一杯，讓我代眾叔輩兄弟喝了。」說罷一飲而盡，席上各人慌忙陪飲。

另一面目精癯，年約五十的老者道：「側聞貴幫『覆雨劍』浪翻雲，最近忽起遠行之念，飄然而去，未知是否還有保持聯絡？」

各人不約而同露出關注表情，「覆雨劍」浪翻雲名滿天下，除了至尊無上的「魔師」龐斑外，聲勢無人能及，若果他離開遠去，不知行蹤，那怒蛟幫無論在聲勢和實力上，削弱一半不止。

上官鷹表面從容自若，心中卻在咒罵這發問的陳通，此老乃以洛陽爲基地的黑幫「布衣門」門主，這回已金盆洗手的黑道元老葉真擺的兩圍酒席，便含有化解怒蛟幫和布衣門積怨的含意，是決定黑道勢力劃分的「解爭酒」。

他正要答話，他的首席謀士翟雨時已代他答道：「浪首座確有事出門，但只是暫時性質，一待事了，便會歸來，多謝陳門主關心。」這幾句話答似非答，模稜兩可，但浪翻雲不在怒蛟幫內，卻給肯定下來。

不知怎的，眾人都似有鬆了一口氣的感覺，連葉眞也不例外，翟雨時最善觀人於微，大感不妥，連忙思索其中因由。

一個面目陰沉的彪形大漢沉聲道：「聽說『盜霸』赤尊信為了專心武事，三個月前讓位與師弟『人狼』卜敵，未知上官幫主可有所聞？」

這發言的梁歷生曾是橫行洛陽一帶的黑道大豪，五年前慘敗於「左手刀」封寒刀下，聲望大跌，暫時歸隱潛修，但仍有極高地位，是黑道父老級的人物，此次宴會，便由他和葉眞聯名邀約，否則上官鷹也不會親來赴會。

上官鷹不敢怠慢，道：「梁老所言，敝幫十日前才有所聽聞。」眉額間閃過一絲憂色，這「人狼」卜敵外號雖嚇人，指的卻只是他性好女色，人卻生得風流瀟灑，一表人才，武功遜於赤尊信，但狠殘狡辣處，則連赤尊信也瞠乎其後。

桌上另一三十多歲，文士打扮，面目頗為俊俏，但眼角卻滿佈魚尾紋的男子道：「聽說這次讓位，可能並非赤尊信本人自願，內中怕有別情？」

這人叫「狂生」霍廷起，是個介乎黑白兩道的人物，誰也不賣賬，是「布衣門」門主陳通的生死之交，一向對怒蛟幫帶有敵意。

上官鷹瞿然動容道：「以『盜霸』赤尊信的武功威望，誰能逼他做不願意的事？」

一直沒有發言，坐於上官鷹右側的艷女燕菲菲美目水溜溜地轉動，未語先笑道：「上官幫主如此在意，妾身倒有祕密消息提供參考。」接著卻停了下來，賣個關子，恨得眾人牙癢癢的，眞想捏著她嬌嫩柔滑的粉頸，硬逼她快快如實吐出。當然沒有人敢如此做，放著她一身武技不用說，只以她身爲「黑榜」高手之一「十惡莊主」談應手情婦的身分，便沒人敢惹她。

各人都是老江湖，故意不動聲色，也不追問。燕菲菲知道不主動說出，沒有人會出言請求，忽爾嬌笑起來，她喜歡那成爲眾人注意目標的感覺。其他人見她笑得嬌態橫生，煙視媚行，心中都大叫可惜，因爲她已是談應手的禁臠，名花有主，誰敢弄她上手？燕菲菲笑聲倏止，輕描淡寫地道：「各位知否『人狼』卜敵，兩年前已入了方夜羽門牆，成爲『魔師』龐斑的徒孫，有了這硬得不能再硬的大靠山，赤尊信怕也不能再像以往那樣呼風喚雨吧？」

上官鷹再也按不住心內掀起的滔天巨浪，臉色一變，同桌各人也神色有異，連隔桌的人也停止了一切動作，好像末日剛好在這一剎那降臨。要知方夜羽乃「魔師」龐斑親傳三徒的二弟子，龐斑潛隱後，「魔師閣」的一切便由他主理，儼然龐斑的代表，天下黑道無人敢拂其意，幸好他一向極爲低調，從不理江湖之事，但假若卜敵眞在他支持下向赤尊信奪權，那便代表龐斑開始將魔爪伸向黑道了。

翟雨時臉色沉凝，道：「方夜羽雖得『魔師』眞傳，但恐仍未能奈何赤尊信，若卜敵確能坐上尊信門門主的寶座，恐怕非要『魔師』親自出手不可，只不知燕小姐消息從何而來？赤尊信現在究竟是生是死？」

燕菲菲又是一輪嬌笑，道：「我還有另一消息，未知翟先生是否亦有興趣？」不知可是天性使然，她總愛吊別人的癮。

上官鷹無奈道：「燕小姐說吧，本人洗耳恭聽。」

燕菲菲美目由翟雨時飄向身側的上官鷹，道：「據我所知，天下三大黑幫，除尊信門落入卜敵之手外，『乾羅山城』城主『毒手』乾羅亦已向魔師表示效忠，你說這消息是否驚人之至？」

上官鷹這時反而神情鎮定，假若魔師龐斑眞的打破二十年來的閉關不出，踏入江湖，天下凶邪歸附，是必然的事，燕菲菲的男人是「十惡莊主」談應手，位居「黑榜」，地位顯赫，當是龐斑招攬的對象，消息自然由其中輾轉而來，只不知談應手是否已加入了龐斑的陣營？翟雨時心念電轉，假若龐斑一統黑道的第一個目標是三大黑幫，那一向被稱爲「黑道裏的白道」的怒蛟幫，現在將成爲僅餘的眼中釘，龐斑會怎樣對付他們？他的眼光同時掠過同檯的其他人。主人身分的葉眞神色有些微緊張，「布衣門」門主陳通一副幸災樂禍的表情，面有得色，梁歷生和霍廷起注意力都集中到上官鷹身上，反似對燕菲菲要說甚麼毫不在意。翟雨時沉思其故，燕菲菲現在說的關乎武林生死榮辱，這些人怎能置身事外，漠不關心，除非他們早知答案，想到這裏，登時冒出了一身冷汗。這以智計著稱的高手，聯結起眾人之前對浪翻雲外遊的態度，已得出了一個結論。今晚的宴會是個對付怒蛟幫的陷阱。

剛好這時燕菲菲說到：「那告知我此事的人是……」

翟雨時知道刻不容緩，雙手一合，穿在左右手腕的兩只鐵鐲猛地相碰。「叮！」清響震徹全場。這是早先約定的警號，自從知道卜敵出掌尊信門，怒蛟幫便處在最高警戒，因當年赤尊信曾立下誓言，只要上官鷹在生一天，尊信門便一天不犯怒蛟幫，所以尊信門若要來攻，首先便要取上官鷹性命。這時除隔檯十二人中有六名是怒蛟幫的精銳外，廂房外還有另十八名幫主的隨身鐵衛，這警號正是要通知各人立時護駕。

上官鷹正留心著燕菲菲說的每一個驚心動魄的語句，當她說到「那告知我此事的人是……」時，語音忽地細了下去，似乎深恐被上官鷹外的其他人知道。上官鷹下意識地側傾往這美麗的黑道艷女去，恰在這時，「叮」一聲警號清響，他的反應是一等一的迅捷，眞力立時貫滿全身。便在這刹那，一股尖銳寒冷的殺氣從燕菲菲處直襲腰眼，同一時間，背後勁氣壓體，自然是身旁的梁歷生施以暗算，此人精擅掌功，若給他拍實背上，十個上官鷹也要送命。上官鷹等怒蛟幫後起之輩，自三年前與尊信門一戰後，知己不足，於是刻苦練武，此時早非吳下阿蒙。他暴喝運勁，座下的酸枝椅禁不住強大壓力，寸寸碎裂，「喀嚓」一聲坐往地上，已弓背蹲身，同時左右開弓，掌拍燕菲菲刺來的淬毒匕首，拳迎梁歷生的鐵掌。

在上官鷹身形由坐變蹲的突變下，主客形勢大轉。左手剛好拍在燕菲菲持著匕首的手腕上，借力橫拖，帶得這具有美麗外表的蛇蠍身不由主地側撞向大檯的邊緣處，這時形勢混亂，也不知是誰一腳把大檯連酒菜踢翻，大檯側傾，燕菲菲收勢不住，整個人隨著桌面和酒菜滾在一堆，俏佳人立時變作醜夜叉。梁歷生便不是那樣好對付了。化解燕菲菲淬毒匕首的致命一擊，上官鷹已分去了一半力道，而梁歷生的一掌卻是蓄勢全力暗算，所以一碰上上官鷹的拳頭，掌勁吐實下，上官鷹悶哼一聲，一口鮮血立時噴出，吃了大虧。幸好上官鷹反應敏捷，不敢硬撐，藉著掌勁側滾，一方面化去梁歷生剛猛的掌力，另一方面爭取一隙重整陣腳的時間。剛才還是言笑歡洽的宴會，瞬眼間已變成你生我亡的仇殺屠場。梁歷生躍離座椅，蝙蝠般在豪華大廂房的空間滑翔，追擊仍在地上滾動的怒蛟幫年輕有爲的幫主，若能搏殺此子，今晚便大功告成，所以方夜羽特別揀選了自己這擅長室內近身搏鬥的高手負起這最決定性的任務。如能成功，自能得方夜羽的青睞，想到這裏更是雄心萬丈。上官鷹向著無人的牆角繼續翻動，手中已連接起分成兩截的救命長矛，準備與這如猛虎般撲來的黑道前輩決出生死。

此刻廂房內成混戰之局。翟雨時和其他六名怒蛟幫的超級精銳，都是在翟雨時發出警號的剎那間同起發難，反而爭取了主動，此六名好手均曾得當今黑道第一劍手「覆雨劍」浪翻雲這三年來親身指點，實力驚人，否則上官鷹又豈敢如此大膽赴會。翟雨時不愧怒蛟幫後起一輩中的第一謀士，從各人的微妙表情裏，當機立斷，搶了先手，大出敵人意料之外，對方幾個武功較差的立時落敗身亡。警號才鳴，一股煙火從翟雨時手上射出，穿窗而去，在黑夜的天空爆出一朵白熾的光雲，這是召援的訊號，岳陽位於怒蛟幫勢力範圍之內，翟雨時算無遺策，早在附近祕處埋了伏兵，以作後盾。廂房內血肉橫飛，敵我雙方的鮮血不斷濺激牆上地下，廂房外亦是喊殺連連，顯然外面怒蛟幫幫主的「十八鐵衛」亦和敵人動上了手。身爲主人的葉眞展開杖法，與翟雨時的長劍戰在一起，卻絲毫討不到半點便宜，怒蛟幫這些人的眞正實力，遠在他們估計之上。梁歷生凌空向地上的上官鷹撲下，勁氣把上官鷹的頭髮衣服刮得倒飛向下，顯示這一擊全無餘力保留。這批人中以他武功最是強橫，否則也不配成爲「黑榜」高手「左手刀」封寒的對手，兼之上官鷹又受傷在前，心想這一下還不是手到擒來？上官鷹蜷曲仰躺，全神貫注梁歷生聲勢逼人的撲擊，手中五尺鋼矛一振，寒芒閃動下，標射梁歷生面門。他的矛技得自有「矛聖」之稱的父親上官飛親傳，豈可小覷，無論速度角度，均無懈可擊，攻的又是對方必救的致命點。梁歷生怪叫一聲，硬往後翻，乘勢一腳蹴踢矛尖。鋼矛應腳盪開。上官鷹中門大露。梁歷生想不到如斯容易，暗忖這小子定是傷得極重，趁他長矛不及迴旋護持，再次回撲，硬搶入中宮，一對手幻出滿天掌影，無孔不入地俯擊而下。只要逼得對方埋身搏鬥，以己長攻敵短，哪怕不立斃敵於當場。對於上官鷹的矛，他確有三分忌憚。上官鷹全無一絲應有的慌亂，虎目緊盯著梁歷生假假眞眞動作裏暗藏的殺著。梁歷生戰鬥經驗何等豐富，暗感不妙，便要抽身而退，但一切都遲了。上官鷹胸前寒光一閃。梁歷生右腕一涼，一生與他形影不離的右掌，爲他闖下一生事業的鐵爪，齊腕斷去。梁歷生發出驚天動地的慘嘶，身形疾退，「轟」一聲撞在對面的牆上，左手反過來封閉右手的血脈，以免鮮血噴射。輪到上官鷹像猛虎般從地上彈起來，緊躡追上，這時他似寒芒突吐的兵器已收了回去，原來是把纏在腰間的鋒快軟劍。鐵矛顫動下，瞬眼間向靠在牆上的梁歷生施了三十擊。這黑道前輩高手用盡渾身解數，一隻左掌或擊或拍，貼牆左避右遊，死命求活，上官鷹一時佔盡上風。翟雨時劍勢全力運轉，葉眞全身是血，也不知傷了多少處，落敗是指顧間事。其他六名怒蛟幫高手雖亦負傷累累，卻非致命，若不是「狂生」霍廷起和「布衣門主」陳通合力擋了五人，連燕菲菲也將不能倖免，而其他較次高手，早血濺當場。

就在怒蛟幫似已控制了全局時，與葉眞激戰中的翟雨時發覺一件令他心膽俱寒的事。廂房外忽地靜寂無聲，使房內的喊殺突然顯得非常孤立。要知守在廂房外的「十八鐵衛」功力雖是稍遜房內陪宴的六名怒蛟幫好手，但他們曾經怒蛟幫僅次於浪翻雲的「鬼索」凌戰天多年苦心訓練，負起保護幫主之責，除非是名列「黑榜」的高手，否則想幹掉他們絕非易事，但現在廂房外的沉寂，只代表了一個可能性，就是他們都死了。一個念頭閃過心中。翟雨時捨下葉眞，向上官鷹撲去。「轟！」房門四散碎裂。一名錦衣大漢負手悠然步入，便像是赴宴來的。這時翟雨時剛好摟著上官鷹的腰身，向窗門衝去。錦衣大漢神色一動，腳步一移，後發先至、追至兩人背後。兩名怒蛟幫精銳捨下敵人，從兩側向錦衣大漢攻來，全是捨己殺敵的拚命招數。

錦衣大漢嘆了一口氣，皺眉道：「何苦來哉！」身形奇異地閃了幾閃，排山倒海的攻勢全部落空，但追勢卻也被迫停下。兩名怒蛟幫精銳想不到對方強橫若斯，正要再組攻勢，只見對方一雙大手驀地脹大，往自己面門拍來，來勢雖慢，但無論怎樣也像是躲閃不了。「喀嚓！」兩人面門陷了下去，仰跌而亡。但上官鷹和翟雨時成功穿窗而出，跌往茫茫黑夜下的長江去。

錦衣漢怒哼一聲，身影閃動，其他僅餘的四名怒蛟幫好手，紛紛了賬。燕菲菲一頭鑽進錦衣漢懷裏，撒嬌道：「莊主啊！爲甚麼你這麼遲才進來？」原來竟是「黑榜」高手之一的「十惡莊主」談應手。

談應手臉色沉凝，又再嘆一口氣，向著上官鷹和翟雨時逃出的方向道：「唉！這是何苦來哉，通往怒蛟幫的路途已被『逍遙門主』率領門下全面封閉，除非『覆雨劍』浪翻雲親臨，否則你們能逃到哪裏去？」「抱天覽月樓」外是無際無邊的暗黑，一點星光也沒有。

一點燈火，在武昌府長江岸旁迅快移動。蹄聲答答。一個瘦弱的身形，一手策馬，一手持燈籠，正在連夜趕路。燈火照耀出一張年輕的臉，看樣子是十七、八歲的年紀，穿的雖是粗衣麻布，一對眼睛非常精靈，額頭廣闊，令人感到此子他日必非池中之物。這時他神情焦灼，顯然爲錯過了渡頭而苦惱。

馬停。他躍下馬背，走到空無一人的渡頭盡端，苦惱地叫道：「這回慘了，回去時那惡人管家必要我一番好看。」江水滔滔，對岸一列民居透出點點燈光，份外使人感到內裏的溫暖，又那樣地使人感到孤獨和隔離。馬兒移到他身後，親熱地把馬頭湊上來，用舌舐他的後頸。

少年怕癢縮頸，伸手愛憐地拍著馬嘴，苦笑道：「灰兒呵灰兒，你可知我的心煩得要緊，去吃草吧！」馬兒似懂人言，一聲歡嘶，回身往後走，在江邊的草地吃起草來。

少年走到渡頭邊緣，坐了下來，爲明早的遭遇擔心，順手將燈籠插在木板的間隙處。「唉呀！」少年嚇了一跳，往下望去。在燈籠照耀下，一隻手從急流裏伸出水面，緊抓著木搭渡頭下邊的其中一條離開水面約三寸的橫木。少年只覺頭皮發麻，抖索著道：「不！不要嚇我。」

「咿唉！」抓著橫木的手青筋驀現，接著一個人頭在「嘩啦」的水響聲中，從水裏竄出來。少年魂飛魄散，一個觔斗，翻往渡頭近岸的一端去。「幫我！」沙啞的聲音從渡頭底傳上來。所有聽過有關水鬼找替身的故事立時掠過少年心頭，他顫聲道：「水鬼大哥，我幫……幫不了你。」下面再一聲呻吟，那人道：「我不是鬼，是人。」

少年呆了一呆，他本來膽子很大，聞言禁不住往渡頭盡端爬去，小心地探頭下望。一張蒼白痛苦的男子臉龐，正從水面仰起向著他。少年尖叫一聲，又縮了回去。「幫我！」少年再次探頭出去，顫聲道：「你眞的是人不是鬼？」那張臉點頭吃力道：「我是人……是人……」

少年俠義心蓋過了恐懼，左手抓著渡頭綁纜的木柱，一手探下去，抓著那人的手腕，用力一拉，豈知那人身體極重，幾乎將他倒扯下水，幸好那人另一隻手及時伸出，抓著較高處的另一條橫木，才不致連累這年輕的救命恩人。少年用力再扯，那人借勢翻上渡頭，大字形軟攤渡頭上，不住喘氣。

少年懷疑之心盡去，撲到那人身邊，關切問道：「你怎樣了？」

那人張開沒有神采的眼睛，待要說話，忽地身子彎曲起來，一陣狂咳，張口一吐，一團瘀黑的血霧狂噴而出，灑滿渡頭。少年大驚失色，一手將他扳過來。那人兩眼一翻，暈死過去。

少年從未遇過這等事，一陣手足無措後，才定下神來，暗忖：「救人事大，此事不可不管，前天曾聽人說東山村來了個神醫，眼前唯一之計，是將他送到那裏。」目標既定，忙叫道：「灰兒灰兒！」那匹灰馬長嘶一聲，乖巧地奔至兩人身旁。

少年輕拍馬頸，柔聲道：「灰兒灰兒！蹲下蹲下！」灰兒順從地蹲了下來。少年費盡九牛二虎之力，將那年輕漢子搬上馬背，一聲令下，灰兒撐起馬腳，立了起來，少年乘勢躍上馬背，一抽韁繩，兩人一騎，消沒在岸旁的黑暗裏。

冰冷的河水使上官鷹和翟雨時精神一振，他們沒有時間為犧牲的怒蛟幫兄弟悲痛，順著水勢往下游泅去。那是將他們帶離險境的最快方法。兩人落到水裏便像魚兒回到家鄉，怒蛟幫是水道的霸主，以洞庭湖起家，故而這次宴會，翟雨時選了「抱天覽月樓」，看似無意，其實卻是極其厲害的一著棋子，令位列「黑榜」的「十惡莊主」談應手也只好眼睜睜目送他們逃去。

湍急的水流不一會已將他們送往下游五里外的遠處。轉了一個急彎後，水流緩慢下來。兩人打個手勢，一齊往岸旁游去。爬上岸後，均感力盡筋疲，這裡是岳陽城外的郊野，四周全是黑壓壓的樹林。翟雨時將耳朵貼在地上，不一會彈了起來，平靜地道：「長征和接應的兄弟來了！」

上官鷹對他竟能從步聲聽出來者是己方的人並沒有絲毫驚異，因為這是怒蛟幫的第二號元老「鬼索」凌戰天的設計，不但在鞋底裝上了特別的鐵碼，怒蛟幫人還可以一種特別的節奏和步伐走動，以資識別，此等看來沒有甚麼意義的細節，往往能在敵我難分的混戰裏，發揮出驚人的作用。黑暗的森林裏傳來「窸窸窣窣」的聲音，一群人敏捷地撲了出來，在上官鷹前一齊伏下見禮。上官鷹急扶起當先的年輕壯漢，道：「長征請起，不必多禮！」年輕壯漢卓然而立，雙目閃閃有神，肩寬腳長，一臉勇悍，正是被譽為怒蛟幫第二代裏的第一高手「快刀」戚長征。

翟雨時踏前一步道：「有沒有遇到敵人？」

戚長征道：「沒有！我們接到訊號，立依早先定下計畫，到這裏來接應你們，現在連我在內共有四十八人，足可以應付任何的危險。」

上官鷹苦笑道：「但卻仍不足以應付像談應手那種高手，除非是浪大叔在此！」

戚長征全身一震道：「甚麼？是『十惡莊主』談應手？」

翟雨時沉聲道：「沒有詳說的時間了，長征你立即召回放哨的兄弟，同時將我吩咐預備好的水靠和浮袋取出來，我們立即換上。」

上官鷹愕然道：「這豈非愈走愈遠？」要知岳州府位於洞庭湖之東，快馬半日可到，但若順江流走，水向東流，只會愈逃便離洞庭湖的怒蛟幫總壇愈遠。

戚長征一向對翟雨時的才智敬服之極，但他乃率直性急的人，忍不住道：「在離此半里處我預備了快馬，若抄小路回洞庭，明早前便可到達，以我們的實力，逃總可以吧？」

翟雨時沉聲道：「談應手一向與逍遙門關係密切，假若談應手歸附龐斑，『逍遙門主』莫意閒又豈能例外。」

上官鷹臉色一變道：「逍遙門的副門主孤竹和『十二逍遙遊士』最擅長跟蹤追躡之術，若要對付他們，的確令人頭痛，我明白了，雨時！」扭頭向眾手下道：「立即換上水靠，吹起氣袋。」接著微笑向戚長征道：「長征！我們多久未曾在水裏比賽過？」說時伸出右掌。

戚長征伸手和他緊握，眼中射出熾烈的友情和對幫主的崇敬，堅定地道：「無論到哪裏，我也會奉陪到底。」

翟雨時將手加在他們之上，道：「不要忘了我那份，我們可以由這裏一直比到武昌府。」

半個時辰後，志切救人的少年在山野裏迷了路。燈籠燃盡，四周是無邊際的暗黑。伏在身前馬鞍上那人的氣息愈來愈弱，少年急得幾乎哭起來。數年前他曾隨人去過東山村一次，但在這樣前不見人後不見店的黑夜裏，要憑著褪了色的記憶去找一個小村莊，就像要從水裏把月亮撈上來。答答蹄聲，是那樣地孤寂無助。

「呀！」少年驚呼起來。二百多步外的疏林間，隱約裏有點閃動的火光。一夾馬腹，向前奔去，就像遇溺的人看到了浮木。一所破落的山神廟出現眼前，燈火就是由其中傳出來。少年躍下馬來，牽著馬韁，穿過破爛了的廟門，進入廟內。在殘破不堪的泥塑山神像前，三支大紅燭劈劈啪啪地燃燒著，一個慈眉善目、眉髮俱白的老和尚，盤膝坐在神像前，似開似閉的眼正望著他，看來最少也有八十多歲。

少年道：「大師！有人受了傷……」也不見那和尚有何動作，眼前一花，他矮胖的身體已站到那受傷的男子旁，默察傷勢。少年本身雖不懂武技，但卻是生長於著名武林世家的童僕，知道遇上高手，機靈地退坐一旁，不敢打擾。和尚將男子從馬背上提到地上平放，便像搬個稻草人般毫不費力，同時從懷裏取出一盒銀針，乍看間似是雙手亂動，轉瞬裏男子胸前已插了七支亮閃閃的長針。男子呼吸轉順。灰兒滴滴答答，溜往廟外吃草去了。和尚舒了一口氣，這才有空望向少年。

「小哥兒？不知高姓大名？」坐在一旁的少年呆了一呆，囁嚅道：「問我嗎？」一向以來，在主人府中來往的高手，眼尾也不望他一眼，這和尚無論神態氣度，均遠勝他所遇到的武林人物，竟然如此和顏悅色和他說話，怎不教他受寵若驚。

和尚一臉祥和，鼓勵地點點頭。少年道：「我是府主在一棵柏樹旁拾回來的棄嬰，所以跟他姓韓，名柏。」

和尚似開似閉的雙目猛地睜開，眼睛像星星般閃亮起來，瞬又斂去，道：「好！好！名字和人同樣的好，現在告訴我你怎會救起這個人？」

韓柏連忙將經過如盤托出。和尚沉吟片晌，搖頭道：「怎會是這樣，天下間有哪些人能傷他？」

韓柏一呆道：「大師，你認識他嗎？」

和尚點頭道：「你救起的人在江湖上大大有名，被譽爲白道武林新一代中最出類拔萃的高手，叫風行烈，說起來，他與我們『淨念禪宗』還頗有淵源，所以這事我更不能不管。」

韓柏兩眼也睜大起來，道：「大師原來是『淨念禪宗』的高人，眞令人難以置信，我竟遇到『淨念禪宗』的人！」

韓柏執役於武林世家，平日耳濡目染，聽了不知多少繪影繪聲的武林逸事，而最令他心生景仰的，就是並稱武林兩大聖地的「淨念禪宗」和「慈航靜齋」，這兩地都罕有傳人行走江湖，祕異莫測，怎知竟教他今天遇上了。

韓柏指了指那仰躺地上的風行烈關心地道：「他會有事嗎？」

和尚嘆了一口氣道：「生死有命，侵入他身體的眞氣陰寒無匹，兼之他本身眞元奇異地敗弱，我只能暫保他一命，能否復元，便要看他的造化了。」雪白的眉毛，忽地聳動起來，道：「有人來了！」

韓柏留心一聽，果然遠方沙沙作響，是鞋子踏在枯葉上的聲音，聽步聲只是個不諳武功的普通人吧，但誰會在這等時分在山野間走動？

念頭還未轉完，一個沉雄豪勁的聲音在廟外響起道：「想不到荒山野廟，竟有過客先至，若不怕被打擾，我便進來借一角歇歇。」

韓柏雖仍未見人，但對方如此有禮，不禁大生好感。

和尚平和地應道：「佛門常開，廣渡有緣，往來是客，豈有先後之別？」

對方哈哈一笑道：「有意思有意思，竟有高人在此。」一人大步入廟。

韓柏一看下嚇了一跳。來人身形雄偉，足有六尺以上，但面目醜陋，一對黃睛似醒還醉，手比普通人長了最少三至四寸，肩上搭著一隻黃鼠狼，背上背了把長劍，脅下夾著個小包袱。

那人環目一掃，嘆道：「我還是要走了！」

和尚和韓柏齊感愕然。那人微微一笑，露出和他醜臉絕不相稱的雪白牙齒道：「我原本打算在此為肩上這畜牲脫皮開膛，燒烤送酒，謀求一醉，但這等事豈能在大師面前進行？」

和尚微笑道：「酒肉穿腸過，佛在心裏留，兄台如此美食，怎能不讓和尚分一杯羹。」

那人面容一正道：「佛門善視眾生，酒肉雖或不影響佛心，但總是由殺生而來，大師又有何看法？」

韓柏心中大奇，大師已明說不戒酒肉，這人理應高興才是，為何反咄咄逼人，查根問柢，揭人瘡疤，不知不覺間，他已站在和尚那一邊。

和尚絲毫不以為忤，淡然自若道：「有生必有死，既有輪迴，死即是生、生即是死，兄台殺此鼠狼，似乎造了殺孽，但換個角度來看，卻是助牠脫此畜道，假若能輪迴為人，牠還要謝你呢。」

那人哈哈一笑道：「答得好，左邊這狼腿便是你的。」坐了下來，將黃鼠狼放在地上。「鏘！」背後長劍出鞘。和尚和韓柏眼睛同時一亮。長劍比一般的劍要長了尺許多，劍身細窄，但精芒爍閃，一看便知是好劍。

和尚眼神一亮，動容道：「貧僧廣渡，不知兄台高姓大名？」

那人逕自用劍爲黃鼠狼去皮拆骨，一邊道：「萍水相逢，偶聚即散，管他姓甚名誰，大師不要著相了。」

韓柏心想這人行爲怪異，但轉眼便給他的動作完全吸引，這長達五尺的劍，本應極不方便作屠刀之用，但在那人耍百戲般的動作下，長劍有節奏地前彎後轉，倏上忽下，黃鼠狼像冰化作水般解體，不一會已成一份份切割整齊的肉塊。那人外形粗獷，一雙手卻雪白纖長，與他毫不相稱。那人又站起身來，看也不看，手一動，劍回到背後鞘內，不聞半點聲息，就像長劍是有眼睛的長蛇，會找路回到自己的洞穴。

廣渡大師嘆道：「庖丁解牛，不外如是！不外如是！」

那人喟然道：「高高低低，無能有能，也不外如是！」眼神掠過躺在地上的風行烈，似乎對他胸前插的七口長針視若無睹，再移往韓柏臉上道：「小兄弟，外面那匹馬是你的嗎？」

韓柏剛想答是，猛地改口道：「不！是我家府主的，我……我只是他的僕人。」心下一陣自卑。

那人深望他一眼道：「那是有高昌血統的良駒，好了！你們在此稍待一會，我這就去取柴來生火，好好吃他一頓。」

韓柏要出言表示願意幫手，那人早邁步門外，轉瞬不見。剩下廣渡大師、韓柏、躺在地上的風行烈，和燒得劈啪作響的紅燭。廣渡大師望著那人離去的方向，臉上神色充滿了驚異。

「唉呀！」一直躺著不言不動的風行烈呻吟了一聲，將兩人的注意力扯回他身上。廣渡大師站起移至風行烈身邊，忽地神情一動道：「又有人來了！」韓柏這次運足耳力，卻一點聲音也聽不到。

驀地風聲呼呼，一捲風從門外吹進來，燭火倏地轉細，登時廟內一暗。狂風消去，燭火復明。廟中多了兩個怪人。兩人一穿黑一穿白，身形高瘦，一眼看去像很年輕，但細看又像很年老，冰冷的面容，使人感到不寒而慄。廣渡大師不知何時盤膝坐在風行烈和兩人的中間，白眉低垂，像是睡著了的樣子。韓柏不由自主退往一角，幸好那兩人看也不看他，使他狂跳的心稍微篤定。

穿黑袍的怪人道：「大師何人？為何要管這件事？」他的語氣冰硬尖亢，彷彿一點人類的感情也沒有。

廣渡大師一聲佛號道：「貧僧乃『淨念禪宗』的廣渡，風行烈施主和敝宗淵源深遠，可否看在這點放他一馬？」他一出言便點明自己來自武林兩大聖地之一的「淨念禪宗」，是因為看出敵手非常難惹，希望能因自己的出身知難而退。

白袍人漠然道：「縱是淨念禪主親臨此地，也難改變風行烈的命運。」他的聲音剛和黑袍人相反，低沉沙啞。

狂風再起。燭火立滅。一時間韓柏甚麼也看不見。「蓬！」勁氣激盪。韓柏不由自主蜷縮牆角，勁風颼來，但覺遍體生痛，呼吸困難。三點火星飛出，落在紅燭台上，火燄燃起，光明重臨，也不知是誰出手。黑白怪客仍立原處，廣渡大師卻抱起了風行烈，貼在一邊牆上，臉色煞白，已然吃了暗虧。

白袍客冷冷道：「只是一人出手，你已接不下來，大師最好三思而行。」

廣渡大師微微一笑道：「想不到隨魔師龐斑隱居不出的黑白二僕竟親臨人世，廣渡幸何如之，有緣得遇。」

黑白二僕面容沒有絲毫變化，但廣渡和韓柏均知道他們隨時會再出手，事實上他上次出手便不曾露出任何先兆。韓柏並沒有聽過魔師龐斑的名字，只知這黑白二僕連江湖地位崇高的「淨念禪宗」也不賣臉，靠山當然是硬至極點。

廣渡大師做了個非常奇怪的動作，將手覆在風行烈的面門上。

黑白二僕一震道：「你想幹甚麼？」

廣渡大師忽地長笑起來，一字一字地道：「讓我殺了風施主，所有人間恩怨來個大解決，落得乾乾淨淨。」韓柏聽得傻了起來，剛才廣渡還死命護持風行烈，怎麼一轉眼又要把他殺了。

白僕低沉的聲音嘿然道：「好！不愧『淨念禪』的高人……」眼光掃向縮在一角的韓柏，淡淡道：「這小子青春年少，還有大好的生命，這樣因你夭折，大師於心何忍？」他語氣雖平淡無波，說的卻是有關別人生死的事，份外使人對他的天性感到心寒。

廣渡大師一聲佛號道：「天下事物莫不在『機緣』二字之內，生命便基於『緣力』牽引而生，假若我讓你們帶走風施主，你會放過我們兩人嗎？」

黑白二僕臉上一點表情也沒有，兩人間亦沒有交換目光，使人對他們的諱莫如深不由心悸。韓柏打了個寒戰，首次感到生命的無依和脆弱，死神的接近！他在每一個幻想裏都曾把自己塑造成無敵的英雄，但在眼前的現實裏，自己只是個完全無助的小角色，連站起來也因腳軟而有所不能。

一個柔和的聲音在門處響起道：「竟然來了這麼多的客人，一隻鼠狼看來還是剛剛好。」

那醜漢出現在門前，肩上托著一大綑柴。黑白二僕一直全無表情，活像帶了面具的冷臉首次色變。除了是魔師龐斑，誰能來到他們身後而不被發覺？廣渡大師也驚異得瞪大了眼睛，他早看出醜漢是高手，卻想不到竟能到達如此「來無蹤」的駭人地步。韓柏卻想到早前醜漢踏地沙沙有聲，顯是故意為之，不知如何，醜漢使他有種難言的親切感。

醜漢像是一點也感受不到廟內劍拔弩張的氣氛，一拍肩上柴枝，大步前進，要由黑白二僕中間穿身而過。韓柏驚得叫起來道：「小心！」豈知小心的卻是黑白二僕，醜漢一逼來，他們心意相通似的往左右飄開，然後退往門旁，反而醜漢到了他們和廣渡的中間。

醜漢將柴枝「嘩啦」一聲倒在地上，向韓柏招手道：「小兄弟來，助我架起柴火。」韓柏勉力站起身來，壓下心頭恐慌，顫顫巍巍朝醜漢走過去，在黑白二僕冷眼投視下，十多步的距離像萬水千山的遠隔。

就在此時，黑白二僕各自發出高亢和低沉兩聲絕然相反的長嘯，全力出手。他們的動作奇怪無比，黑僕的右手拍出，恰好迎上白僕橫推出來的左掌。「蓬！」一股比先前與廣渡交手威猛十倍的旋勁，以那雙交接的手為中心旋捲而起，剎那間波浪般推展至廟內的每一寸空間。韓柏身不由己，打著轉向一邊牆撞去，心叫「吾命休矣」。左右掌一拍即分，黑白兩僕身形倏地加速，側身分左右兩翼攻向醜漢，手撮成刀，分插他左右兩脅。這種合擊之術厲害無比，首先藉奇異的內勁，激起氣旋，向敵人捲去，緊接著分左右施以雷霆萬鈞的猛擊，確是威力無儔。

「鏘！」醜漢背後的劍像有靈性般從背後跳出來。一股尖嘯由他手中的劍響起。劍鋒圈了一個小轉，驀地擴大，爆成滿廟的細碎光點。黑白二僕產生的氣旋風聲，像被光點擊碎般消散停止。韓柏身體一輕，雖撞在牆上，卻只是皮肉之痛，再沒有那種將生命逼擠出去的壓力。當他回過頭來時，見到的只是滿眼暴雨般的光點，鮮花般盛開著。光點消去。黑白二僕倒退回原位，衣衫滿佈破洞，臉上失去了先前的從容，隱見震駭的餘痕。

醜漢劍回鞘內，嘆道：「強將手下無弱兵，竟然能在我劍下全身而退，看在這點，滾吧！」黑僕回復冰冷的面容，沉聲道：「『覆雨劍』浪翻雲，果然名不虛傳。」

韓柏腦海如遭雷殛，這醜漢竟然是名震黑白兩道「黑榜」的第一高手「覆雨劍」浪翻雲？一股熱血直沖上頭，使他激動得要哭出來。浪翻雲還和他說了話，叫他作小兄弟。廣渡大師亦瞪大眼睛，不能置信地望著浪翻雲，他的眼光自比韓柏高明百倍，可是也看不清浪翻雲有若天馬行空，無跡可尋的覆雨劍法。

白僕道：「浪翻雲你如此做法，不啻直接向魔師宣戰。」

浪翻雲眼中爆起前所未見的采芒，淡淡道：「若明天日出前你們不逃往五十里之外，必取爾二人之命，滾！」

黑白二僕臉色再變，尖嘯低吟，奪門而出，轉瞬不見。浪翻雲笑道：「吃肉喝酒的時間到了。」便像甚麼事也沒有發生過，對於龐斑他似乎毫不著意。

武昌府。韓家大宅後院的廣場上。一位年約二十的男子，手持長達丈二的方天戟，舞得虎虎生風，把持刀的老者，逼得步步後退，看來佔了上風。老者身形高大，毫無佝僂之態，白髯垂飄，雖是不斷後退，可是神態從容，步伐穩健，一把大刀飄閃靈動，每一刀都守得無懈可擊，明眼人一看便知他在採取守勢，讓持戟男子把招式發揮盡致。

便在這時，韓柏撐著疲乏的身體，踏入廣場內，昨晚他喝了兩大口酒後沉沉睡去，醒來時才發覺自己睡在渡頭旁的草地裏，還是灰兒把他舐醒過來的，浪翻雲等杳無蹤影，一切像作了一個夢。但他記得其中任何一個情景，此生休想忘了少許。回府後免不了給管家一頓臭罵，此時才溜往後院，剛巧碰上這一場較技。旁觀的還有三女一男，年紀由十六至二十三、四，都是屏神靜氣，細意揣摩。運戟男子揚氣開聲，戟勢開展，加劇攻勢。老者粗濃的眉毛一揚，頷下白鬚無風自動，長刀剎那間大幅加速，連劈數下，每一刀均準確劈中戟頭。「鏗鏗鏘鏘！」金鐵交鳴，響徹全場。男女們連聲喝采。換了往日，韓柏一定會看得眉飛色舞，但在目睹浪翻雲神乎其技的劍法後，只覺這種一板一眼的招式，索然無味之至。

刀勢再張，滿場寒光，老者由守轉攻，這次輪到持戟男子步步後退。男女更是大力喝采，韓柏卻是噤若寒蟬，他並沒有忘記自己是下人的身分，尤其使長戟的三少爺韓希武心胸狹隘，一出聲往後便有他好看的了。他同時偷看了五小姐韓寧芷一眼，她的一言一笑，都是那樣地嬌媚可愛，令人心神皆醉。老者一陣長笑，手中刀展開一套細膩的刀法，強撞入戟影裏，變成埋身搏鬥，不利近鬥的長戟，更是岌岌可危。韓希武陷入苦撐之局。「噹啷！」長戟墜地。三少爺韓希武一臉羞慚，僵在當場。老者收刀後退，形態由威猛化作閒靜。

五小姐韓寧芷搶入場內，雙手一把抓著老者手臂，猛搖道：「大伯一定要教寧芷這幾下絕活，好教三哥不敢再欺負人家。」

老者望向這天眞嬌美的小女孩，憐愛地道：「只要你吃得起苦，甚麼也教給你。」韓寧芷歡呼起來，像是已學會了老者的全部功夫。

旁觀的另一年紀最長的大哥韓希文道：「大伯刀法出神入化，難怪『刀鋒寒』韓清風之名，稱譽蘇杭。」跟著向滿臉通紅的韓希武道：「三弟得大伯指點，受益無窮，還不叩頭謝教？」韓希武閃過不樂意的神色，猶豫了一下，才躬了躬身，卻沒有叩頭。

韓清風人老成精，看在眼裡，心底嘆了一口氣，卻不點破，微笑道：「希武戟法已得『長戟派』眞傳，欠的只是經驗火候，若能多加磨練，在心志上再加苦功，異日可成大器。」

韓希武心高氣傲，五兄妹中只有他一人除家傳武功外，還拜於「長戟派」派主「戟怪」夏厚行門下習藝，故兄妹中亦以他武技最高，他一向也看不起家傳武功，這刻想的不是韓清風的訓誨，而是暗忖剛才只是過招比武，不能放手比拚，才招敗績，否則戰果難料，卻不考慮人家亦是處處留手。

圓臉善良但膽怯怕事的四妹韓蘭芷笑道：「大伯若能多來我家，我們兄妹的成就定不止此。」

韓清風待要答話。一個雄壯的聲音由廣場入口處傳來道：「大哥！不要說只有我這做弟弟的怪你，連蘭芷也是這麼說你，上一次你來這裏是三年前的事了，放著清福不享，一把年紀仍馬不停蹄，終年奔波，所爲何來？」隨聲而至的男子五十來歲，方面大耳，一臉精明，身材與韓清風相若，樣貌形似而神態迥異，沒有韓清風沉穩中顯威猛的懾人氣度，更像個養尊處優的大官紳。正是本府主人韓天德，五兄妹的父親。

韓清風笑道：「三弟你這些年來縮在武昌，天塌下來也不管，只埋首於你的航運生意，拚命賺錢，將來兩腳一伸，看你能帶得多少走？」

韓天德正容道：「大哥太小覷我了，我賺的錢雖多，但大部分也用在資助我們八大派聯盟的活動上，否則何來活動經費？」

韓清風呵呵一笑道：「三弟認眞了，我們韓家三兄弟，誰不在爲聯盟盡心盡力？唉！可惜道消魔長，黑道人才輩出，反觀我們八大派近十年來人才凋零，令人憂慮。」眾兄妹和韓柏等從不知韓家居然是白道的經濟支柱，呆了起來。

韓天德眼神掠過眾人，心想他們兄妹五人，最小的寧芷也有十六歲半了，這些事也應讓他們知曉。他正容道：「大哥！我的看法比你樂觀，自十五年前八派聯盟後，全力栽培新一代的高手，默默耕耘，照我估計，很快便有人可冒出頭來，但反觀黑道，自三年前赤尊信暗襲怒蛟幫不成，損兵折將而歸，『毒手』乾羅又吃了暗虧，黑道聲勢大為削弱，一向被壓制俯首的其他黑道大小勢力，有若雨後春筍，紛紛勃興，進一步瓦解黑道勢力的凝聚，所謂聚則力強，分則力薄，黑道的惡勢已今非昔比，大哥為何還如此悲觀？」

韓清風嘆道：「這只是表象，眞正的情形，卻是令人憂慮。」跟著向韓天德打個眼色，兄弟心意相同，做弟弟的立時知道做大哥的不願在小輩前討論下去。

韓天德長笑道：「這些無聊話兒，不說也罷，你來了多日，我們兄弟倆還未有機會詳談，不如就藉現在這點空閒，好好敘敘。」

眾人大為失望，這邊廂聽得津津有味，忽地中斷，甚是掃興。韓柏更是失望，他心中一向羨慕那種戎馬江湖、朝不知夕的冒險生涯，偏是下人身分，只能在傭僕間打轉，較高級點的家衛和管事者也輪不到他高攀，像剛才那樣直接與聞江湖之事，可說絕無僅有。

韓希武剛受大伯所挫，自尊受損，正沒處洩氣，見韓柏還在呆頭呆腦，癡癡望著韓清風兩人離去的方向，不禁怒火上衝，喝道：「蠢材，兵器掉在地上也不執拾，是否想討打？」

韓柏大吃一驚，連忙拾起兵器。自小開始，他也不知給這韓家三少爺大打小打了多少回，故而哪敢怠慢，心中同時想道，是否武功愈高的人，愈有修養，否則為何韓清風的脾氣便遠勝韓希武，而浪翻雲的風度氣魄更是使人心生仰慕。

大少爺韓希文見二弟亂發脾氣，眉頭一皺，可是他人極穩重務實，心想二弟此刻氣在頭上，自己也犯不著為個下人和他傷了和氣，硬是忍著。四小姐蘭芷一向怕事，哪敢插言，而五小姐寧芷還在氣惱剛才有趣的話題被臨時腰斬，心中盤算著如何從韓清風處多壓搾點出來，哪有空閒來理會韓柏的困境。

韓希武望著拾起長戟的韓柏道：「蠢蛋滾過來！」韓柏暗叫不妙，硬著頭皮走過去。

這時二小姐慧芷秀眉一蹙，道：「希武！勝敗乃兵家常事，你眼前得大伯指點，知己不足，應該不惱反喜，努力進修，怎可心浮氣躁，儘拿小柏出氣。」

韓希武跺腳道：「罷了罷了，連你也只懂幫外人，我這便回師傅處去。」

慧芷嫣然一笑道：「你捨得走嗎？待會有貴客前來，其中還有你想見的人，不過你眞要走，我也不會留你。」

韓希武反駁道：「只有我想見的人，沒有你想見的人嗎？」慧芷俏臉一紅，接著兄妹間一陣笑罵，往內廳去了，剩下韓柏孤單一人，托著長戟，立在廣場正中處。

貴客？究竟是甚麼人會到韓府來？

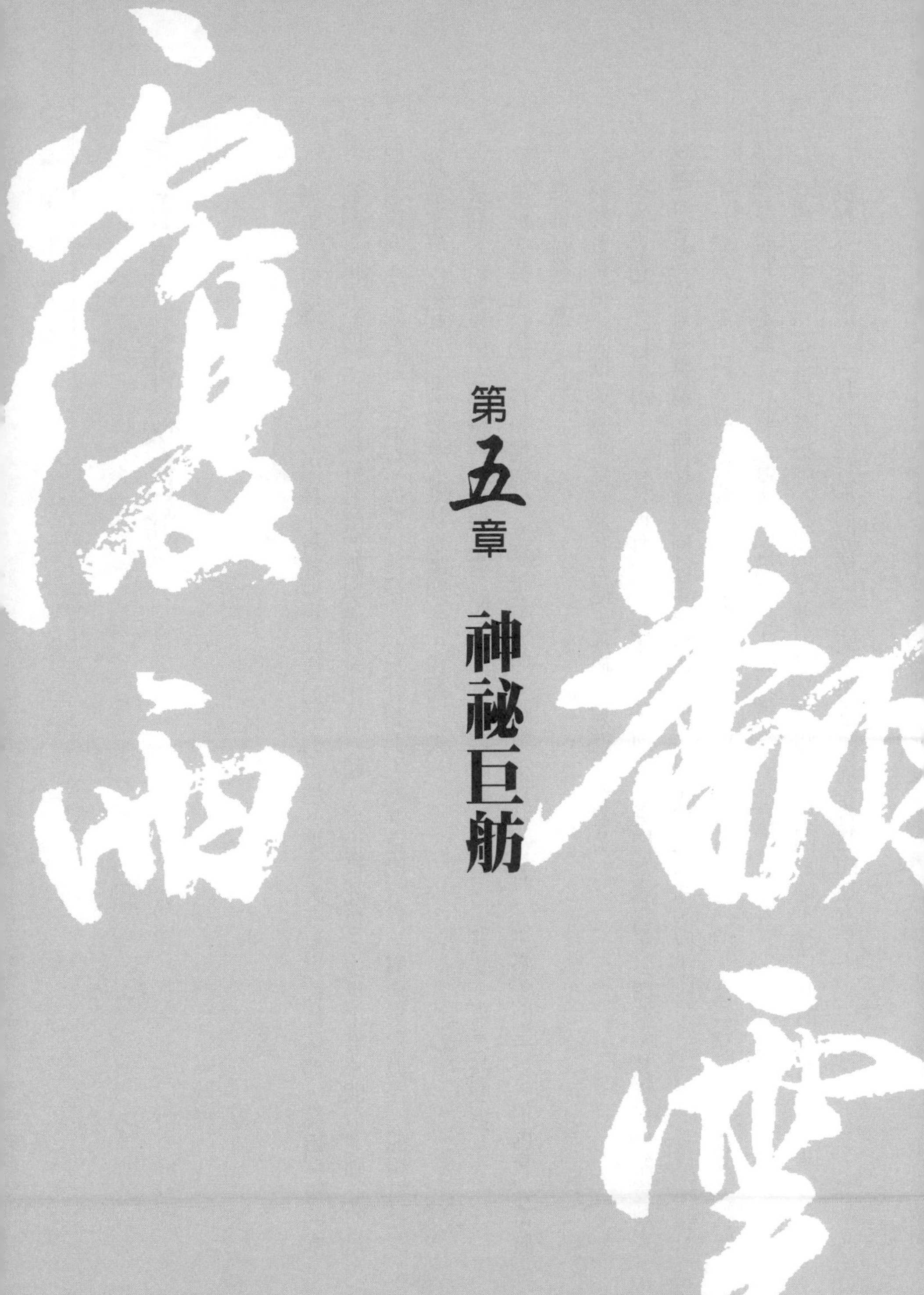

第五章

神祕巨舫

第五章　神祕巨舫

湖上大霧漫漫，將遠近的山林小村都淨化成夢幻般的天地。老漁夫在艇尾輕輕搖櫓，發出輕靈的水響。浪翻雲卓立船頭，一對似醉若醒的眼與濃霧融化在一起。自惜惜死後，這世上唯一能令他動心的只有朝霞晚霧、夕陽夜月，它們是如此地能使凡心提升到與天地共遊的境界。霧愈來愈濃了。船槳有節奏地打進水裏，牽起一個個渦漩，飛快地轉開去，逐漸消失。

浪翻雲指著東南方遠處的一片與水霧融化了、若現若隱的綠岸道：「老丈！那是甚麼地方？」

老漁夫臉上掠過一絲驚懼道：「那是著名的『迷離水谷』，只有一個狹窄的進口，但內裏非常廣闊，滿佈淺灘浮島……」

浪翻雲奇道：「既然有這麼一個好去處，爲何不划進去看看？」

老漁夫嘆了一口氣道：「客官你有所不知了，十天前『邪異門』發出了封閉令，禁止任何船隻駛入『迷離水谷』，違者殺無赦，所以連一向往那裏捕魚的人，也不敢進去了，唉！」

一片濃霧吹來，將迷離水谷變成一片迷茫的白色。浪翻雲眼睛精芒一閃，像看穿了濃霧似的，就像他看透了世情的心眼，冷哼一聲道：「邪異門！」

老漁夫道：「客官身佩長劍，想亦是江湖中人，當知道邪異門是絕不好招惹的。」

浪翻雲淡淡道：「我也沒有那個閒情，老丈，附近有沒有賣酒的地方？」

老漁夫哈哈一笑道：「管他世間混賬事，我自一醉解千愁，想不到客官是同道中人，我這船中便藏有一大壺自製米酒，客官要不要嚐嚐？」

浪翻雲微笑道：「我早已嗅到，還在奇怪老丈既爲醉鄉常客，爲何還如此吝嗇，不取酒待友？」

老漁夫笑得臉上的皺紋堆擠起來，連眼也給遮藏起來了，伸手在船尾的竹蓆下掏出一個大酒壺，重甸甸的，最少有十來斤重，打開壺蓋，自己先灌兩口才遞給浪翻雲。浪翻雲一手接過，毫不客氣連飲三大口。米酒的香氣瀰漫船上。

浪翻雲嘆道：「好酒！」老漁夫大爲高興，正要說話，忽地發覺浪翻雲露出傾聽的神態。老漁夫大奇，往四周望去。濃霧像高牆般，將他們封閉在另一個奇異的空間裏。看不見任何東西，也聽不到任何特別的聲音。

浪翻雲道：「有船來了，速度還很快，噢！不好！」

老漁夫一呆，這時才聽到「霍霍」震響，那是滿帆顫動的響聲。老漁夫一生活在湖上，撐舟經驗豐富，長櫓立時快速搖動，往一旁避去。小舟平順地滑行了二十多尺。驀地左方一艘巨舟怪獸般破霧而出。這艘船船身比一般的船高上至少一倍，所以由小舟往上望去，便像望上高起的崖岸般可望不可即。巨舟上十六幅大小船帆張得滿滿地，瞬息間迫至小舟右側三十多尺的近距離，眼看撞上。老漁夫待要將艇搖走，但已來不及，舟未至，浪湧到，小舟像暴風中的小葉，被浪鋒拋起。浪翻雲冷哼一聲，待小舟升至最高點時，腳下運勁，小舟順著浪往一旁滑去，轉眼間移離了巨舟的航道足有四丈多遠。這一下並非純靠腳勁，更重要是對水性的熟悉，順其勢而行，他出身於洞庭湖怒蛟島，對水性的熟悉，天下難有過其右者，若連小舟也給人撞翻，傳將出去會成天下笑柄。同一時間巨舟劇震，竟奇蹟似地往小舟滑去的相反方向偏去。

浪翻雲心中大奇，究竟是誰家好手在操縱這巨舟。要知操舟之道，是一門高深學問，各有流派，此巨舟能在滿帆全速的急航裏，突然改變航道，已超出了一般好手的境界，所以連浪翻雲這堪稱水道大師的人，也不由心中大訝。浪翻雲一邊力聚下盤，忽輕忽緊地順應著舟底翻騰的湧流，另一方面眼光往巨舟舟身掃去，看看有沒有特別的標誌。恰在此時，艙身的一扇窗打了開來，窗帘拉開，一張如花俏臉出現在窗裏，美目往外望向浪翻雲。兩人目光交迎在一起。那對美目見浪翻雲面目陋醜，先露出冷漠的神色，但旋即美目一亮，爆閃出奇異的神采。浪翻雲卻是神色一震，呵一聲呼了起來。

巨舟一彎再彎，回到原來的航道，往迷離水谷直駛而去。老漁夫以長櫓搖動小舟，使船頭迎浪而飄，叫道：「海神爺有眼，海神爺有眼！」

浪翻雲望著遙去的巨舟，心裏翻起的滔天巨浪尚未平息。縱使他見到天下絕色，西施再世，褒姒復生，也不會使他感到心動。可是偏偏窗內玉人的容顏，無論神態氣質，均和他亡妻惜惜有八、九分相像，教他怎能自已。

老漁夫見他不作聲，以爲他仍是驚魂未定，安慰道：「客官！沒事了。」

這老漁夫出言清雅，令浪翻雲好感大生，自離開怒蛟幫後，他和其他人的說話，加起來也不夠百句，但有十來句倒是和這老漁夫說的。聞言嘆了一口氣道：「老丈！你這艘小舟賣也不賣？我給你三兩金子，你會接受嗎？」

老漁夫一呆道：「我這小舟最多只值半兩銀子，三兩金足夠我數年生活了，客官你有沒想清楚？何況這小舟又舊又爛，你買來也沒有用吧？」

浪翻雲長笑道：「成交！儘管小舟又舊又爛，只要它能載我往迷離水谷去，便完成了它存在的使命。」

韓柏腳步輕快，由內院經過三重院落庭林，走到前院，這是午飯後的休息時刻，並不需要工作，閒著的他最愛到處走。韓家大宅的正門外是被高牆圍起的廣闊空地，此時停了幾匹駿馬，一輛裝飾華美的馬車，飾物馬鞍，均屬上品，而且都刻上不同標記，顯示牠們的主人非比尋常。可是其中一匹灰黑的馬，裝配卻非常普通，就像一般農家的養馬，和其他駿馬比起來，像有錢人和窮家子弟的分別。韓柏一看便知眾馬中，卻要以此馬最爲優良。韓家兄妹口中的貴客終於駕臨韓宅，只不知是何等人物？

一個沙啞的聲音在韓柏身後響起道：「阿柏，你呆在這裏幹甚麼？」

韓柏嚇了一跳，轉頭一看，原來是二管家楊四，他最怕看此君嵌在瘦臉上的細眼，心底一陣厭惡。楊四是韓夫人的遠房親戚，一向看韓柏不順眼，尤其韓柏頗得韓天德信任，能自由出入內院，更招他妒忌。韓柏知他心胸狹窄，在他面前總是必恭必敬，使他難找把柄借題發揮。

楊四喝道：「你滾到哪裏去了，大少爺吩咐下來，馬峻聲少爺、馬二小姐和他們的朋友，梳洗過後便要參觀武庫，你還不快去準備？」韓柏恍然。

原來是馬峻聲。此人的來頭非同小可，今年雖只有二十四歲，在江湖上的輩份卻非常高，撇開他是載譽洛陽的武學世家「馬家堡」少主的身分不論，只是他身爲少林派碩果僅存的幾個長老之一「無想僧」的關門弟子，已足使他受人看重。況且他踏入江湖雖短短三年，但處事得體，又曾參與過幾起江湖大事，表現出色，使他脫穎而出，成爲白道新一代的領袖之一。韓柏不知怎地感到心頭像給石頭壓著般不自在。他曾無數次由韓家的少爺小姐口中，聽到對這彗星般崛起武林的人物的讚譽，四小姐蘭芷和五小姐寧芷對馬峻聲悠然嚮慕的神情不用說，連韓柏敬慕的二小姐慧芷，顯然亦對馬峻聲芳心暗許，就使他大不是滋味。假設自己能像馬峻聲般贏得她們的欣賞，那有多好，現實卻是冷酷的。楊四見他呆頭鵝般站在那裏，怒喝道：「你聾了嗎？」韓柏嚇得跳了起來，急忙走回內院。

武庫位於剛才韓清風和韓希武兩人比試的武場東側，收藏甚豐，在江湖上相當有名，難怪馬峻聲等一來便要開眼界。韓柏從懷裏掏出鎖匙，打開武庫大鐵門的巨鎖，鐵門應手而開。他平日清閒得很，一有空便於門軸加上滑油，所以鐵門雖重，推開卻不難。武庫廣闊深邃的空間在眼前展開。十多列井然有序的兵器架，氣勢懾人。刀、槍、劍、戟、矛、斧，林林總總，令人目不暇給。武庫的盡端放了兩輛戰車，更是殺氣森森，歎爲觀止。韓柏將四邊十六盞燈點燃，照亮了這密封的空間，火光下數千件鋒利兵器爍芒閃動，使人生寒。武庫中間空出三丈見方的地方，放了十多張太師椅和茶几，試茶論劍，另有情調。

韓柏忙了一輪，準備好土產名茶待客後，客人仍未至。他的目光愛惜地遊目四顧。他在韓府的主要工作是打理武庫，遇上浪翻雲那天，他便是到鄰村找該處著名的鐵匠，打造新的兵器架。對每一種兵器，他都有非常深刻的感情。尤其是最近武庫增添的一把「厚背刀」，不知爲何，每次他的手沾上它時，都有一種非常奇異的感覺。這刀絕非凡器，雖然它看來毫不起眼，所以韓家眾人都對它沒留上心。他很想問這刀的來歷，又不敢說出口。胡思亂想間，人聲自外傳入。韓柏想起韓希武的嘴臉，哪敢怠慢，忙走出門外，肅立一旁。一群男女由環繞著練武場而築的行廊悠悠步至。帶頭的是韓家大少爺韓希文。和他並肩而行的是位和他年紀相若的男子，衣著華美，臉容英偉，顧盼舉步間自見龍虎之姿，一比就將韓希文比下去。韓柏心想這不就是馬峻聲嗎？自己比起他更是不堪，難怪韓家三位小姐一說起他便眼目含春。跟在兩人身後除了韓家兄妹外，還有一男兩女。女子中當然有位是馬峻聲的二妹馬心瑩，只不知其他兩人是誰？

眾人來至門前。韓希文見到韓柏，向身旁男子道：「馬兄，這是小柏，自幼住在我家，專責武庫。」

馬峻聲有神的目光，掠過韓柏，微微一笑，作了個禮貌的招呼。緊跟在後是二小姐慧芷、四小姐蘭芷和一位身穿黃衣的女子，容顏頗美，和馬峻聲有幾分肖似，不用說便是馬家二小姐馬心瑩。她明亮的眼睛不時回轉身後，和背後的男子言笑甚歡，韓柏在她來說只像一條沒有生命的木柱。那男子的人品風度一點不遜色於馬峻聲，難怪將馬心瑩的心神完全吸引了去。眾人魚貫進入武庫內。當那男子經過韓柏身旁時，禮貌地一笑，嚇得韓柏慌忙回禮。反之因年紀和他相近，一向相得的寧芷，卻一反平時的親切態度，連眼色也沒有和他交換，像是他已不存在那樣。一種自悲自憐，由心中升起。

走在最後是韓希武和另一位女子。韓柏忍不住好奇心，向她望去，剛好她也微笑望向他，嚇得他連忙垂下目光，心臟不爭氣地卜卜狂跳。他知道這一世也休想忘掉那對美眸。從未見過像那樣的一對眼睛，連對方生就甚麼模樣，已不太重要了。那對望入他眼裏的眸子，清澈無盡，尤使人心動的是內中蘊藏著一種難以形容的平靜深遠。過了好一會，才想起自己的責任，跟在眾人背後，進入武庫。那女子的背影映入眼簾。她身形纖美修長，腰肢挺直，盈盈巧步，風姿優雅至無懈可擊的地步，尤使人印象深刻是她一身粗布白衣，但卻有一種華服無法比擬健康潔美的感覺。一個念頭湧上腦際，那匹唯一沒有華美配飾的灰黑駿馬，定是她的坐騎。她背上背著長劍，像她的人一樣，古樸高拙。那必是把好劍，就像她的人。這時韓柏最想的事，是看看她的容顏。

韓希文和韓希武隨意介紹著兵器架上的珍藏，邊走邊說，來到武庫中心的酸枝椅分賓主坐下。韓柏連忙侍候眾人喝茶。當他斟茶與那布衣女子時，手抖了起來，眼睛卻沒有勇氣往對方望去。當他站在韓希文身後五尺許處時，那女子又恰好背著他坐，使他心中暗恨自己連看人一眼的勇氣也沒有。女子的秀髮烏黑閃亮，束在頭上，只以一支普通的木簪穿過，但韓柏卻覺得那比馬家小姐等人一頭髮飾，要好看上千百倍。

眾人一輪寒暄後，韓希文道：「家父近日重金購得一把東洋刀，據說來自福建沿岸搶掠的倭寇，造形簡潔實用，大異於中土風格。」

韓柏非常乖巧，連忙轉身往兵器架上，取來東洋刀，正要遞給韓希文，韓希文打個手勢，要他捧去給馬峻聲。

馬峻聲接過東洋刀，一振刀鞘，「鏘！」東洋刀像有生命般從鞘內彈出。刀鋒閃閃，在火光下，刀身隱現漩渦紋。

另外那男子叫道：「果是好刀！」

馬峻聲伸手輕抹刀鋒，讚嘆道：「刀身薄而堅挺，鋒口收入角度微妙，若能配合運刀的角度和力度，將能達到最高的破空速度。」接著望向那青年男子道：「青聯兄乃長白劍派嫡系高手，未知對著此等專走狠辣路子的刀法，有何應付之方？」

韓柏心道，這兩人的關係，似乎並非朋友那麼簡單，只不知為何會走在一起。

那叫青聯的年輕男子點頭道：「我曾聽師尊說過東洋刀法，最重速度氣勢，生死立判於數擊之內，若是心志不堅之輩，確會在幾個照面下心膽俱喪，落敗身亡。」

馬心瑩插入道：「既是不老神仙說的，一定錯不了。」馬峻聲眉頭一皺，顯然不滿乃妹如此討好對方。

韓柏自幼耳濡目染，對江湖事非常熟悉，一聽那青聯是長白不老神仙的徒弟，登時知道這青聯姓謝，是長白另一高手謝峰的兒子，身分顯赫，足可與馬峻聲相比較。難怪二人間充滿競爭的味道。

馬峻聲望向那一直沒有作聲的女子道：「夢瑤小姐來自『慈航靜齋』，必有高論，可否讓我們得聆教益。」當他望向那女子時，眼神不自覺流露出傾慕的神色，毫不掩藏，顯示他對對方正展開正面的追求攻勢。謝青聯眼中妒忌的神色一閃即逝。

夢瑤小姐緩緩側過頭來，不是望向馬峻聲，而是把俏目投注在刀身上。韓柏終於看到她的側臉。腦際轟然一震。世間竟有如此美女。最吸引人並不是空山靈雨般秀麗的輪廓，而是清逸得像不食人間煙火的恬淡氣質，那是韓家姊妹和馬心瑩等完全無法比擬的。

夢瑤小姐淡淡道：「這把刀有殺氣！」

眾人齊齊一呆。他們的注意力集中在刀的形制和運用，但夢瑤小姐著眼卻是刀的感覺。

韓慧芷嬌呼道：「秦姊姊眞是高明，因爲每當此刀出鞘時，我都有一種不舒服的感覺，原來這就是殺氣，給姊姊一語揭破了。」

馬心瑩冷哼道：「刀殺得人多，自然有殺氣了。」眼光飄向謝青聯，表示自己一點不比秦夢瑤爲差。

秦夢瑤淡淡一笑，絲毫不作計較，沒有作進一步解釋。她的聲音甜美雅正，韓柏只願她不斷說下去，原來她竟是與淨念禪宗同被譽爲武林聖地慈航靜齋的傳人，難怪有如此超脫的氣質。想不到自己兩日內先後遇上這罕有在江湖走動的門派的傳人，是否即將有大事發生？

謝青聯微笑道：「馬小姐不慣用刀，才有此誤解，要知刀的殺氣，乃由使刀者而來，否則劊子手的刀，豈非最具殺氣。」

馬心瑩一愕，臉上神色不自然起來。韓慧芷人極慧黠，不想馬心瑩難堪，岔開道：「馬兄和謝兄都是在江湖上走動的人，只不知有否遇到刀有殺氣的好手？」

韓希武搶著道：「江湖上以使刀著名者，莫過於名列『黑榜』的左手刀封寒，可惜我無緣遇上，否則必定向他討教。」

眾人愕然。以韓希武的功夫，對著封寒這類超級高手，可能人家刀未出鞘，他便已敗北，虧他還在大言不慚。

馬峻聲道：「封寒乃黑道強徒，幸無大惡行，所以我們仍沒有打算對他加以剿殺，我們八派聯盟裏，刀法勝過他的大有人在，只因從未交鋒，所以難定短長，但被譽爲黑道裏年輕一輩使刀第一高手怒蛟幫的戚長征，三年前我卻有幸遇上，並交上了手。」他的口氣極大，而且明顯地表示看不起黑道中人。

韓柏心想，假設你遇上的是浪翻雲，只怕你連他的劍是一把還是兩把也看不清楚呢。

韓家三姊妹興致勃勃地齊聲問道：「結果怎樣了？」

馬峻聲傲然道：「不才在第四百合上倖勝半招，但若以使刀好手來說，戚長征實是上上之選。」這幾句話明捧別人，卻是在托高自己。

秦夢瑤秀眉輕皺，淡淡道：「戚長征三年前與『盜霸』赤尊信交手，三招落敗，所以這些年來痛下苦功，必然刀法大進，馬兄精進厲行，武功亦當更進一步，若再遇上，必更大有看頭。」

馬峻聲朗朗一笑，甚爲得意，卻不知秦夢瑤在暗示他不要自滿，三年前和三年後的戚長征已大不一樣。而馬峻聲比起「盜霸」赤尊信，更是太陽與螢光之比，可是馬峻聲聽不出弦外之意。

謝青聯見他志得意滿，大爲不快，截入道：「馬兄師尊無想僧前輩，據說四十年前曾兩次和魔師龐斑交手，未知尊師對這被譽爲邪派第一高手有何評語？」

馬峻聲面容微變。原來無想僧雖稱雄白道，但四十年前對著龐斑卻兩戰兩敗。據聞龐斑氣魄極大，認爲無想僧可堪一戰，故兩次都留他一命，希望他能再作突破，現在謝青聯舊事重提，分明要壓他的氣燄。原本不太融洽的氣氛，更是僵硬。

韓希文見勢色不對，岔開道：「龐魔是邪道近百年來最傑出的人才，幸好近二十年來龜縮不出，否則也不知會惹起甚麼風浪呢？」

韓寧芷天眞地道：「一個人不夠他打，爲何不一齊上？」她平常與兄姊練武，總是落敗，但若與人聯手攻另一人，即可支持較久，故有此說。眾人都笑了起來，氣氛亦輕鬆下來。

秦夢瑤見她天眞可人，首次露出微笑，輕輕道：「魔師龐斑是魔道裏最受尊崇的人物，圍攻他談何容易？何況武功到了他那層次，有鬼神莫測之機，就算聚眾圍剿，亦未必奏效。」她的話語總是溫柔嬌婉，使人很難想像她含怒罵人的神氣。

謝青聯道：「秦小姐來自慈航靜齋，令師言靜庵前輩是罕有被龐斑推崇的人物之一，只不知可有降魔妙法？」這一比又立時把曾兩敗於龐斑之手的無想僧比下去，這人確是辭鋒凌厲，馬峻聲心中恨不得把他殺了，但仍要裝著笑臉，因他勢不能作出抗議，致辱及心中玉人的師門。

韓柏大感有趣，原來龐斑如此有名，又有些擔心，浪翻雲得罪了龐斑，只不知他的覆雨劍能否對抗這可怕的人物。

秦夢瑤輕撥秀髮，這女性化的動作，不但使眾男被她吸引，連韓家姊妹和馬心瑩也被她動人心弦的風姿吸引，大生妒意。她露出回憶的神情，輕嘆道：「龐斑息隱前三年，親自摸上慈航靜齋，和家師論武談文，至於誰勝誰敗，家師從不提起，只說那是一場賭賽，若龐斑敗北，便永不出世，至於家師輸了又如何，家師卻沒有說出來。」

韓慧芷愕然道：「不知龐斑這二十年歸隱不出，是否和此有關？」

秦夢瑤搖頭道：「家師曾說龐斑此人天性邪惡，是妖魔的化身，成就超越了百年前的邪派第一高手『血手』厲工，除非當年的傳鷹大宗師復回塵世，否則天下無人可制。」

眾人聽到傳鷹的名字，肅然起敬，同時心下懍然，龐斑難道眞的如此厲害？他們這一代的人，自沒有活在龐斑歸隱前淫威下那一代人的深刻痛苦。眾人又再看了幾件韓希文介紹的精品後，都有些興趣索然，起身離去。韓家兄妹和馬心瑩走在最前頭，秦夢瑤和馬峻聲並肩走在後一排，謝青聯較後，最後面跟著的當然是韓柏。謝青聯仍很有興趣地瀏目四顧。忽地全身一震，停了下來，還「咦！」了一聲。韓柏幾乎撞在他身上，連忙止步。謝青聯目射奇光，望著新添放在近門處那兵器架上韓柏特別喜愛的厚背刀。馬峻聲耳目極靈，聞聲往後望來，目光亦落在那柄厚背刀上。韓柏感到他面容一動，色微變。

韓慧芷發覺了他們的異樣，可是目光被阻，並不知道兩人都因見到厚背刀而動容，嬌笑道：「謝兄是否意猶未盡？」

謝青聯強笑一聲，否認兩句後，隨著眾人往外走去。馬峻聲略微猶豫，終移步跟上。只剩下韓柏一人在武庫內。他來到厚背刀前，暗忖這兩位白道的俊彥，明明對這把刀大感興趣，爲何仍裝作若無其事。他不由自主伸手摸在刀背上，一股奇怪的感覺由冰冷的刀身流進他的手內，再流進他的心裏。

浪翻雲坐在對著迷離水谷的窗前一張檯子旁，目光定定地注視著愈積愈濃的水霧，在這水谷樓的二樓望下去，可見到泊在岸邊那艘剛向老漁夫買回來的破舊小艇，正隨著微波蕩漾著。水谷樓是迷離水谷西岸的這個小鎮最有規模的酒樓，迷離水谷盛產鱸魚，連帶這小鎮也興旺起來。浪翻雲絕沒想到迷離水谷如此寬廣，他在濃霧裏搖了兩個時辰艇子，不單找不到那艘巨舟，連邪異門的人也沒有碰上一個，不禁啞然失笑，自己究竟所爲何事？那酷似亡妻紀惜惜的女子面容，浮現在腦海裏，揮之不去。惜惜早就死了。在一個明月朗照的晚上，他親手將她的屍身放在一條小船上，點燃柴火，在洞庭湖上燒成了灰燼。人死燈滅。想到這裏，一杯酒灌入喉裏，火辣直滾入腹內。

浪翻雲嘆道：「好酒！」窗外的霧毫無散去的意向。這時還未到晚飯時間，二十多張桌子只有六、七張坐了人。就是喜歡那種清靜。

腳步聲從樓梯傳上來，一重一輕。重的腳步像擂鼓般敲在木梯上，輕的似有若無，但總能令你聽到，輕輕重重，形成一種非常奇異的節奏。樓上的幾檯客人和店小二，都露出注意的神色，眼光移往樓梯上來處。只有浪翻雲無動於衷，連盡兩杯烈酒。先上來的是一名鐵塔般壯健的年輕漢子。眾人見他足有六尺多高，肩厚頸粗，心下釋然，這百多斤重的人腳步不重才怪。但轉眼間都驚得張大了口。原來這「重」漢腳步踏在樓板上，步音竟輕若掌上可舞的飛燕。

「咚咚咚！」重步聲緊隨而至。一位嬌滴滴的美女，從樓梯頂冒出頭來。眾人目光都集中在她秀色可餐的俏臉上，忘了重足音應否由她負責。美女終走上樓面，一身緊身勁衣。可是每一步踏下都發出擂鼓般的響音，使人感到一種極度不調和的難受。大漢神情有點忸怩，見眾人望著他，似恨不得找個地洞鑽進去。反而女子大大方方越過他身前，目光在眾人臉上掃去。那時的女人誰敢和男人公然對望，但這美女的目光卻比登徒浪子還大膽，眾人紛紛不敵，借故避開與她瞪視。店小二見這二人行藏奇怪，一時忘了上前招呼。女子最後將目光落在浪翻雲背上。

女子踏前兩步，望著背她而坐的浪翻雲道：「下面那隻小艇是否閣下之物？」

浪翻雲再盡一杯，不言不語。

女子冷硬的聲昔放柔道：「剛才我在下面問人誰是艇主，他們說駕舟的高大漢子上來了二樓，究竟是否指閣下？」

浪翻雲頭也不回地道：「是又如何？不是又如何？」

女子聲音轉冷道：「若你是艇主，這艇我買了。」手一揚，一錠金元寶從纖手飛出，越過浪翻雲頭頂，再重重落在浪翻雲杯旁處，嵌了一半進堅實的檯面裏。桌上的杯碟卻沒有半點震動。樓上其他客人不由咋舌。也有人想到這奇男怪女的功夫如此強橫，乾脆將船搶去了便算，何須費一輪唇舌。

浪翻雲斬釘截鐵地道：「不賣！」

女子臉色一變。一直沒有作聲鐵塔般的壯漢踏前兩步，來到女子身後，急道：「姊姊！」

女子深吸一口氣，竭力壓下心頭怒火，道：「若非整個迷離水谷也找不到一條船，誰有興趣來買你的破船。」

浪翻雲哈哈一笑道：「雖是破船，卻可以載你往你要去的地方，如此破船好船，又有何分別？」

女子一愕道：「你肯載我們去嗎？」

浪翻雲緩緩點頭。舉起了另一杯酒。

午後的日光下，一隻白鴿在山林上急掠而過，銀白的羽毛在日照下閃閃生光。眼看飛遠，一道黑影由上破雲而下，朝白鴿疾撲過去，原來是隻悍鷹。鴿兒本能地閃往一旁，豈知悍鷹一個飛旋，利爪一伸，將鴿兒攫個正著。鴿兒發出一聲短促的悲鳴後，登時了賬。悍鷹抓著鴿兒，在空中耀武揚威地一個急旋，望東飛去，飛到一個小崗上，往下衝去，崗上站了一個極爲高瘦的人，伸出裝上了護腕的左手，悍鷹雙翼一陣拍動，以近乎凝止半空的姿態，緩緩降下，直至雙爪緊抓著護腕，才垂下雙翼，停在那人腕托上。那大鷹怕有三、四十斤重，加上墜下之力，足有百斤以上，可是那人的手腕卻不見一絲晃動，顯示出過人的臂力。

那高瘦的人伸出右手，在鷹背輕撫數下，哈哈怪笑道：「幹得好，血啄！幹得好，不枉我多年的訓練。」

他的目光落在綁在鴿屍腳上的一支竹筒上，哈哈怪笑道：「果然是怒蛟幫的『千里靈』，可惜遇上了我的血啄。」被稱爲血啄的大鷹輕振長翼，感染到了主人的興奮。那人勾鼻深目，皮包骨的臉像鬼而不似人，配合著似若從地獄裏飛出來的魔鷹，教人感到不寒而慄。他伸指一捏，硬生生將縛著竹筒的銅絲捏斷，取下竹筒，一揚手，血啄一聲長嘯，直沖天上，再一個盤旋後，望北飛去，找地方享用爪下的美食。

那人拔開竹筒的活塞，將竹筒內的紙卷取出，張開看完後，仰天再一陣長笑，奔下山崗，在林木間展開鬼魅般的迅速身法，不一會來到一座山神廟前。垂下雙臂，恭敬地道：「上天下地，自在逍遙！」

一個柔若女子的男聲從廟內傳出道：「聽你的語氣隱含興奮，孤竹你定是有消息帶來給我了，還不快進來？」

孤竹朗聲道：「多謝門主賜見！」這才步入廟內。

不知情者步入門內，必會大吃一驚，原來破落的山神廟裏竟放了個豪華的大帳幕，雪白滾金邊的帳布有著說不出的奢華氣派，與剝落的牆，失修的神像產生出非常強烈的不協調對比。帳內隱隱傳出女子的嬌笑。

孤竹面容一整，向著帳幕跪下，恭恭謹謹地連叩三個響頭，才站起身道：「門主，抓到了怒蛟幫的『千里靈』，發信人是上官鷹，收信人是怒蛟幫裏武技僅次於浪翻雲的凌戰天。」

帳內又再一陣女子的嬌笑聲，那柔韌懶慢的男音傳出道：「你讀來給我聽聽。」

孤竹對女子嘻笑聲聽若不聞，從懷中掏出紙卷，張開讀道：「抱天覽月樓遇談應手之襲，隨身兄弟當場陣亡，僅吾與雨時身免，現已與長征等會合，中秋前將可返抵洞庭湘水之界，務必使人接應。」頓了一頓道：「信尾有上官鷹親手畫押，看來不假。」

那懶洋洋的聲音傳出道：「這信你怎麼看？」

孤竹冷笑道：「信裏雖沒點明返回的路線，但今天是八月十二，上官鷹等若想在十五前到達湘水入洞庭處，則必須以快馬抄捷徑趕路，如此一來，我們只要守在一兩個要點，便可將他們截個正著。」

帳內那人長笑道：「好！翟雨時不愧怒蛟幫年輕輩第一謀士，只要了個小花樣，便將你這老江湖瞞過，可是卻過不了我逍遙門主莫意閒這一關。」

弧竹愕然道：「難道這也有詐？可是他們既知有談應手這類高手追在後頭，難道還敢在外閒蕩？」

莫意閒陰聲細氣地在帳內道：「以翟雨時之謀略，知道談應手已出手對付他，我逍遙門又怎會閒著？又豈敢大搖大擺，滾回老巢去？」

孤竹恍然道：「我明白了，為避過我逍遙門天下無雙的追蹤之術，他們定須以奇謀求逞，所以一定選取出人意外的路線，如此一來確使人頭痛。」

莫意閒悠悠道：「我原本也不敢肯定翟雨時有如此謀略，但這『千里傳書』卻證實了我的猜想。」

孤竹也是老謀深算的人，一點便明道：「屬下大意了，翟雨時若能猜到有我們牽涉在其中，自然會想到我們有截殺他們『千里靈』的能力，所以這必是假訊息無疑，可是他們到了哪裏去？」

莫意閒陰陰道：「鳥兒在空中飛，魚兒在水中游，孤竹你明白嗎？」

孤竹仰天長笑道：「如此還不明白，哪還配做逍遙門的副門主，既然他們離不開長江，順流而去，唯一的路線就是往武昌去，武昌為天下交通總匯，四通八達，一到那裏，逃起來方便多了。」

莫意閒語調轉冷道：「你立即集齊人手，務必在他們逃出武昌前，將上官鷹搏殺當場，此事不能有絲毫延誤，否則若惹得浪翻雲聞風趕來，事情便棘手非常。」

孤竹冷冷道：「門主放心，他們豈能逃過我的指爪，上官鷹休想再見明年八月十五的明月。」

收拾好武庫，韓柏在內院花園間的小徑緩步，心裏想著秦夢瑤，想起自己卑下的身分，假設自己變成浪翻雲，一定會對這氣質清雅絕倫的美女展開追求攻勢。是的！只有浪翻雲那種眞英雄，那種胸襟氣度，才配得起這來自慈航靜齋的美麗俠女。韓柏今年十八，說大不大，說少不少，恰是想像力旺盛和情竇初開的青春期，每一位用眼望他、對他微笑的女孩都是可愛的。不由自主嘆了一口氣。

「好膽！竟敢唉聲嘆氣？」韓柏嚇了一跳，轉過身來，原來是五小姐韓寧芷，只見她眉開眼笑，顯爲嚇了韓柏一跳大感得意，雙手收在背後，不知拿著甚麼？

韓柏舒了口氣，道：「五小姐！」

韓寧芷將臉湊近了點，奇怪地道：「爲甚麼你的臉色這麼難看，是否著涼了？四叔說你昨夜沒有回來，究竟滾到哪裏玩耍去了？」

韓柏道：「病倒沒有，倒是有點累，我也不是貪玩不回，而是錯過了渡頭，我……」

韓寧芷截斷他道：「不是病就好了，我有個差事給你。」

韓柏一呆道：「甚麼差事？」

韓寧芷俏臉一紅，猶豫片晌，將背後的東西拿到身前，原來是個小包裹。韓柏眼光落到包裹上。

韓寧芷將包裹飛快塞進他手裏，忸怩地道：「給我將這送與馬少爺，不要讓其他人看到，也不要讓他知道是我差你去的。」說罷旋風般轉身奔離。

韓柏看到她連耳根也紅透，眞不知是何種滋味。韓寧芷在消失於轉角處前，扭轉身來嗔道：「還不快去！」這才轉入內院去。韓柏廢然若失，大感沒趣。又嘆了一口氣後，往外院走去。

中廳內空無一人，剛想由側門走往側院，馬峻聲的聲音由背後傳來道：「小兄弟慢走！」

韓柏剛停步，馬峻聲早移到身前，臉上帶著親切的笑容，使他受寵若驚，連五小姐寧芷交給他的重任亦一時忘了。馬峻聲玉樹臨風，比韓柏高了至少半個頭，更使韓柏自慚形穢。

韓柏道：「馬少爺何事呼喚小子？」

馬峻聲彬彬有禮地道：「我有一事相求……」說到這裏，從懷中掏出一封信，遞給韓柏道：「小兄弟將這信送給夢瑤小姐便成。」

韓柏伸手接信，記起了懷裏五小姐的重託，暗忖韓寧芷要我送東西給你，你要我送東西給秦夢瑤，只不知秦夢瑤又會不會差我送東西給另一個人？韓柏待要說話。

「馬少爺！」韓柏側頭望去，見到二管家楊四恭立一旁，一對鼠目在兩人身上來回掃射。

馬峻聲對他也沒有甚麼好感，冷冷道：「甚麼事？」

楊四躬身道：「本府總捕頭何旗揚求見馬少爺。」

馬峻聲釋然道：「原來是自己人，算起來何旗揚還是我的師姪輩。」聲音中透出自重身分的味道。

韓柏探入懷裏的手按著寧芷的小包裏，可是當記起了她不准被其他人看見的吩咐，哪敢抽出來，呆在當場。馬峻聲向他使個眼色，隨楊四往正廳走去。韓柏聳聳肩膊，轉身走回內院，秦夢瑤住的是韓家姊妹居處旁的小樓，確是不方便馬峻聲往訪，只不知信內說的是甚麼？可能是個約會的便條。想到這裏，韓柏眞想把信扔掉算了。

胡思亂想間，來到秦夢瑤客居的小樓前。韓柏想到即將見到秦夢瑤，一顆心不由自主地劇烈躍動起來，兩條腿失去行走的力氣。

「秦小姐！」小樓內沒有半點反應。韓柏呆了一呆，以秦夢瑤的聽覺，沒理由聽不到自己的呼喚。

「秦小姐！我是韓柏！」韓柏走前兩步，待要拍門，手舉起便停了下來。原來門上用髮簪釘著一張紙，上面寫著：「師門急訊，不告而別，事非得已，見諒！秦夢瑤。」字如其人，清麗雅秀。韓柏心中空空蕩蕩，有若失去了一樣珍貴的物事，此後人海茫茫，不知是否仍有再見伊人的機會。

渾渾噩噩間走向外院，在花園的長廊裏幾乎撞入一個人懷裏，舉頭一看，原來是那語氣刻薄、處處和馬峻聲作對，不老神仙的高足謝青聯。韓柏說聲對不起，想從一旁走過。

謝青聯作了個攔路的姿態，把韓柏截停下來，道：「柏小弟，謝某有一事相詢。」

韓柏愕然道：「謝少爺有甚麼事要問小子？」

謝青聯沉吟片刻，平和地道：「在武庫近門處那把厚背刀，你知否是從何處得來？」

韓柏暗忖你果然對那把刀有興趣，當時又爲何要掩飾？謝青聯眼中射出熱切的神色。韓柏道：「小子也不清楚，據說那是大老爺老朋友的遺物，送到武庫最多只有十來天，謝少爺……」

謝青聯伸手打斷了他的說話，喃喃地道：「這就對了，韓清風和風行烈……噢！小兄弟！沒有甚麼了，多謝你。」臉上露出興奮的神色，轉身去了。

韓柏心下嘀咕，暗忖多想無益，忙移步往找馬峻聲，一來把信完璧歸趙，二來也要完成五小姐寧芷交託的任務。轉出轉入，卻見不著馬峻聲。橫豎無事，不如回到武庫，好好研究一下那把厚背刀，看看爲何竟能使謝青聯如此重視？事實上也到了打掃武庫的時刻。武庫外靜悄悄地，韓家上下都有午睡的習慣，所以這個時分，最是寧靜。來到武庫門外。韓柏全身一震。只見大鐵門的鎖被打了開來，鐵門只是虛掩著。韓柏責任心重，「呀」地叫了一聲後，推門便入，這也是經驗淺薄之累，換了有點經驗的人，定不會如此貿然闖入。剛踏入武庫，還未習慣內裏的黑暗，腰處一麻，知覺盡失。

霧終於開始消散。和風吹過，將湖面的霧趕得厚薄不均。浪翻雲高大的身形矗立艇尾，有力地搖著船櫓，當起船夫來。那奇怪的姊弟，姊姊立在船頭，弟弟卻懶洋洋地坐在船中。

天色逐漸暗黑。姊姊極目遠望，口中叫道：「快一點，我們必須在酉時內抵達迷離島，否則將錯過了機會。」

浪翻雲默默搖櫓，沒有回應。姊姊回過頭來，怒道：「你聽到我的話嗎？」

弟弟正在打瞌睡，聞言嚇了一跳，醒了過來，囁嚅道：「我……我聽到！」

姊姊氣道：「我不是和你說。」

浪翻雲淡淡道：「看！」

姊姊扭頭回去，喜叫道：「到了到了。」

船首向著的遠處，燈火通明，隱見早先那隻幾乎將浪翻雲小艇撞沉的巨舟，安靜地泊在湖心一個小島上。

姊姊興奮地叫道：「記著我教你的東西！」沒有人回應她。

姊姊大怒喝道，「成抗，你啞了嗎？聽不到我說話嗎？」

那被叫做成抗的大個子嚇得一陣哆嗦，戰戰兢兢地道：「成抗不知姊姊在和我說話。」

姊姊嘆了一口氣道：「我們成家正統只剩下你了，你再不爭氣便會給賤人生的三個敗家子將阿爹全搶了過去。」

成抗垂頭囁嚅道：「爹既不關心我們，我爭氣又有何用？」

姊姊杏目圓睜，怒道：「我們怎能就此認輸，你難道忘了娘親死前對我們說的話？不！我成麗永遠也不會忘記。」說到這裏才記起了還有浪翻雲這外人在場，向他望去，恰好見到浪翻雲從懷裏掏出一瓶酒，咕嘟咕嘟連喝了幾口，心想幸好這是隻醉貓，聽去了我們的家事諒亦不會有大礙。

隨著，接近的巨舟在眼前不住擴大。成麗叫道：「快點快點！唉！最遲的怕又是我們了。」

浪翻雲往湖心小島望去，只見岸旁泊滿了大大小小的船隻，島上燈火通明，人影幢幢。這究竟是甚麼奇怪的聚會？這姊弟兩人到這裏來又是幹甚麼？邪異門下令封鎖這一帶水域，看來只是防止一般的漁民，而不是針對武林中人。巨舟像隻怪獸般蟄伏岸旁，只不知舟上玉人是否仍在？

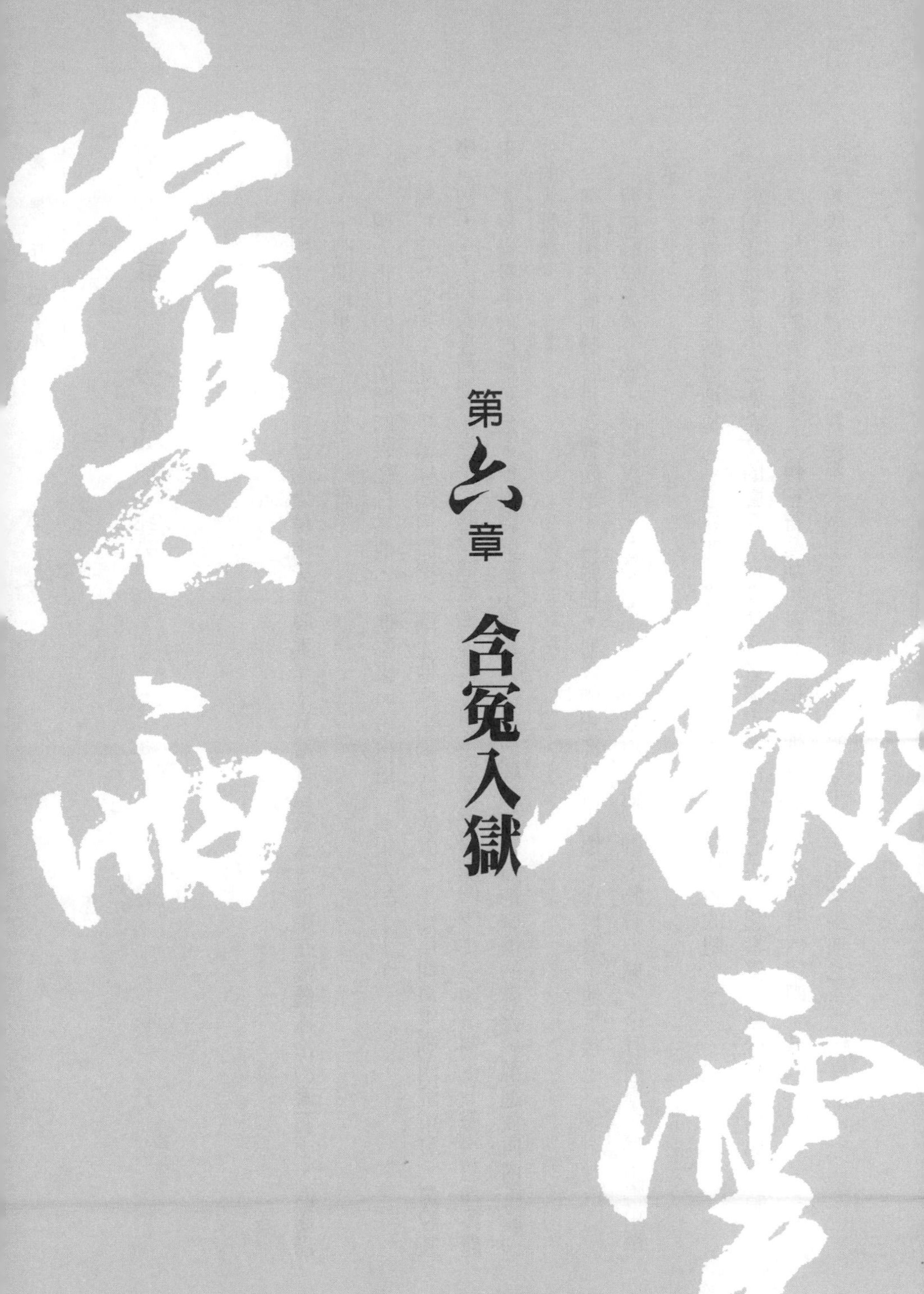

第六章 含冤入獄

第六章　含冤入獄

韓柏醒過來時，發覺自己的處境由天堂墜進了十八層地獄裏去。他躺在觸體冰冷的麻石上，四周滿是人，一時間他也弄不清楚誰是誰。

一個人正以凶光閃閃的眼在打量他，見他醒來，冷冷道：「犯人醒了！」

韓柏定一定神，認出是總捕頭何旗揚，剛才他還來謁見馬峻聲，不知爲何會來到內院這裏，還說甚麼「犯人」，究竟是甚麼意思？一股恐懼流過這對世情險惡全無認識的少年心頭。叫了一聲，想掙扎起來，才發覺雙手給反縛起來，一對腳繫上了銬鎖，落得一陣鎖鍊和石地摩擦的響聲，混進武庫內亂成一片的人聲裏。

何旗揚冰硬的聲音再次響起道：「韓柏，謝青聯和你有何仇恨，爲何殺了他？」

韓柏腦際轟然一響，待要說話，左脅劇痛，不知誰給了他一腳，胸脅一麻，全身痙攣，哪說得出半句話。

一個聲音誠惶誠恐地道：「這奴才不懂半點武功，恐怕人不是他殺的吧？」

韓柏認得是大少爺韓希文的聲音，便像遇溺者抓到了浮木，心中升起希望，終於有人爲他說話了。

二小姐慧芷的聲音道：「韓柏雖愛胡思亂想，但生性善良，怕是別有內情吧。」

馬峻聲的聲音道：「我是第一個到達現場的人，當時這小兄弟手拿染血匕首！」

何旗揚道：「馬師叔，是否從犯人身旁撿起的這一把？」

馬峻聲道：「正是，他手上拿著這把匕首，謝兄卻伏屍地上，四周再無他人，所以我出手制伏他，這事我可以作證。」

大少爺韓希文懊惱地道：「發生了這麼大的事，偏偏爹和大伯又出了門，唉！」

何旗揚道：「這是從犯人身上搜出來的一幅山水風景刺繡，上面還有五小姐的名字，五小姐，這是你的嗎？」

韓寧芷顫抖的聲音響起道：「不……不……是……是我的。」

何旗揚緊追著道：「是否你繡給他的？」

韓寧芷叫道：「不！我怎會送這種東西給下人。」

馬峻聲插入道：「看來定是犯人從小姐閨房裏偷出來，給謝兄發覺，尾隨他入武庫，想勸他交回，卻給他乘謝兄不意，把謝兄暗殺了。」韓寧芷默然不語。

嘴臉給壓在地上的韓柏心中狂叫道：「不！你爲何不作聲？是你要我將刺繡送給馬少爺的！」韓寧芷始終沒有作聲。

何旗揚喝道：「馬師叔的分析定錯不了，來人，將犯人押走，哪怕他不招認。」

韓柏只感一股冰冷傳遍全身，一時間甚麼也想不到。身子給抬了起來。還有人在他嘴裏塞進一團布。

小舟緩緩搖近岸旁。數名全身黑衣，在襟頭繡著黃色月亮標誌的大漢，客氣地指示浪翻雲這臨時的艇夫，將小艇泊在僅餘的其中一個空位處。

成麗向浪翻雲道：「你會在艇上等待我們吧？」

浪翻雲對她命令式的語氣又好氣又好笑，淡淡道：「我不知道！」

成麗杏目一瞪，強忍下火爆的脾性，眼珠一轉道：「不如你跟在我們身旁好了！」浪翻雲微微一笑，不置可否。

這時一名帶頭的大漢走上來道：「貴賓請登岸。」

成麗秀眉一揚，輕輕一躍，卻「重重」地落到岸上，成抗靈巧地跟上，輕若羽毛地飄落姊姊身旁，兩姊弟那種輕重倒置的表現，令人生出非常突兀的感受。浪翻雲大步跨上岸去，心神卻已飛到巨舫上。

大漢向成家姊弟恭敬施禮道：「只不知嘉賓高姓大名，本人乃邪異門下七大分塢『搖光塢』副塢主馬權，專負迎賓之責。」

成麗裝出一副老江湖的樣子，豪氣干雲地道：「馬副塢主你好，我是成麗，他是我弟弟成抗，來自塞外小銀鄉的成家牧場，家父成天北。」

馬權微一錯愕，顯是不知成家牧場是何東西，但終是老江湖，口邊掛著久仰，眼光卻轉到浪翻雲身上，後者仰首望著雲霧散去後初露仙姿的明月，像完全聽不到他們的交談。

成麗也算頭腦靈活，搶先道：「這是我們的僕人。」

馬權半信半疑地點了點頭，要知浪翻雲乃當今黑道聲望僅次於魔師龐斑的不世高手，舉手投足，一坐一站，無不自具一代劍術宗師之相，馬權這種老江湖怎能不留上心？不過見浪翻雲沒有出言反對僕人身分，也便不再在意。馬權伸手一招，一名邪異門下走了過來。

馬權道：「帶貴賓入公眾席！」

成麗一挺胸，當先跟去。浪翻雲緩步跟上，忖道：有公眾席自然有嘉賓席，馬權表面客氣，其實卻看不起這對入世未深的姊弟，不由大起憐惜之心。在小島的正中心處聚了數百人，卻沒有喧鬧的嘈吵聲，透出一種緊張和等待的氣氛，直到此刻浪翻雲仍弄不清楚這是個甚麼性質的聚會，但既然可差得動邪異門來負責迎賓，召開這聚會的人自是大有來頭。在島心一處廣闊可容千人的大草地上，數十張大桌團團圍著一塊空地，桌子的擺佈共分三層，內圈的桌子每桌只坐一至兩人，中圈的桌子三至六人不等，最外圍的桌子密密麻麻坐滿了人，顯然是馬權口中的公眾席。大多數都是雄赳赳的年輕人，臉上盈溢著期待的神情。

引路的大漢把他們帶到一張外圍的大桌前，道：「貴賓請入座！」

成麗眉頭一皺，望了望內圍空蕩蕩的桌子，道：「那邊還有座位，我們可否坐在那裏？」

大漢閃過一個不屑的神色道：「這是副塢主的吩咐，除非別有指示，否則不能更改。」

成麗秀眉一掃，待要發作，成抗一驚，輕扯了她的後衣一下，那桌已坐下了的七、八名青年裏已有人笑出聲來。

成麗怒目向發笑的人一瞪，喝道：「有甚麼好笑的！」登時吸引了附近數桌人的目光。

發笑的青年年約二十五、六，生得有點獐頭鼠目，聞言冷笑道：「也不秤秤自己有多少斤兩，嘉賓席是隨便讓你坐的嗎？」

成麗俏臉一紅，使起小性子，一跺腳道：「我偏要坐！」

成抗哀求道：「姊姊！」

笑的人更多了，都帶著幸災樂禍的意味。浪翻雲不動如山地卓立兩人身後，就像一切都與他全無半點關係。有人竊笑道：「敢來這裏撒野，恐怕連『雙修公主』的臉尙未見到，便給趕入湖底。」也有人調笑道：「這婆娘也不錯！」一時成家姊弟成爲眾矢之的。成抗直急得想哭出來，這時若有個洞，成抗一定會鑽進去，並希望那個洞是深一點的。

成麗一扭腰，要穿進內圍其中一張空桌去。一名五十來歲，身材矮胖，笑嘻嘻的漢子剛好攔著去路，道：「姑娘有話好說，國有國法，幫有幫規，姑娘還請賣個臉給敝門，遵守敝門的安排。」

浪翻雲一看此人，便知是邪異門的四大護法之一的「笑裏藏刀」商良，不要看他終日笑臉相迎，其實手段毒辣，動輒出手殺人，絕無「商量」餘地，是江湖上可怕人物之一，想不到今天連他也出動了，可見邪異門對此事的重視。

成麗怒道：「我們成家牧場有頭有臉，爲何不能入坐嘉賓席？」周圍十多桌的人哄哄大笑起來。亦有較善心者露出同情之色，爲這不知天高地厚的女娃兒開罪邪異門而擔心。

商良眼光在三人身上巡遊，最後落在浪翻雲身上，首次閃著猜疑的神色。自愛妻惜惜死後，這多年來浪翻雲都罕有在江湖走動，加之以往他一向不喜歡外遊交友，所以認識他的人，可說絕無僅有，商良又怎會想到眼前人乃天下有數高手之一。浪翻雲的黃睛似開似閉，似醉似醒，毫無表情地望著他。商良無由地心悸。

成抗又叫道：「姊姊！我們將就點，坐回那桌算了。」

眾人的哄笑更響亮了。商良眼中閃過怒色，放開了浪翻雲，向成麗道：「姑娘請回吧！」成麗也想不到事情鬧到這麼僵，首次猶豫起來。

浪翻雲微微一笑，道：「塞外小銀鄉成家牧場名震天下，誰人不知，商良你還是安排成家小姐和少爺入坐嘉賓席吧！否則厲若海怪罪下來，恐怕你承擔不起。」所有笑聲剎那間斷絕，全場靜至落針可聞。

邪異門門主「邪靈」厲若海名列「黑榜」十大高手之一，威懾天下，浪翻雲竟敢直呼其名，口氣之大，令人吃驚。

內圍嘉賓桌其中一名花花公子模樣，手搖摺扇的男子霍地立起，喝道：「誰敢對門主不敬！我花羽第一個不放過他。」這花羽似乎是仗義出言，其實只是想沾沾錦上添花的便宜，邪異門又怎會讓他代爲出頭？

商良像背後長了對眼睛，頭也不回道：「花公子好意心領，請坐下喝茶，這事商某自會處理。」

商良眼中凶芒厲閃，向浪翻雲沉聲道：「閣下何人？」

浪翻雲哈哈一笑，踏前兩步，越過成家姊弟，淡淡道：「讓我領路！」

商良殺機大起。浪翻雲向他走來。商良左手微動，一把暗藏袖內的匕首滑到手中，臉上卻換上一臉招牌笑容。浪翻雲提腳，似要往前踏步。他和商良間現只有八、九尺的距離，以他的大步，再前一步，便會逼貼商良。商良心中計算著他落步的位置，手中匕首蓄勢待發。浪翻雲前腳向下踏去。商良眼光凝注著他的雙肩，因爲一個人無論動作如何靈巧變化，雙肩總是簡單清楚地露出端倪。浪翻雲左肩微縮，略往右移。商良心中暗笑，暗忖你想由我右方穿過，豈能瞞我，立時相應地右移。豈知眼前一花，浪翻雲逼至左邊五尺許處。商良暗吃一驚，往左側迎去，匕首準備刺出。浪翻雲忽地變成正面往他移來，若不退開，商良勢必和浪翻雲撞個正著。商良大怒，正要刺出，浪翻雲的身體微妙地動了幾下，在外人看去，那是不可察覺的輕微動作，但在商良眼中，只感到對方每一下動作，都是針對著自己的弱點，像能預知將來般明白自己每一個心意和動向。而這些動作卻全與手腳無關，只是肩身的微妙移動，竟已能清楚無誤地發出訊號，的確是教人難以置信。商良那一刀不但發不出去，還不由自主地噗噗連退三步。浪翻雲像和他合演了千百次般，每當他移後一步，便前進一步，卻又剛好比他快上了一線，使他連思索的時間也沒有。浪翻雲氣勢沉凝，移動間手腳的配合隱含玄美無匹的法度，無懈可擊。商良懍然一驚，側退一旁。浪翻雲越他而過。

商良手剛動，浪翻雲轉過身來，淡淡道：「多謝讓路，小姐少爺請！」商良的刀，終刺不出。成麗一呆，想不到商良竟肯讓路，以爲憑的是自己的面子，傲然一挺，大步走去。

商良只覺浪翻雲舉起招呼成家姊弟前行的手，上搖下擺，恰好封制了自己每一個可以出手的角度，心中大駭，連門面話也忘記了說。周圍的人哪看得出其中的微妙形勢，以爲商良忽地想起成家牧場確是威震塞外，故臨時變卦，前倨後恭，尤其他一直保持笑嘻嘻的樣子，確易使人誤會。除非是「邪靈」厲若海這類同等級數的高手，才能看出其中玄虛。邪異門守在四方的門人，見有護法作主，自更不會輕舉妄動。浪翻雲待成麗大模大樣坐上貴賓桌，成抗把他的巨體「縮」入座位，才淡淡一笑，從容坐上成家姊弟的一桌。「噹！」銅鐘聲從巨舫處傳來。好戲終於開鑼。

官路上一騎策馬急馳。明月高掛天上，又大又圓，還有兩天便是中秋了。

當快馬馳過一處樹林時，有人在林內叫道：「馬少俠！」騎士一抽索，健馬長嘶仰跳，隨著騎士抽回頭，在原地踏著碎步。

暗影裏閃出一個高大身形。那人哈哈一笑道：「馬峻聲！久違了，可還記得三年前渡頭一戰？」

馬峻聲一呆道：「戚長征！」

戚長征道：「正是小弟。」

馬峻聲大笑聲中躍下馬來，衝前緊握著戚長征伸出的手，神態歡悅，道：「戚兄弟神采更勝往昔，在此等黑夜，仍能認出策馬飛馳的小弟，必是刀法大進，不知何時可以請益。」他說話大方得體，不愧白道新一代的領袖人才。

戚長征毫無芥蒂地道：「當日一刀之失，敗於馬兄劍下，怎能不力求上進，馬兄想說『不』我也不會放過你呢，可惜眼前有要事在身，還不是時候。」

馬峻聲奇道：「有甚麼事比試刀論劍更重要？」

戚長征道：「實不相瞞，現在我是落難之身，正在躲避逍遙門的追殺，這次喚住馬兄，是希望馬兄能代傳口訊與敝幫『鬼索』凌戰天。」

馬峻聲肅容道：「這個絕無問題，只要小弟有一口氣在，定給戚兄將訊息傳達。」他並不追問其中情由，顯示了處事的風度，因爲要說的話，別人自會說出來。

戚長征感激地道：「大恩不言謝，請通知敝幫凌副座『中秋之夜，龍渡江頭』八字便成。」

馬峻聲沉聲道：「中秋之夜，龍渡江頭，好！小弟定必不負所託。」說罷倒飛回馬背，放開四蹄，掉轉頭從來路馳去，不一會消失在官路彎角處，只剩下遠去的蹄聲。

戚長征退回林裏。林內伏了數十人。一人問道：「這人靠得住嗎？」正是怒蛟幫年輕幫主上官鷹。

在旁的翟雨時答道：「馬峻聲爲人雖心高氣傲，但俠名頗著，又是名門之後，若他出賣我們，他的師門也不會容他。」

戚長征嘆了一口氣道：「逍遙門也算厲害，竟能跟到武昌來，否則我們也不用借助外人之力。」

眾人沉默不語。逍遙門的莫意閒和副門主孤竹，均是不可一世的高手，若給他們追上，後果確是不堪想像。

在離開上官鷹等十多里的同一段官道上，一輛囚車在十多騎官差押送下，連夜趕路，他們都不明白為何這個犯人要立即被送往黃州府的大牢，但既是總捕頭何旗揚的命令，誰又敢吭一聲，何況何旗揚還親自押送，這是前所未有的事。囚車給一匹驢子拉著，急步而跑。何旗揚一馬當先，臉色陰沉，心事重重。驀地前面人影一閃，一個極為高瘦，勾鼻深目的老者，在月色下竹篙般立在路心。

何旗揚警覺地把馬拉定，喝道：「是何方朋友？」

那人以沙啞高亢的難聽聲音怪笑道：「沒有甚麼，看一看我便走了。」

何旗揚見對方一副有恃無恐的模樣，心中警惕，平和地道：「本人何旗揚，乃洞庭七府總捕頭，現在押送犯人，朋友若無特別目的，請讓路吧。」

那人身形一動，鬼魅般飄至何旗揚馬頭前。「鏘鏘鏗鏗！」官差們刀斧劍戟，紛紛離背出鞘。何旗揚自恃身分，並不倉忙下馬，一抽繩，馬兒往後退去，直至囚車之旁。

那人一對利目，緩緩在官差們的臉掃過，怪笑道：「看來都是貨眞價實的官府爪牙。」

這些官差平日只有他們欺侮別人，怎容人欺侮他們，紛紛喝罵，其中兩人策馬衝前，分左右大刀猛劈。何旗揚出身少林，一看對方身法，知道官差討好不了，何況一般江湖好手，都不願招惹勢力龐大的官府，敢招惹的，自然不是善男信女，忙大聲喝道：「住手！」不過一切都太遲了。高瘦怪人不知使了下甚麼手法，兩把刀轉眼間噹啷落地，兩名官差凌空飛跌，蓬蓬兩聲，掉在地上，動也不動，不知是死是活。

何旗揚喝住要上前動手的官差，正要說話，那人冷冷道：「衝在你一句『住手』份上，他們都死不了，不過躺上十天半月，卻在所難免。」他說來輕描淡寫，使人對他的冷血份外感到心寒。

何旗揚深吸一口氣，忍下心中的怒火道：「閣下何人？」

怪人長笑道：「想找回公道嗎？好！有種，本人乃逍遙門『鬼影子』孤竹，何捕頭記牢了。」

何旗揚倒抽一口涼氣，忖道自己也算倒楣，竟撞上這喜怒無常的大魔頭，知機地道：「手下無知，衝撞了前輩。」轉頭向眾公差喝道：「還不收起兵器。」

孤竹不再理他，目光轉到只露出一個頭的犯人韓柏臉上，端詳一會後，「咦！」一聲叫了起來。何旗揚心想他定是奇怪押送這樣一名小子，竟會動員如此陣容，卻沒有想到其他的可能。孤竹閃到囚車旁，以迅快至肉眼難察的速度，滴溜溜轉了數個圈，最後竟伸手在韓柏頭頂憐愛地撫摸著，雙目奇光閃閃。韓柏瞪著一對眼也打量著他，心想這怪人雖是凶殘，卻比這些公差對他好上一點。

孤竹奇道：「你不怕我嗎？」

韓柏苦笑道：「我慘無可慘，還怕甚麼？」孤竹仰天一陣長笑，沉吟不語。

何旗揚大感不妥，叫道：「前輩！」

孤竹暴喝道：「閉嘴！我還要多想一會。」

何旗揚一生八面威風，那曾給人如此呼來喝去，但想起對方威名，又豈敢再出言惹禍，心中的窩囊感卻是休提。其他人唯他馬首是瞻，又有前車之鑑，更是噤口無言。

孤竹忽地仰天長嘯，全身抖震。何旗揚等大惑不解，心想這老鬼難道忽然患上失心瘋？孤竹嘯聲倏止，一掌重拍在囚車上。「砰嘭！」以堅硬木板製成的囚車，寸寸碎裂。韓柏渾身一鬆，往側倒去。驢子驚得仰嘶前奔，拖著囚車的殘餘向前衝刺，前面幾匹馬立時驚叫踢蹄，其中兩名官差更給翻下馬來，場面混亂至極。韓柏身子一輕，給孤竹劈手攔腰挾起。

刀嘯聲破空而至。何旗揚躍離馬背，凌空飛擊而至。大刀取的是韓柏。孤竹像羽毛般隨著刀風壓至而飄開，一點沒有因挾了一個人影響了速度。何旗揚狂喝一聲，點地彈起躍追，可是孤竹去勢極快，眼看追趕不上。何旗揚能擢升至今天位置，戰鬥經驗何等豐富，一揮手，大刀脫手擲去，轉瞬飛至孤竹背後。孤竹背後像長了眼睛，後腳一挑，恰好挑中刀鋒，長刀轉了一個圈，變成刀把向著孤竹，刀鋒反對著追來的何旗揚。何旗揚提氣趕去，意欲凌空接回兵刃，豈知孤竹遠去的身子單腳一撐前面擋著的大樹，竟倒飛而回，在大刀落下前一腳伸在刀把端上，大刀箭般往趕上來的何旗揚戳去。如此招式，確是出人意外。何旗揚猝不及防下硬運腰勁，他也是了得，凌空倒翻，大刀在離面門寸許處擦過，險過剃頭。何旗揚哪敢妄進，乘勢落在地上，額角驚出了汗珠。

眾公差一聲發喊，往前衝去，希望以人多壓人少。何旗揚暴喝道：「停下！」

孤竹這時騰身立在樹椏間，陰沉的臉露出前所未有的歡容，長笑道：「如此根骨，百年難遇，孤某終於後繼有人。」

何旗揚城府深沉，強壓下心中怒火，拱手道：「何某乃少林門下，這犯人事關重大，望前輩給予薄面，歸還於我。」這幾句話可說忍氣吞聲，委曲求全，亦暗示自己有強大的後盾支持著，樑子一結勢不罷休。

孤竹冷笑道：「孤某一生豈會受人威嚇，管你少林老林，你便當這犯人暴斃好了，這不是你們官府的慣技嗎？」孤竹語氣雖硬，仍指出了解決之法，顯示他對少林並非全無顧忌，否則早拂袖走了。

何旗揚道：「若換了別的犯人，何某當然會給前輩一個方便，但這人與長白不老神仙嫡傳謝青聯被殺的血案有重大關聯，前輩將他帶走，並無好處。」此番話可見何旗揚的老謀深算，因爲若他直說韓柏殺了謝青聯，孤竹不笑破肚皮才怪。

孤竹微一錯愕，道：「這話可眞？」

何旗揚道：「若有半字虛言，教我何旗揚不得好死，永不超生。」

孤竹一陣沉吟。若他一意孤行，收了韓柏作徒弟，長白的人必不肯就此罷休，惹得不老神仙親自出手，即使以逍遙門的勢力，也將大感頭痛。

何旗揚乘機道：「前輩能賣個人情給何某，何某沒齒不忘。」

孤竹仰首望天，終於下了決心，一聲長嘯，身形一動，躍往更遠處一叢較高的樹枝，怪叫道：「叫不老神仙來和我要人吧！」

眼看遠去。馬峻聲的聲音在何旗揚身後響起道：「前輩留步。」他並沒有策馬，顯然早有警覺，潛至近處，見何旗揚一切失敗後，才被迫出手。

孤竹長笑躍起，投往密林深處。馬峻聲大鳥般飛越眾人，箭矢般向孤竹隱沒處追去。何旗揚心下稍安，他一見馬峻聲身法，知道高出自己甚多，心想追上去也幫不了忙，唯有待在原地。遠方密林處傳來幾下激烈的打鬥聲，又出人意外地沉寂下來。何旗揚心下大奇，難道其中一方如此不濟，幾個照面即敗下陣來？一刻鐘後，何旗揚按捺不住，吩咐手下稍待，往馬峻聲追去的方向掠去，剛穿過了幾棵樹，一個黑影在月色下迎面走來，脅下還挾了個人。何旗揚大驚止步，提刀戒備。來人沉喝道：「是我！」原來是馬峻聲，臉色幽沉。

何旗揚見他挾著的正是韓柏，立時佩服得五體投地，驚喜道：「師叔！」

馬峻聲毫無戰勝後的歡喜之情，漠然道：「速將此子以快馬押往黃州府，不要再出亂子了。」

何旗揚道：「師叔……」

馬峻聲打斷他的話，道：「我有事要辦，記著，孤竹一事，不要向任何人提起，明白嗎？我曾答應你的好處，一定不會食言。」

看著馬峻聲消失在暗影裏，何旗揚心中掠過一陣不舒服的感覺。但一切已到了不能回頭的階段。一咬牙，挾著昏迷了的韓柏回頭馳去。

在數百對眼睛的熱切期待下，一群人由巨舫步下，向著這邊走過來。來人們高矮不一，但最惹人注目的是兩女一男。其中一名女子臉垂黑紗，全身黑衣，苗條修長，丰姿綽約，步伐輕盈，極具出塵仙姿，但又帶著三分鬼氣，形成一種詭異的魅力。緊隨著她是個粗壯的醜女，年紀在二十七、八間，腰肢像水桶般粗肥，雙目瞪大時寒光閃閃，一看便知不好對付，更襯托出蒙面女子的美態。與蒙面女子並肩而行是個二十來歲的英俊男子，身材雄偉，雙目神光灼灼，步履穩健，與蒙面女子非常相配。其他人便以這三人為首，緊隨在後，自然而然地突出了他們的身分。眾人均認得那男子是邪異門的第二號人物「千里不留痕」宗越，此人是邪異門後起的高手，以輕功和一手飛刀絕技脫穎而出，躋身至僅次於厲若海的地位，大不簡單。這次宴會看來是由他主持，眞想不到是甚麼人能差得動他。

成麗向成抗輕呼道：「看！那定是雙修公主。」

成抗傻呼呼地點了點頭。浪翻雲心下莞爾，這對姊弟對江湖險惡一無所知，能萬水千山來到這裡，已是走了大運，接下去的日子不知還要闖出多少禍來。

身後一桌有人低叫道：「雙修府的人來了。」

浪翻雲心中一震，暗罵自己大意疏忽，竟想不起雙修府來，這也難怪，雙修府的人一向行蹤詭祕，罕與其他門派交往，所以雖負盛名，卻少有人提起他們。十五年前雙修府曾經出過一位年輕高手，此人亦正亦邪，但武技高明至極，連勝當時十八位黑白兩道名家，最後敗於黑榜十大高手之一「毒手」乾羅手下，才退隱江湖，但雙修府之名，已深深留在老一輩人心中。自此之後，再沒有雙修府的人在江湖走動，所以浪翻雲才想不起這神祕的門派。這雙修府的無名高手，自稱「雙修子」，雖然敗北而回，卻無損威名，一來因當時他只有二十來歲，二來以乾羅的蓋世神功，仍只能僅勝半招，可說是雖敗猶榮。

思索間那群人在主家的三席坐了下來。宗越伴著兩女，坐在中席。嗡嗡的嘈吵聲沉寂下來。宗越站了起來，眼光徐徐掃視全場，雖只一瞥，但每一個人都覺得他看到了自己，當他目光掠過浪翻雲時，微一錯愕，閃過一絲驚異，但顯然認不出浪翻雲是何方神聖。浪翻雲取出酒壺，咕嘟咕嘟喝了三大口，一點表情也沒有。

宗越臉上回復平靜，抱拳朗聲道：「今天各位應雙修府招婿書之邀，不惜遠道而來，本人邪異門宗越，僅代表雙修府深致謝意。」眾人紛紛起立，抱拳還禮。成抗給成麗在桌底踢了一腳後，也站了起來，學著眾人還禮。只有浪翻雲木然安坐，一切事都似與他毫不相干。

宗越眼光落在他身上，厲芒一閃。吃了暗虧的商良來到他身邊，一輪耳語，宗越望著浪翻雲的眼神更淩厲了。

宗越道：「各位嘉賓請坐下。」眾人又坐了回去。

宗越道：「本門門主與雙修府主乃生死之交，故義不容辭，負起這招婿大會的一切安排，若有任何人不守規矩，便等於和本門作對，本門絕不容忍，希望各位明白。」說這話時，他的目光注定浪翻雲身上，顯是含有威嚇警告之意。

那醜女開聲道：「多謝宗副座，本府不勝感激。」人如其聲，有如破鑼般使人難以入耳。

宗越一陣謙讓，表現得很有風度，使人感到他年紀輕輕，能攀至與逍遙門並稱「黑道雙門」邪異門的第二把交椅，憑的不單只是武技，還有其他的因素。臉罩輕紗的女子優雅地坐著，意態優閒，對投在她身上的目光毫不在意。

宗越目光轉到她身上，介紹道：「這位是雙修府的招婿專使，這次誰能入選，成爲與雙修公主合疊雙修的東床快婿，由她決定。」

眾人一陣輕語，原來她並不是雙修公主，而只是代雙修公主來挑選丈夫。更有人駭然下揣測難道那醜女才是雙修公主。浪翻雲這才明白此刻發生何事，難怪眼前俊彥雲集，原來都是希望能成爲雙修府的快婿，得傳雙修絕學。

醜女破鑼般的聲音喝道：「不要看著我，我只是專使的隨身女衛。」眾人都舒了一口氣。

宗越禁不住微笑道：「各位不用瞎猜，我和雙修公主有一面之緣，公主容貌，不才不敢批評，但可保證若能成爲公主夫婿者，乃三生修來的福分。」這幾句話不啻間接讚美了雙修公主的容顏，眾人禁不住大爲興奮，志趣昂揚。

席間一人怪聲怪氣叫道：「宗副門主年輕有爲，又未娶妻，只不知會否加入競逐，讓人挑選？」

眾人眼光忙移往發言者身上。只見那出言的老頭瘦得像頭猴子，一對眼半睜半閉，斜著眼吊著宗越，一副以老賣老的模樣，他身邊坐了一個二十歲許的年輕人，看來是他的孫子。

宗越毫不動怒，笑道：「楊公快人快語，令人敬重，宗某因心中早有意想之人，故而不會參加競逐。」

那被稱爲楊公的老頭喃喃道：「這好多了，否則我的孫子可能給你比下去了。」

眾人一陣哄笑，緊張的氣氛注入了一點熱鬧喜慶。浪翻雲見他說到「早有意想之人時」，眼光望往那蒙面女子，心中一動，猜想到宗越對那神祕女子正展開攻勢，可是後者一點反應也沒有，似乎宗越說的人與她全無關聯。

這時成麗向成抗低喝道：「挺起胸膛，讓人看清楚你一點。」成抗苦著臉坐直腰肢，果然增添了少許威風。

對席一位作書生打扮，頗有幾分書卷氣的年輕人朗聲道：「不才乃應天府楊諒天第三子楊奉，有一事相詢，萬望專使不吝賜告。」眾人目光轉往神祕女子身上，都希望聽到她的話聲。

醜女粗聲粗氣地道：「有話便說，我最不喜歡聽人轉彎抹角地說話。」

楊奉一向少年得志，氣傲心高，給她在數百人前如此頂撞，立時俊臉一紅，要知他故意出言，就是希望在那蒙面女子心裏留下良好印象，以增加入選機會，豈知適得其反，不由心中暗怒。

宗越身爲主持人，打圓場道：「宗某素聞令尊楊諒天之名，今見楊公子一表人才，必已盡得眞傳，有甚麼問題，直說無礙。」眾人禁不住暗讚宗越說話得體，挽回僵硬對峙的氣氛。

楊奉面容稍鬆，道：「由邪異門發往各家各派的招婿書裏，寫明不以武功容貌作挑選的標準，只要年在三十歲以下，就有入選的機會，在下敢問若是如此，專使又以甚麼方法挑選參加者？」

這時連浪翻雲也大感興趣，想聽一聽由那神祕女子口中說出來的答案。眾人對這切身問題更是關注。所有目光集中在那女子身上。女子靜若深海，閒淡自若，一點也不著意別人在期待她的答案。

醜女在眾人的失望裏粗聲道：「專使已知道有人會這麼問，所以早將答案告訴了我。」

眾人大爲訝異，假若蒙面女子能早一步預估到有這個問題，她的才智大不簡單。醜女道：「雙修府這二百年七代人，每代均單傳一女兒，所以爲了雙修絕學能繼續流傳，必須精心選婿，而專使便是此代專責爲雙修府選婿的代表，她習有一種特別心法，當遇到有潛質修練雙修大法的人，便會生出感應，這說法你們清楚了沒有。」

外圍席一個虎背熊腰，容貌勇悍，頗有幾分山賊味道，年在二十五、六間的壯漢起立道：「本人淮陽衛漢，敢問既是如此，專使大可在大街小巷閒闖溜蕩，便可找到心目中人選，何用召開選婿大會？」

宗越眼中露出讚賞之色，這衛漢顯然是個人才，能切中問題的要害，他們邪異門此次負起主辦之責，一方面爲了和雙修府的交情，另一方面亦有順道招納人才的意圖，所以立時對這名不見經傳的衛漢留上了心，向手下發出訊號，著人查探他的來歷，以便收攬。眾人望向蒙面女子，暗忖這次看你有沒有將答案早一步告訴了醜女，若眞是如此，這女子的智慧便到了人所難能的地步了。

醜女破鑼般的聲音響起道：「這個答案更容易，我們雙修府規定，每當專使修成『選婿心功』，便須在江湖遊歷三年，看看有無適合人選，才決定是否召開第一次選婿大會。」

這麼說來，顯然蒙面女子曾作三年江湖之行，竟也找不到合適人選，這個「婿」當然並不是那麼易找呢。浪翻雲眉頭一皺，醜女如此將答案道來，像是自己知道，但更有可能是蒙面女子早一步教她這般對答，因爲這屬於雙修府的祕密，不應是一個下人可以作主亂說。心中一動，兩眼凝定在蒙面女子身上，好像捕捉到一些東西。

一位坐於內圍，神情倨傲，臉色比別人蒼白的年輕人冷冷問道：「如此請問專使，找到了心目中的人選沒有？」全場立時肅靜下來。

宗越乾咳一聲道：「這位公子是……」停了下來，望向身邊的商良，商良明顯地呆了一呆，望向他的手下，他們齊齊露出驚奇和不安的神色。眾人大奇，被安排坐在內圍的人都是有頭有臉者，商良他們怎會連對方是誰也不知道，除非對方是偷入席裏，若事屬如此，這臉色蒼白的青年當有驚人的武功和不懼邪異門和雙修府的膽色。

宗越眼珠一轉道：「敢問兄台高姓大名，是何門派？」

蒼白青年長笑起來，聲懾全場。眾人心頭一陣不舒服，功力淺者更是心頭煩躁，有種要鬆開衣衫來吐一口氣的衝動。

宗越清朗的聲音響起道：「英雄出少年，朋友功力不凡。」他的聲音並不刻意加強，但笑聲卻總是沒法將他壓下去，每一個字都是清清楚楚的。

蒼白青年笑聲倏止，望向宗越道：「副門主名實相副，難怪以此年紀身居高位，只不知眼力是否亦是如此高明，能看出我出身何處？」

浪翻雲眼光望向優閒安坐的蒙面女子，只見她垂在面門的輕紗輕輕顫動起伏，心下恍然，原來她一直以傳音入密的祕技，指引著醜女的一言一語，現在又將答案傳入宗越耳裏。只是能把音聚成線這項功夫，已使人不敢小覷於她。

宗越外表一點不露出收到傳音的祕密，微微一笑道：「朋友剛才把握鐘聲響起，各位朋友注意力集中到『雙修舫』時，偷入席間，足見智勇雙全，從這點入手，本人猜出了閣下的出身來歷。」

蒼白青年首次臉色一變，掩不住心中的震駭。浪翻雲亦大是訝異那女子的才智。宗越這番話自然來自蒙臉女子，鐘聲響時，她還在巨舫那邊，怎能看到這邊的情況，而她這麼判斷，顯是憑空猜想。他浪翻雲可能是全場裏唯一知道她這判斷是對的人，蒼白青年能瞞過別人，又怎能瞞過他這不世出的武學大宗師。其他人則瞠目結舌，心想宗越怎能憑這線索去判斷別人的家派出身？

蒼白青年冷冷一笑道：「本公子洗耳恭聽。」神情倨傲至極，並不把宗越放在眼裏，也沒有承認自己是否趁那時刻偷入席內。

宗越目光掃過全場，看到所有人均在「洗耳恭聽」後，淡然一笑道：「公子要偷入席內，顯是不願被人知道身分，亦不計較是否遵守大會的規矩，甚至並非為參加選婿而來，如此自然是敵非友。這次選婿大會乃雙修府的頭等大事，公子如此做法，當是針對雙修府，而與雙修府為敵或有資格這樣公然為敵的門派屈指可數，這樣一來，公子的身分早呼之欲出。」

在場數百人拍案叫絕，這宗越年紀輕輕，分析的能力卻非常老到。蒼白青年臉上半點表情也沒有。

宗越悠悠道：「兼且公子捨易取難，不坐外圍而坐內圍，顯然自重身分，意欲露上一手，而亦只有南粵『魅影劍派』的『魅影身法』，才可使公子輕易辦到這點。」

眾人一陣騷動。江湖有所謂「兩大聖地，三方邪窟」，兩大聖地是淨念禪宗和慈航靜齋，這位於南方一小島的魅影劍派，便是三方邪窟的其中一窟，一向與世隔絕，原來竟是雙修府的死對頭，據聞近年出來了一個武功高絕、心狠手辣的「魅劍公子」，只不過活動限於南方數省，所以在場無人有緣見過，不知是否眼前此君？

蒼白青年長笑道：「好！不愧邪異門第二號人物，本人正是『魅劍公子』刁辟情，順道在此代家父向厲門主問安。」

成麗向成抗道：「原來這是個壞人。」成抗唯唯諾諾。

成麗聲音雖小，卻瞞不過魅劍公子的耳朵，眼光掃來，凶光暴閃，掃過兩姊弟，才移回宗越身上。浪翻雲心內嘆了一口氣，這魅劍公子刁辟情分明是那種心胸狹窄、睚眥必報的人，成麗輕輕一言，已種下禍根。

醜女此時暴喝道：「沒有人請你來，管你是甚麼公子，只要是『魅影劍派』的人，就要給我滾！」刁辟情長身而起，傲然道：「來者不善，善者不來，本人今天此來，是要向雙修府的人請教雙修絕技，與其他人絕無半點關係，還望宗副門主明鑑。」

這幾句話在刁辟情來說實屬非常客氣，畢竟他不能不對「邪靈」厲若海存有顧忌，不願開罪邪異門，因為若惹翻了邪異門，引得厲若海親自出手，連他父親「魅劍」刁項也沒有必勝把握。宗越眉頭大皺，雙修府和魅影劍派基於上代恩怨，一向勢如水火，邪異門的宗旨是避免捲入漩渦，以免樹立像魅影劍派這類難惹的對頭，可是若讓刁辟情如此在勢力範圍內悍然生事，邪異門亦是面目無光。正為難間，醜女道：「宗副門主，今日人家是衝著本府而來，應交由我們處理，希望邪異門能置身事外，敝府感激不盡。」

宗越才是感激不盡，聞言向刁辟情道：「刁公子可否賣個面子給敝門，待選婿大會事了之後，才找上雙修府，解決你們間的問題？」這幾句話合情合理，既保存了邪異門的面子，又不損和魅影劍派的關係。

魅劍公子刁辟情大步踏入場中，來到蒙面女子的一桌前十多步處站定，冷冷道：「只要雙修夫人拿起面紗給我看上一眼，本公子保證轉身便走，夫人意下如何？」

醜女怒喝一聲：「好膽！」一閃身來到蒙臉女子之旁。

眾人間響起一片嗡嗡語聲。這女子雖蒙起俏臉，但橫看豎看也只像二十許人，怎會是雙修公主的母親雙修夫人。

一個粗豪嘹亮的聲音響自中圍的一席裏，喝道：「我管你是甚麼臭公子，老子來這裏參加大會，你卻來搗蛋，你……」

他「你」字下面的話尚未說出，眾人眼前一花，原本立在場中的刁辟情失去蹤影，眾人眼光連忙追蹤往發言的大漢處，只見一條人影像一縷煙般降在發言大漢那一桌上，手上幻起重重劍影，倏又收去，人影由一個變成幾個，似欲同時飄往不同的方向，忽爾間又消失不見，失去蹤影的刁辟情竟回到場中原處。「鏘！」劍回鞘內。出言責難的大漢提著一柄尚未有機會一劈的重斧，全身衣衫盡裂，面如死灰，說有多難看便有多難看，驀地憤叫一聲，離席奔逃，轉瞬去遠。

眾人倒抽了一口涼氣，這魅劍公子論身法劍術，均如鬼魅般難以讓人看清楚和捉摸得著，遑論和他對仗。宗越也想不到他如此了得，暗忖這人可能是自有魅影劍派以來最傑出的高手，難怪敢單身前來挑戰雙修府，連自己也無穩勝的把握。醜女眼中亦現出驚惶不安的神色。

刁辟情一出手震懾全場，反而那被指是雙修夫人的蒙面女子淡然自若，不見任何波動。

刁辟情冷冷道：「若非看在宗副門主面上，此人定難逃一死。」

宗越眉頭一皺道：「刁公子不負魅影劍派新一代宗匠的身分，宗越愈看愈心癢，望能領教高明。」

各人一陣騷動，想不到一直對刁辟情處處容讓的宗越，竟一下子將事情全攬到自己身上，還出言挑戰。只有浪翻雲明白他的心情。宗越若眞的對那雙修夫人有意，在這種情勢下便不能不出手護花，否則將永遠失去爭逐裙下的機會。

刁辟情愕然道：「這是敝派和雙修府間的事，宗副門主犯不著蹚這混水？」

宗越哈哈一笑，豪氣飛揚道：「在這等情勢下，即使厲門主在此，也不會反對我出手。」

刁辟情沉聲道：「家父曾有嚴令，著我不要和貴門有任何衝突，但卻非本公子怕了邪異門，宗副門主莫要逼我。」他的話看似忍讓，其實卻是將宗越逼入不能不出手的死角，由此可見此人自負非常，想乘機大幹一場，藉而闖出名堂。

果然宗越一手脫掉身上披風，露出內裏一身黑衣勁裝，笑道：「衝著你不怕本門一句話，本人便要摸摸你還有多少本領。」

「且慢！」眾人齊感愕然，往發聲者望去。

原來竟是成麗。她得意洋洋地站起來，裝出豪氣縱橫的模樣道：「這等冒犯雙修府的狂徒壞蛋，哪用勞煩副門主宗大俠出手，我弟『鐵拳』成抗便足可應付，成抗！起來。」

成抗先是一呆，後是一驚，已來不及計較自己為何忽地變了甚麼鐵拳銅拳，低聲求道：「姊姊！我比起這壞蛋還差一點點。」

眾人再也忍不住，哄笑聲轟然響起。刁辟情蒼白的臉變成鐵青，一對眼凶光畢露，殺機大動，沒有人可拿他來開玩笑。宗越本想將事情攬回自己身上，但眼光轉到優閒自若的浪翻雲時，心中一動，將要出口的話吞回肚裏。

成麗大怒，向成抗喝道：「你究竟聽不聽我的話？」

眾人這次反而笑不出來，知道刁辟情會隨時出手，這姊弟命懸眉睫。浪翻雲一聲長笑，卓然起立，他比身旁嬌小玲瓏的成麗高了整個頭，更覺偉岸軒昂。他不理眾人的目光，從懷裏掏出酒壺，一飲而盡，手一揮，空壺投往後方遠處，良久才傳來落在水裏的響聲。刁辟情凌厲的目光轉到他的身上。

浪翻雲似醉還醒的眼迎上他的目光，淡淡道：「嘗聞魅影劍乃劍法中極品，今日一見，靈變有餘，沉穩不足，刁辟情你多年浸淫其間，人亦變得心胸狹窄，喜怒無常，成事不足，敗事有餘，你滾吧！滾回南粵去學劍十年，再來此撒野。」

刁辟情大爲愕然，作夢也想不到有人敢如此向他說話，一時間反而作聲不得。

「小女子有一事相詢！」發言的竟是一直未有作聲的雙修夫人，她的聲音柔美綿軟，令人聽來直舒服至心坎裏。在場數百人大爲奇怪，爲何這口氣極大的人一作聲，便能引得雙修夫人開其金口，由此而想到此人必非平凡之輩。

浪翻雲望向雙修夫人，懶洋洋地道：「若能不問，最好不要問，今晚或者我是來錯了。」眼光又望往天上的明月，亡妻惜惜的忌辰快要到了，一時間意興索然。

刁辟情暴喝一聲，截斷了兩人的對答。他以冷得能使水變成冰的語氣道：「閣下今晚的確是來錯了。」

浪翻雲淡淡笑道：「真的嗎？」

刁辟情的劍無聲無息地從鞘內滑出來，就像毒蛇溜出牠祕藏的洞穴，劍出鞘的同時，他變成了一道輕煙般的鬼影，眨眼間掠至成麗的另一邊，和浪翻雲間剛好隔了成麗。能在這麼短暫時間內，看清楚刁辟情的出手、角度，從而猜出他戰略的，不出三、四人，亦由此可見這來自江湖三大邪窟之一的魅影劍派年輕高手，正是由該派刻意培養出來對付雙修府這宿敵的卓越高手。雙修夫人嬌軀輕顫，首次顯露了她的不安，令她震駭的是刁辟情目光高明，竟能看出浪翻雲乃強橫的對手，故而聲東擊西，避重就輕，務求掌握主動，亂敵陣腳，這種心智才是他可怕的地方。宗越亦是心中一寒。剛才刁辟情出手教訓向他出言責難者所顯示的功力，大遜於此次的出手，可見他剛才乃蓄意隱藏實力，若他的目的竟是想引自己出手，那種心術便太使人吃驚了。

成麗畢竟缺乏實戰經驗，眼前一花，刁辟情掩至身前右側十尺許處，手中魅劍毒蛇般吞吐不定，似欲刺來，又似回收，完全把握不到對方的劍路，她的武功專走沉猛穩重的路子，在靈巧變幻上便給比了下來。她驚叫一聲，往後退去，剛好撞在身後的椅子上，失去平衡，往後跌去。坐在她左側的成抗狂吼一聲，羽毛般飄了起來，一拳往刁辟情擊去，一洗先前畏怯之態，姊弟情深，他怎會容許有人傷害他母親死後父親冷落下相依爲命的姊姊。刁辟情冷哼一聲，劍身一顫，一劍化作兩劍，兩劍化出四道劍影，分刺成抗的眉心、左右肩胛穴，和腹下氣海的四個練武者的要害。成抗怒喝一聲，膽怯怕事的模樣變成怒髮睜目的威猛形象，先擊出的右拳後抽，左拳乘勢擊出，兩拳化作四拳，迎上刁辟情的四道劍光。眾人想不到這怯怯懦懦的大個子，手底下如此硬朗，兼之心中都暗恨刁辟情來此壞事，轟然叫好。

這時正要跌個人仰馬翻的成麗，忽覺一隻有力的手貼在背後，後挫的力道徹底消失，自然而然地向前站直。「霍霍！」兩聲氣勁和劍鋒接觸的輕響。成抗全身一震，往後退了半步，他雖以拳勁封了刁辟情的魅劍，但功力始終遜於刁辟情，硬被震退半步。刁辟情一聲長笑，四道劍影化作八道，乘勝追擊。成抗想不到對方魅劍精妙如斯，眼前最佳方法，莫過於退避其鋒銳，但這一來卻再難以保護姊姊，悲憤下不理對方變幻萬千的劍勢，一拳往對方當中擊去，竟是同歸於盡的拚命搏殺。成麗站直嬌軀，剛見到成抗險象，骨肉連心，駭然尖叫，叫聲方出口，剛才托起她的手掌又按在她背後，只覺身體一輕，離地而起，騰雲駕霧般朝攻向成抗的刁辟情右側飛去。目不暇給裏，眾人還以為是成麗來一式飛身救弟。刁辟情眼看成抗命喪劍下，心頭竊喜間，右側勁風壓體，剛好是自己的劍刺上成抗時，對方便欺至右側的空門，連抽劍回身均來不及的要命時刻。駭然下沒有握劍的左拳猛地擊出，迎上成抗拚命的老拳，魅影劍轉往右側，由八劍化出十六道劍影，全力激射成麗。「蓬！」兩拳相交，刁辟情全身一震，但仍卓立當地，劍勢沒有絲毫散亂，成抗悶哼一聲，羽毛般飄起，踏上桌面，霍霍後退兩步，直至桌邊，向後一仰才止住退勢。這時魅劍閃動，成麗眼前盡是劍影，暗叫此命休矣，就在此時脅下一寒，一把窄長的劍由後而來，在脅下穿刺而去，同時感到有人貼在自己背後，濃烈的男性氣息傳入鼻來，心頭泛起的溫暖，竟似能抵禦眼前有殺身之禍的劍影。刁辟情催動劍勢，展開殺著，他的魅影劍法，劍如其名，厲害處就在於虛虛實實，令人捉摸不定，心膽俱寒！成麗如此送上門來，不啻是讓她試試劍刃的鋒利。

驀地寒光一閃。一道強芒在眼前破空而至，先是一點星光在成麗身前爆開，接著化成長芒，壓體的驚人尖銳氣勁急撞在魅劍上。刁辟情這輩子從未像這一刻般慌亂，他也是了得，趁劍勢一亂，立時抽劍後退，十六道劍影化回八道，護著身上要害。可是當他才後退小半步，寒芒又再度爆閃，在虛空中畫了個十字形，嵌入了他八道劍影的中心點，徹底地封鎖了他的劍勢。刁辟情繼續往後退，八道劍影化為四

道，同時回收，護著前胸和面門。十字的中間再爆一點精芒，向他咽喉處奔來，這時刁辟情才剛退滿一步，可見對方的劍是如何快速。刁辟情意欲迴劍擋劈。快無可快的精芒倏地增速，角度改變，直刺面門。刁辟情作夢也想不到對方劍術如此精妙，這時多年刻苦練劍的功夫顯露出來，一縮手，硬將劍柄挫在這奪命一劍的鋒尖上。「噹！」一聲金屬鳴響，震懾全場。刁辟情斷線風箏般向後連退十多步，直退到場地的中心。另一邊高大的浪翻雲由緊貼著成麗的背部退了開來，劍早回到鞘內。成麗一臉紅霞，呆在當場。

刁辟情似乎站穩，忽地再一陣搖晃，又多退小半步，青白的臉掠過一陣紅雲，深吸一口氣，臉色轉回蒼白，但卻比先前更是蒼白得沒有一絲人色。在場數百人竟沒有人敢大力喘出一口氣。浪翻雲一退便沒有停下來，看似緩行，但瞬眼間已退出最外圍的桌子，轉身離去。雙修夫人嬌軀一震，似欲飄身而起，但終沒有追去。刁辟情再一個踉蹌，乘勢拔身而起，越過桌子，投往遠處，竟沒有一言留下。

浪翻雲的聲音從暗處遠方傳來，吟道：「十年生死兩茫茫，是孤墳，何處話淒涼！」最後一句傳來時，微弱不堪，人已遠逝。

宗越深吸一口氣道：「這人是誰？」

雙修夫人淡淡道：「覆雨劍浪翻雲！」

全場數百人一起目瞪口呆，這神話般的黑道第一高手，竟和他們共度一段時光。成麗想起和浪翻雲共處的種種，他為她兩姊弟仗義而為的事，以至乎貼著自己的背部，心中泛起奇異之極的滋味。浪翻雲，你要到哪裏去？

第七章 絕處逢生

第七章 絕處逢生

高丈半、闊兩丈、厚兩寸，緊閉著的漆紅大鐵門，「啪！」的一聲，打開了一個半尺見方的小鐵窗。兩道凶光，出現在方洞裏，先仔細打量叫門的四名差役，最後才移往跪在大鐵門前的犯人韓柏身上。韓柏頭上劇痛，呻吟中給身後的差役抓著頭髮，扯得極不自然地臉孔仰後。小鐵窗內的一對凶目在他臉上掃了幾遍，一個冷漠無情的聲音透出道：「收押令呢？」其中一名差役立時將收押文書塞進小窗裏，小鐵窗「啪！」聲中關了起來。韓柏頭上一輕，背後那差役鬆掉了手，但頭皮仍餘痛陣陣，跪地的膝頭有若針刺，但苦難卻是剛開始。這是黃州府的重囚鐵牢，每個囚犯被正式收押前，均必須「跪門」和「驗身」。隆隆聲中大鐵門分中推開來，露出深長的通道，半密封空間應有的腐臭空氣，撲鼻而來，陰森可怖。韓柏噤若寒蟬，他身上每一吋傷痕，都提醒他這世界只有強權，沒有公理。

三個牢差不緩不急走了出來，陰森的臉上沒有半丁點表情，冷冷望向韓柏。「砰！」背後的惡差役一腳蹬在韓柏背上，喝道：「站起來！」韓柏猝不及防下，慘嚎一聲，往前仆去，下頷重重撞在冰冷凹凸不平的石地上，登時滲出鮮血。手腳的鐵鍊交擊摩擦，聲音傳入牢獄裏，回響震鳴，像敲響了地獄的喪鐘。站在中間的大牢頭從牙縫裏將聲音洩出來道：「就是這小鬼。」接著望向押送韓柏來的差役道：「告訴何老總，我和兄弟們會好好服侍他。」眾人一起笑起來，充滿了狠毒和殘忍的意味。韓柏勉力從地上爬起來，還未站穩，背後再一腳飛來，可憐他跌了個餓狗搶屎，直滾入牢門裏，只剩下半條人命。

韓柏途中連番遭受毒打，被押送他到此的何旗揚刻意折磨，這一跌再也爬不起來，昏沉間大鐵門隆隆關上，一股淒苦湧上心頭，又不敢哭出來，心中狂叫道：我究竟前世幹錯了甚麼事，換來這等厄運絕境。「砰！」腰上又著了一腳，連翻帶滾，重重撞在牆邊，痛得他蝦公般彎了起來。兩對手一左一右，將他的身體從地上提起，有人喝道：「抬起頭！」韓柏在模糊的淚水中望出去，隱約見到那大牢頭正瞪著一對凶睛盯著他。

大牢頭冷哼道：「我金成起是這裏的牢頭，要你生便生，要你死便死，明白嗎？」

提著他的另一名牢役喝道：「還不答金爺！」

韓柏尚未及答應，眼前人影欺近，那大牢頭金成起兩手穿過他頸項，借力衝前，一膝猛頂向他丹田氣海大穴。韓柏慘叫一聲，那兩名提著他的牢役乘勢鬆手，讓他仰撞後牆，再滑落地上。

大牢頭嘿嘿一笑道：「招供紙送來了沒有？」

有人答道：「還沒有！」

大牢頭冷冷道：「將這小子丟進四號死牢，當他在招供紙上畫了花押後，你們知道該怎麼做吧！」

牢役答道：「當然當然！這小運財星，我們又怎能不好好招待他。」

痛得死去活來的韓柏被提了起來，往通道的深處走去。穿過另一道有四、五名牢役守衛的鐵柵後，才到達囚禁犯人的地方，近柵門處的兩排十多個牢房，每間都囚了十多個囚犯，顯然是刑罪較輕的犯人。死牢在下一層的地牢裏，經過了一道頭尾都有人把守鐵門的長階後，韓柏給抬到另一道較短小的長廊裏，每邊各有四間牢房。牢役打開了左邊最後的一間，將韓柏像包裹般拋了進去。「蓬！」韓柏摔了個四腳朝天，終於昏死過去。

也不知過了多少時候，一個聲音鑽入耳內道：「小子！小子！你醒了沒有！」

韓柏嚇了一跳，以爲又是那大牢頭來毒打自己，連忙坐起身來。只有幾面剝落牆壁的死囚室靜悄悄地，牢門緊閉，人影也不見一個，牢房對著門的屋角有個通氣口，但窄小得只能容貓兒通過，一盞油燈掛在牆上，照得囚室愈發死氣沉沉。難道自己快要死了，所以生出幻覺。

「有人來了！」韓柏嚇了一跳，這回清清楚楚聽到有人和他說話，但爲何卻不見有人？

「啪！」牢門的小鐵窗打了開來，一對眼望了進來，見到韓柏，喝道：「退後！」

韓柏呆了一呆，連爬帶滾，退到離門最遠的牆邊。鐵門下方另一長形方格打了開來，遞進了一盤飯菜和茶水，出奇地豐富。

牢役悶哼道：「便宜了你這小鬼，不過你也沒有多少餐了。」

直至牢役離去，韓柏仍呆呆坐著，他人極機靈，怎體會不出牢役話中的含意，心中狂叫道：「我快死了！我快死了！」四周寂然無聲。

「小子！眼前有飯有菜有湯，還不快醫醫肚皮子。」

韓柏再無懷疑，駭然道：「你是誰？你在哪裏，你看得見我嗎？」

聲音道：「我就在你隔壁，你雖見不到我，但我早已過來摸過你全身每一寸地方，醫好你的傷勢，否則你現在休想能開聲說話。」

韓柏一呆，但再一細想，他說的話卻沒有甚麼道理，假設他能穿牆過壁，來去自如，爲何還會給人關在這裏。

聲音又道：「若不是見你是可造之材，我才不會費神理會你呢。」

韓柏心中一動，自己果然再沒先前的傷痛疲乏，看來他又不是吹牛皮，忍不住問道：「前輩為何給人關到這裏來？」

聲音冷哼道：「赤某要來便來，要去便去，誰能把我關起來。」頓了頓後長嘆一聲，頗有英雄氣短的意味。

韓柏同情之心大起，大家同是淪落人，安慰道：「前輩必有不得已的苦衷，才要在這裏……這裏定居。」

那聲音哈哈一笑道：「定居！哈！好！就是定居，你的心腸很好，來！給我看看你。」

這回輪到韓柏要嘆起氣來，若他能過去，不如直接逃出這可怖的牢獄更為划算。「啪！」韓柏愕然抬頭，往隔著兩間牢房的牆壁頂部望去。一塊大石剛好往內縮入，露出一個可容人穿越的方穴，洞緣如被刀削，平正齊整。韓柏一時目瞪口呆，那塊大石最少有五、六十斤重，移動時的輕快卻像豆腐般沒有重量。就像一場夢裏才能發生的情景。眼前一花，一個人穿山甲那樣從壁頂洞穴鑽出來，輕輕一個翻身，落到韓柏身前，此人身形雄偉至極，臉的下半部長滿了針刺般的短髭，連稜角分明的厚唇也差點遮蓋了，一對眼銅鈴般大，閃閃生威，顧盼間自有一股懾人氣態，哪有半點階下之囚的味兒。韓柏張大了口，說不出半句話來。

大漢挨牆坐下，目光灼灼上下打量著他，忽地哈哈一笑道：「算你走運，竟通過了我的體質測試。」

韓柏呆道：「甚麼體質測試？」

大漢道：「剛才我檢查了你的受傷狀況後，輸了一道恰好能醫治好你傷勢的真氣進你的經脈裏，再看你傷癒回醒的時間，便可從而推知你的體質好壞至何種程度。」

韓柏不能置信地看看對方，又看看自己的身體，道：「一道氣便可治好人嗎？」

大漢哂道：「這有何稀奇，世上儘管有千萬種病症傷勢，均起因於經脈受到傷害或閉塞，只要經脈暢通，其病自癒，其傷自痊，除非經脈隨肢體斷去，否則任何肉身的創傷亦會復元，若能接回經脈，斷肢亦可重生，我測試最難處只是在於有無那種判斷傷勢的眼力，其他又何足道哉？」

韓柏似懂非懂，但眼前大漢的信心和口氣，自然而然地使他感到對方並非胡言亂語之徒。

大漢忽地壓低聲音道：「你以比常人快了半炷香的時間便全身經脈盡通，顯示你是塊不能再好的好料子。」頓了一頓，仰天一陣大笑，無限得意地道：「龐斑龐斑！任你智比天高，也想不到人算不如天算，我找了六十多年也找不到的東西，竟在此等時刻送到我面前吧。」

韓柏全身一震，道：「龐斑？」

大漢笑聲一收，沉聲道：「你先給我道出來歷身分，為何到此，不要漏過任何細節。」他的話聲語調，均有一種教人遵從的威嚴氣勢，可知乃長期居於高位，慣於發號施令的人。

韓柏給他一提，立時記起自己的悽慘遭遇，他仍是少年心性，這兩天備受冤屈，從沒有說半句話的機會，禁不住一五一十細說從頭。大漢只聽不語，每逢到了關節眼上，才問上兩句，而所問的又都切中重要的環節。

韓柏說完。大漢哂道：「這事簡單非常，眞正的凶手是那馬峻聲，你卻做了他的替死鬼，此等自號名門正派之徒，做起惡事來比誰都更陰損，還要裝出道貌岸然，滿口仁義道德。」

韓柏心中也隱隱摸到這答案，但卻不敢想下去，這時聽到大漢說出來，忍不住問道：「他為何要殺謝青聯？」

大漢嘿然道：「天下事無奇不有，又或那厚背刀藏著重大祕密，何用費神猜想。」

他話題一轉，問起來自慈航靜齋的美麗女劍客秦夢瑤，由她的樣貌行藏，以至乎她的一言一笑，無不極感興趣，但韓柏卻毫不覺煩厭，一來回憶起這美女亦是一種享受，二來大漢措辭乾淨俐落，絕無多餘說話，痛快異常。

大漢聽罷沉吟不語，像在思索著某些問題，忽地神情一動道：「有人來了，背轉身！」

韓柏不知他要弄甚麼玄虛，但卻感到對方不會加害自己，聞言背轉身來。「啪啪啪！」在剎那的高速裏，大漢在他背上拍了三掌，每次掌拍背上時，一股熱流便鑽入體內，似乎順著某些經脈流去，舒服非常。

大漢迅速在他耳邊道：「他們這次有五個人來，顯然是要將你押出去，苦打成招，記著，每當有人要打你某部位，你便想著那部位，保可無事，想個方法，拖著他們，死也不要簽那份招供書。」

韓柏全身一顫，駭然道：「假設他們斬我一隻手下來，怎麼辦？」

大漢冷笑道：「我怎會讓他們那樣做！」似乎他才眞正代表官府。

背後微響。韓柏回身一望，大漢已失去蹤影，仰頭一看，壁頂方洞又給大石塡個結結實實，大漢手腳之快，使他懷疑自己只是在作夢，但體內三道流動著的眞氣，卻是活生生的現實。一陣金屬摩擦的聲音後，大門打了開來，數名凶神惡煞的牢役在大牢頭金成起的率領下，氣勢洶洶地衝進來。金成起將韓柏碰也未碰一下的飯菜一腳踢起，碗盤帶碟嘩啦啦往韓柏的面門砸去。韓柏大吃一驚，自然而然所有注意力集中往面門去，說也奇怪，體內的三道眞氣竟眞像有靈性般，分由腹部、腳底和後枕以驚人的速度竄往面門處。同一時間，碗碟撞上面門。

韓柏臉部被撞處蟻咬般輕痛數下，卻沒應有的劇痛，耳邊響起大漢的聲音道：「還不裝痛！」韓柏「乖乖地」慘叫一聲，雙手掩臉。

金成起陰陰笑道：「敬酒不吃吃罰酒，將他拖往刑室。」其中兩名牢役走了上來，一左一右將韓柏挾起，硬拖出去。

韓柏聽到刑室二字，魂飛魄散，正想大叫救命，大漢的聲音又在耳內響起道：「不用怕，刑室就在下層水牢旁，我會監視著，保證他們動不了你一根頭髮。」

當他說到最後一句時，韓柏給拖至牢道的最深處，一名牢役拉起了一塊覆在地上的鐵板，露出進入下層的另一道石階。兩名牢役一抽一拋，韓柏像個人球般沿階向下滾去，手鐐腳鎖碰著石階發出混亂的刺耳噪響。三道奇異的眞氣在體內遊走，韓柏不但感不到痛楚，反而有種說不出的舒暢，不過他卻裝作連爬也爬不起來。

金成起責怪道：「你們不要那麼手重，摔斷他的頸骨，你們能否代他畫押？」

一名牢役道：「這小子強壯得很，牢頭休要擔心。」沿階下去，喝道：「爬起來，否則踢爆你的龜卵子。」韓柏大吃一驚，暗忖不知大漢輸進的眞氣是否能保護那麼脆弱的部分，連忙爬了起來。這回輪到金成起等大吃一驚，看傻了眼，奇怪這人爲何還能爬起來。

韓柏趁他們尚未下來前，偷眼一看，原來自己現在站在一個四、五百尺見方的大石室內，除了一張大木檯和幾張大椅外，十多種不同的刑具，散佈在不同角落和牆壁上，一同營造出陰森可怖的氣氛。最使人驚心動魄的是在對正下來石階的那邊石壁處，打橫排了一列十個不同款式的枷鎖，每個枷鎖上都用硃紅寫著名稱，由左至右依次是「定百脈」、「喘不得」、「突地吼」、「著即承」、「死豬仇」、「反是實」、「正與反」、「求即死」、「失魂膽」、「生即死」，只是名稱已足使人心膽俱寒。韓柏不知獄吏都是用刑的專家，而用刑除了利用肉體的苦痛令對方屈服外，最厲害的武器便是心理戰術，若是浪翻雲等高手，進此刑室，看其佈置，即可測知對方用刑的水準高下，半分也不能強裝出來。金成起的刑道之術，正是附近十多個城縣首屈一指的專家，故此何旗揚才不惜連夜趕路，將韓柏送到這裏來。韓柏受到豐盛飯餐的招待，並非金成起有意厚待他，只是要他飽食體暖後，份外感到被施刑的苦痛對比，這種一軟一硬的戰術，最易使人屈服。韓柏不由自主打了個寒顫。

一隻手搭上他肩膊，韓柏嚇了一跳，轉過頭來，只見金成起銅鑄般的黑臉綻出一絲極不匹配他尊容的笑意，道：「小兄弟，不用慌張，來！我們坐下好好談一談。」

韓柏受寵若驚，惶恐間給按在長木桌旁的椅子坐下，金成起在他對面坐了，斜著一對眼打量著他，其他四名牢役，兩名守在金成起背後，兩名則一左一右挾著韓柏，其中一人的腳更踏在韓柏的座位處，十隻眼虎視眈眈，使韓柏渾身不自在。

金成起將一張供詞模樣的文件平放檯上，待人準備好筆墨後，輕鬆地道：「小兄弟，我這人最喜歡爽直的漢子，我看你也屬於這類好漢子，希望你不要令我這次看錯了人。」

韓柏茫然望向他。金成起伸手按著桌上的供狀，道：「讓我們作個交易，只要你簽了這份供狀，我保證直至正式提審前，我都會善待你，我人老了，變得很懶，心腸也軟多了，不想費時間對你用刑，只想快點交差便算了。」

左邊的牢役大力一拍韓柏肩頭，將頭湊上來道：「金爺絕少對犯人和顏悅色，你是例外裏的例外。」

韓柏眼睛往供狀望去，中間的部分全給金成起的大手蓋著，只看到右邊寫著「犯人韓柏供狀」和左邊簽名畫押的空位，供詞亦不可謂不短。韓柏心想你要用手遮著，內容不言可知，都是對我有害無利。

站在右邊的牢役服侍周到地將沾滿墨的毛筆塞入韓柏手裏，道：「金爺待你這麼好，簽吧！」

韓柏囁嚅道：「我還未看過……」

金成起哈哈一笑，將手挪開，另一隻手順帶取了一條銅鑄書鎮，壓在供詞和畫押處間的空隙，他似乎是非常愛整齊的人，書鎮放得與供狀的字句毫不偏倚。韓柏的心卜卜狂跳，俯頭細讀，不一會「呵」一聲叫了出來，望向金成起。他失聲而叫，並非罪名太重，而是罪名太輕，原來狀詞裏竟儘給他說好話，指出他人小力弱，應沒有可能刺殺謝青聯這等深諳武技之人，故恐別有內情云云。

金成起和顏悅色地道：「看！我們一生都本著良心做事，怎會隨便陷害好人。」韓柏感動得幾乎哭了出來。

身旁的牢役笑道：「金爺這麼關照你，還不快簽，我們趕著去吃飯呀！」韓柏點點頭，提筆待要簽下去。

驀地大漢的聲音在耳內疾喝道：「蠢材！不要簽，你畫押的一份是眞，看到的一份是假的。」

韓柏嚇了一跳，望向金成起，對方一點也不像聽到任何異聲的樣子，道：「不用猶豫了！」

韓柏眼光移到壓著供狀的長方紙鎮上去，心下恍然，難怪金成起先以手遮紙，後又以紙鎮小心翼翼壓上去，原來是要掩蓋下上兩張紙的疊口處，當下又怒又驚。

大漢的聲音在耳邊響起道：「堅持要見何旗揚。」

韓柏暗叫好主意，因爲要何旗揚到這裏來，是金成起等可辦得到的事，故可收拖延時間之效，由此亦看出大漢是極有謀略的人。

韓柏深吸一口氣道：「我要見何總捕頭一面，才會在供狀押上名字。」

金成起想不到如此轉折，臉色一沉道：「你畫了押，我立時將何老總請來。」

韓柏堅決地搖頭。金成起大怒而起，喝道：「這是敬酒不吃吃罰酒，給我大刑伺候。」

韓柏一下子便給左右兩人從座位處小雞般提起，挪到一個鐵架處給紋了起來，各式各樣的刑具對他輪番施爲，不一會他身上再沒有一寸完整的肌膚，可是實際上他所受的苦難卻微乎其微，例如當一支燒紅的鐵枝戳來，體內由大漢輸入的眞氣立時救兵般趕到那裏，形成一個隱於皮層下的保護罩，使熱毒不能侵入，傷的只是表面。每次當被問及是否肯畫押時，韓柏的頭只向橫搖。金成起等目瞪口呆，怎麼也想不到這脆弱的小子原來竟是如此堅強。

金成起惱羞成怒，拿起一把斧頭，喝人將韓柏的手按在一個木枕上，冷冷道：「你再敢搖頭，我便斬了你的右手下來。」

韓柏嚇得一陣哆嗦，這並不是眞氣能抵擋的東西，一時呆了起來，汗水流下。久違了的聲音又在耳邊響起道：「我才不信，假設不老神仙的人來驗屍，便可發覺你曾受毒刑，殘肢斷體是不能掩飾的證據。」

金成起再怒道：「你敢再說不！」

韓柏對大漢已充滿信心，咬牙道：「見不到何旗揚，我怎麼也不畫押認罪。」

金成起狂叫一聲，利斧劈下。韓柏嚇得兩眼齊閉，心叫吾手休矣。「篤！」利斧偏歪了少許，劈在指尖上方寸許處。

金成起詛咒起來，罵遍了韓柏的十八代祖宗，最後頹然道：「將他關起來再說。」

韓柏又給擲回了死囚室內，這次大漢一點也不浪費時間，立即循舊路鑽了過來，對韓柏的千恩萬謝毫不在意，好像這些事對他是毫不足道那樣，絲毫沒有恃功得意之態。他又仔細地審查韓柏的傷勢，最後滿意地點頭道：「好！好！你又過了我的第二關，並不排斥我輸給你的眞氣。」

韓柏見怪不怪，隨口問道：「我多謝你還來不及，怎會排斥你的眞氣，且即使要排斥也不知怎樣實行呢。」

大漢兩眼一瞪道：「你對自己的身體有多少認識，你吃東西下肚，但你知不知道你的肚子怎樣消化食物？你的心在跳，你懂不懂使它停止下來？」

韓柏一呆，大漢的話不無道理。

大漢道：「幸好你的身體完全接受了我輸送給你的眞氣，否則你在用刑前便已爬不起來了。」

韓柏聽他輕描淡寫道來，卻沒有絲毫憐憫，心中不由有點不舒服，可是對方終是幫助自己，橫豎自己時日無多，有甚麼好計較的。

大漢忽地神情一動，低喝道：「躺下裝死。」也不見他用力，整個人像大鳥般升上門上的壁角，像壁虎般附在那裏，除非有人走進囚室，再轉頭上望，否則休想發現他的存在。小鐵窗啪地打了開來，一個牢役看了一番後，關窗離開。大漢跳了下來，落地時鐵塔般的身體像羽毛般輕。

韓柏忍不住問道：「以前輩的身手，這裏怎麼關得住你？」頓了頓再輕聲試探道：「你走時，可否帶我一道走？」

大漢目光灼灼上下打量他，表情出奇地嚴肅道：「你眞的想走？」

韓柏道：「當然！」

大漢道：「那你想不想復仇？」

韓柏苦笑道：「能逃出生天我已心滿意足，況且我哪有本事向馬峻聲尋仇？」

大漢伸手抓著他肩頭道：「只要你答應完成我的志向，我不但可助你逃走，還可以使你有足夠的能力報仇雪恨。」

韓柏呆了一呆道：「連前輩也做不來的事，我如何可以完成。」他確是肺腑之言，這大漢不論智計武功，均高超絕倫，在他心目中甚至不遜於浪翻雲，如此人物也做不來的事，教他如何去做？

大漢哈哈一笑，道：「你有此語，足見你不是輕諾寡信的人，才會斟酌自己的能力，反而將逃命一事放在一邊。」他沉吟起來，好一會才道：「你知不知道我是誰？」

韓柏茫然搖頭。大漢淡淡道：「我就是『盜霸』赤尊信。」

韓柏的腦轟然一震，目瞪口呆。要知盜霸赤尊信乃雄據西陲的第一大幫會尊信門創始人，善用天下任何類型兵器，他的尊信門與中原的怒蛟幫，北方的乾羅山城並稱黑道三大幫，赤尊信在黑榜十大高手裏亦僅次於浪翻雲，聲名顯赫，爲何竟淪落至困在這樣的一個死囚牢內？

韓柏透了一口大氣，顫聲道：「你怎會在這裏？」換了另一人，第一個反應亦會是這個問題。

赤尊信微微一笑道：「你這句話恰好是答案，正因任何人也想不到我在這裏，所以我才來到這裏。」

韓柏靈機一觸道：「是否爲了魔師龐斑？」

赤尊信閃過讚賞的神色，和聲道：「除了他，誰能使我要找地方躲起來？」

韓柏大奇道：「既然要對付的人是他，我又怎能幫得上忙？」

赤尊信哈哈一笑道：「赤某自有妙法，龐斑雖自負不世之才，但總是人而不是神，只要是人便有人的弱點，例如他不把天下人放在眼裏正是其中一項，豈知我還有最後一著奇兵。」

韓柏關心的是另一問題，乘機問道：「龐斑是否真的無敵當世？」

赤尊信微一錯愕，沈吟片晌，輕嘆道：「龐斑是否真的天下無敵，誰可眞的作出答案？不過就我所知所聞的人裏，或者覆雨劍浪翻雲尚有可拚之力……」說到這裏，粗濃烏黑的雙眉鎖起來，苦思而不能自得。韓柏待要告訴他自己曾親見覆雨劍，赤尊信已喟然道：「我曾和他交手……」忽又停下，眼中混集著奇怪的神采，似是惋惜，又似困擾和憧憬，甚至帶點驚惶。

韓柏想說話，赤尊信作了個阻止的手勢，大力一掌拍在自己大腿上，喜叫道：「是了！他的『道心種魔』大法並非無懈可擊，否則我也不能在他全力運展魔功之際，逃了出來，唉！」

韓柏對他的忽喜忽愁大感摸不著頭腦，傻子看傻子般望著赤尊信，這曾叱咤風雲，威震一方的黑道霸王。

赤尊信苦笑搖頭道：「但這一來他又可因我能成功從他手底逃出，推斷出自己的魔功尚有破綻，以他的絕世智慧，當能想出補救之法，那時要制他便難上加難了，奇怪奇怪！」

韓柏目瞪口呆，不知有何奇怪之處。赤尊信看見韓柏的模樣，微笑道：「我奇怪的是他『道心種魔』大法既成，怎會仍有空隙破綻？」

韓柏終於找到可以問的話，道：「甚麼是道心種魔？」

赤尊信雙眼一瞪，道：「這事你問起任何人，包保你沒有答案，天下間或者只有我一人知曉。」

韓柏大感興趣，豎起耳朵，靜心等待，一時間將發生在自己身上的悽慘遭遇，拋諸腦後。

赤尊信續道：「一般比武交鋒，下焉者徒拚死力，中焉者速度戰略，上焉者智慧精神氣勢，無所不用其極。道心種魔大法乃上焉者中的最上品，專講精神異力，使精神有若實質，無孔不入，能不戰而屈人之兵。想當日我與龐斑決戰，錯覺叢生，故一籌莫展，若非我在敗勢將成之前，全力逃走，後果堪虞。」

韓柏心想那一戰定是動地驚天，只不知以善用天下任何兵器的赤尊信，又動用了多少不同兵器來對抗魔師龐斑？

赤尊信又道：「昔日傲視當世的蒙古第一高手，魔宗蒙赤行亦精於此法，不過恐亦未達龐斑的境界。對付龐斑，除非上代的無上宗師令東來，又或大俠傳鷹重回人世，否則目前無有能與匹敵之人。」

韓柏暗自咀嚼，赤尊信提到令東來和傳鷹時，不說「復生」而說「重回人世」，提到龐斑時，不說「無有能與匹敵之人」，而說「目前無有能與匹敵之人」，內中大有深意。兩人各自沉吟，各自思索，牢房內寂靜無聲。赤尊信嘆了另一口氣。

韓柏心地極好，反而安慰起赤尊信道：「前輩何用嘆氣，只要你一日健在，當有捲土重來的一天。」

赤尊信搖頭道：「我赤尊信縱橫天下，顯赫一時，早已不負此生，何須強求捲土重來，人生只不過一場大夢，轟轟烈烈幹個他媽的痛快便夠了，要知世間事，到頭來誰不是空手而去。」

韓柏愕然，想不到赤尊信竟有如此胸襟，暗忖亦是這等胸懷，才能使這黑道霸主成為宇內有數的高手。

赤尊信臉色忽轉凝重，道：「現在金成起必已遣人往找何旗揚，只要他一到，你便拖無可拖，所以時間無多，你須小心聽我說。」

韓柏呆道：「前輩乾脆帶我逃離此處，不是解決了一切問題？」

赤尊信道：「這一來會暴露了我的行藏。」沉吟片晌，再嘆一口氣道：「我本想逼你發一個毒誓，才告訴你我的計畫，但想起造化弄人，千算萬算，哪及天算。」說罷仰首望向室頂，眼神忽明忽暗，憂喜交換。韓柏知他有重要說話，知趣地靜待。

赤尊信望向韓柏，閃過欣賞的神色，道：「小兄弟！你知否魔道之別？」

韓柏張開了口，正要說話，忽地啞口噤聲。原來當他細想一層，雖然在韓家整天聽韓家兄妹將魔和道兩字掛在口邊，似乎魔道之分涇渭分明，乃是天下眞理。可是這刻眞要他說出何謂魔？何謂道？卻發覺自己從來沒有眞正思考這個似是淺而易見的問題。

赤尊信微笑道：「你不知也難怪，天下能通此理者，不出數人。」韓柏呆子般點著頭。

赤尊信傲然道：「天地萬物，由一而來，雖歷經千變萬化，最後總要重歸於一，非人力所能左右。所謂一生二、二生三、三生萬物，一生二者，正反是也，魔道是也，人雖不能改變這由無到有，由有至無的過程，但卻可把握這有無間的空隙，超脫有無；而無論是魔是道，其目的均是超脫有無正反生死，只是其方式截然不同罷了！」

韓柏眉頭大皺，似懂非懂。要知一般人生於世上，其人生目標無非兩餐溫飽，娶妻生子，有野心者則富貴榮華，至於治世安邦，成不世功業者，已是人生的極致。可是赤尊信顯然更進一步，將目標擺在勘破天地宇宙從來無人敢想的奧祕上，所以怎是他小小腦袋能在一時間加以理解的？若這番話的對象是龐斑、浪翻雲之輩，又或禪道高人，必拍案叫絕，大有同感。

赤尊信耐心解釋道：「人自出生後，便身不由己，營營役役，至死方休。」接著冷笑一聲不屑地道：「那些窮儒終日埋首於所謂先聖之言，甚麼忠君愛國，中庸之道，只是一群不敢面對現實的無知之徒。」

韓柏心內辯道：人所知有限，終日探求生死之外的問題，怎還能正常地生活下去？可是他卻沒有想到赤尊信正是非常人。

赤尊信續道：「入道入魔，其最高目的，均在超脫生死，重歸於一。不過所選途徑，恰恰相反，譬之一條長路，路有兩端，一端是生，一端是死，如欲離此長路，一是往生處走，一是往死裏逃。入道者選的是『生』路，所以致力於返本還原，練虛合道，由後天返回先天，重結仙胎，反老還童，回至未出生前的狀態，此之謂道。」

這番話對韓柏來說，確是聞所未聞，一時間聽得頭也大了起來。赤尊信這次並沒有細加解說，道：「有生必有死，有正必有反，假設生是正，死便是反；若死是正，則生是反。修道者講究積德行善，功於『生』；修魔者講求殘害眾生，功於『死』，其理則一。」

韓柏大為反感道：「假如修魔也是眞理，還有何善惡可言？」

赤尊信哈哈一笑道：「所謂積德行善，又或殘害眾生，均是下作者所為，從道又或從魔者，當到達某一階段，均須超越善惡，明白眞假正邪只是生死間的幻象，這道理你終有一天能明白，現在亦不須費神揣度。」韓柏想說話，卻找不到適當的詞語。赤尊信字字玄機，顯示出他過人的識見智慧。

赤尊信續道：「魔門專論死地，要知生的過程繁複悠久，男女交合，十月成胎，翼翼小心。魔門則狂進猛取，速成速發，有若死亡，故練功別闢蹊徑，奇邪怪異、毒辣狠絕，置之於死地而後生。龐斑的道心種魔大法，便需找尋爐鼎，潛藏其中，進入假死狀態，一旦播下魔種，由假死變眞死，大法始成。」

韓柏奇道：「若是眞死，還有甚麼成功可言？」

赤尊信答道：「死是眞死，不過死的是爐鼎，魔種藉爐鼎之死而生。龐斑魔功上的缺憾，大有可能是爐鼎上出了意想不到的問題，否則他將成魔門古往今來首次出現的魔尊，那時他厲害到何等地步，就非赤某所能知了。」他不愧智慧高超，推斷出龐斑遇上的問題，有如目睹。

韓柏禁不住問道：「你爲何會對龐斑魔功，知道得這般詳盡？」

赤尊信低聲道：「這件事天下無人知曉，因我和龐斑關係非比尋常，他乃百年前蒙古第一高手魔宗蒙赤行一脈，而赤某則屬當時中原魔教第一高手血手厲工的系統，雖同屬魔門，但兩派的鬥爭卻持續不斷，所以龐斑魔功初成，第一個找上的便是赤某。龐斑此人來歷神祕，極可能有蒙古血統，這次出來攪風攪雨，亦應是含有報復明室推翻蒙人的恩怨。」

韓柏呆了起來，想不到箇中複雜到這般地步。

赤尊信道：「現在是寅時初，不出一個時辰，金成起會再差人將你提進刑室內，若他們請來了何旗揚，便再無拖延之計。」

韓柏奇道：「你怎知他們會在一個時辰內來提我？」

赤尊信冷哼道：「這只是刑家小道，對一般人來說，寅時中是睡得最熟最沉的時刻，意志也是最薄弱，若把握這時間加以拷問，每收奇效。」

韓柏打個寒噤道：「那我怎辦？」

赤尊信微微一笑，對他作了一番囑咐。

韓柏呆道：「這真行得通嗎？」

赤尊信還要說話，神色一動，道：「他們來了。」也不見他有何動作，便升上了室頂，移開大石，溜進了鄰室去，大石闔上，一切回復原狀。

不一會，牢門打了開來，韓柏又給提進刑室裏，何旗揚和金成起赫然坐在刑室中。韓柏給推到原先的椅子坐下，認罪書攤在桌面，筆墨一應俱全。

何旗揚微微一笑道：「小兄弟！想不到你是如此一名硬漢，何某好生佩服，現在何某已到此地，你又有何回報？」他純以江湖口吻和韓柏交談，顯是先禮後兵的格局。

韓柏依著赤尊信的教導，先嘆一口氣，才道：「小子雖是無知，卻非愚頑之輩，此刻見到何老總來此，哪能不立即心死，老總叫我簽甚麼，小子便簽甚麼。」

何旗揚等大為驚奇，想不到他小小年紀，卻如此老成通透。

韓柏道：「小子無親無故，生生死死，了無牽掛，不過臨死前有一個要求，萬望何老總恩准。」

何旗揚一生無數經歷，但卻從未遇上一個人如此漠視生死，這若出現在飽歷世情的老人身上，還不稀奇，但像韓柏這熱戀生命的年紀，竟能有此襟懷，可說聞所未聞，此刻聽來心頭也一陣不舒服，沉聲道：「說罷！只要何某能做得到，一定給你完成。」

這話倒不是弄虛作假，要知因果循環之說，深入人心，即使金成起等害死韓柏後，也必會祭祀一番，希望韓柏冤魂不會找上他們。

韓柏道：「我只要求在死前，能好好飽餐一頓，睡上一覺，死後留個全屍，就是如此。」何旗揚鬆了一口氣，道：「小兄弟放心，何某保證如你所願。」

韓柏再不多言，提筆在供詞上畫下花押。當下又給送回牢房裏，不一會美食送至，韓柏依赤尊信之言，放懷大嚼，剛放下碗筷，赤尊信又像泥鰍般滑了過來。

赤尊信露出前所未有的凝重神色，道：「我果然沒有猜錯，他們並沒有在飯菜內下毒，這並非說他們心腸好，只是怕事後被長白派的人查出來。」

韓柏顫聲道：「那他們會用甚麼方法殺我？」

赤尊信望向室尾那盞長燃的油燈，不屑地道：「這幾間死囚室，都是沒有燃燈的黑牢，獨是這間才點有油燈，其中自有古怪。」

韓柏道：「難道他們在油燈落了毒？」

赤尊信搖頭道：「若是下毒，豈能瞞過長白派的人？這盞油燈只是一個指示工具，當它熄滅時，也是你命畢的時刻。」

韓柏大爲不解。赤尊信解釋道：「他們只要將這囚室的通氣口封閉，再用棉布將門隙塞死，便可不費吹灰之力，將你活活悶死，事後又可不怕被人察覺你是被人害死的，你說這方法妙不妙？」

韓柏一陣哆嗦，顫聲道：「那怎麼辦？」

赤尊信哈哈一笑道：「我們便來個將計就計，你小心聽著，一會後我將向你施展一種古今從沒有人敢嘗試的魔門大法，此法與魔師龐斑的種魔大法恰恰相反，他是由魔入道，犧牲爐鼎，但我的方法卻是由道入魔，捨棄自身，以成全爐鼎。」

韓柏目瞪口呆道：「你捨棄了自身有甚麼後果？」

赤尊信若無其事道：「自然是死得乾乾淨淨。」

韓柏驚叫道：「那怎麼成？」

赤尊信嘆了一口氣道：「假若還有他法，難道我想死嗎？此法之所以從未有人肯作此最大的犧牲，兼且爐鼎難求，我已走投無路，又見你是上佳材料，才姑且一試，勝似坐以待斃，你若再婆婆媽媽，我便任由你給人生生悶死。」韓柏啞口無言。

赤尊信淡然自若道：「我將以移神轉魂大法，將畢生凝聚的精氣神轉嫁於你，並使你進入假死狀態，至於以後有何現象，又或你是否眞能成爲能與龎斑頡頏的高手，就非我所能知了，好了！留心聽著。」

韓柏還要說話，赤尊信像有催眠力量的說話已在耳邊響起，指導著他如何進入受法的狀態裏。「轟！」赤尊信一掌拍在他頂門處，韓柏立時進入半昏迷的狀態，全身忽冷忽熱，眼前幻象紛呈，全身骨肉，似要爆炸，汗水狂流。「轟！」再一下大震，韓柏終於昏迷過去。

月圓之夜。長江之畔，龍渡江頭。一艘大船泊在渡頭，全船黑沉沉地，只在船頭掛了兩盞燈，一紅一黃，份外奪目，在船頭前方，滿月剛升離地平線，金黃的月色投在船上，拉出了長長的影子，融合在江畔的密林裏。一切看來和平安寧。這時離渡頭里許遠處，數十條人影分作數隊，迅速地在綿延江畔的密林內推移，瞬眼間奔至一小丘高處，恰好可遠眺龍渡江頭泊著的雙桅大船。那批人熟練地伏了下來，不發出半點聲息，就像忽地混進了樹叢裏。

其中一人喜叫道：「來了！」原來是怒蛟幫後起一輩裏，以快刀著名的戚長征。

他身旁的上官鷹沉聲道：「燈號正確，但這艘卻非我幫之船。」

翟雨時在旁道：「這才合情合理，以凌副座的才智，自然不會駕著我們的『怒蛟』『飛蛟』或『水蛟』招搖而來，引人注目。」雖然嘴上這麼說，可是神色仍凝重如故。眾人都信服他的才略，默不作聲，等待他的發言。翟雨時雙眉蹙起道：「長征，假設你是凌副座，知道對手是逍遙門和十惡莊，你會怎麼做？」

戚長征呆了一呆，道：「我會盡率怒蛟幫精銳，駕著我們的三艘水上蛟龍，全速趕來援助，因他們仍沒有能力在大江上向我們挑戰。」

上官鷹渾身一震，臉色轉白道：「我明白了，若凌大叔知道莫意閒和談應手有龐斑在背後撐腰，一是採取長征所說的方法，一是祕密行動，絕不會像眼前般不倫不類，進不可攻退不可守，前一法是賭一賭龐斑不屑親自出手，後一法是謹慎從事。」

戚長征面容一寒道：「好一個馬峻聲，竟是無義無恥之徒。」

翟雨時沉聲道：「不要遽下定論。」往後招手，一名青年壯漢靈巧地移上，顯是擅長輕功的好手。

翟雨時吩咐道：「你立即潛往右側兩里外的密林，放出訊號煙花，假設在十息內得不到渡頭雙桅船我幫的獨門煙花回應，立時撤走，也不用歸隊，逕自設法回幫，去吧！」那好手應命去了。

這時剛好一朵烏雲飄過，掩蓋了明月，天地暗黑下來。眾人心弦拉緊，靜待事態的發展。遠方江畔的雙桅船一點人氣也沒有，一黃一紅兩燈在暗黑裏愈發明亮。「嗖！砰！」一道煙火在右方兩里外的密林直衝天上，爆開一朵血紅的光花。剎那間天地時間似乎停頓下來。但一刻後江畔人影幢幢，幾條人影由船艙搶出。

翟雨時臉色一變，低喝道：「陷阱！快走！」數十人立時往後移去。上官鷹望往天上，圓月在烏雲露出了一小邊。心中嘆氣，他們雖看破對方的陰謀，但已暴露了行藏，在逍遙門天下無雙的追蹤術裏，他們能逃到哪裏去？

明月在地平線上升起。八月十五的月亮終於來臨。浪翻雲獨坐石亭內，眼光投往君臨江水之上的長江夜月。桌上放了十多壺佳釀，正待以酒澆愁。對酒當歌，人生幾何，譬如朝露，去日無多。惜惜在同樣又大又圓的明月下，在洞庭湖一隻小舟上死了，月圓人缺，生命無常，死別生離，爲的又是甚麼？浪翻雲拿起亭心石桌面的一壺酒，揚手，壺中酒在月照下化成點點金雨，往石亭下滾流不絕的江流灑去，以酒祭亡妻。左手拿起另一酒壺，嘟嘟嘟喝了個一點不剩。火辣由喉嚨直貫而下，再往全身發散。

「好酒！只聞酒香，已知是產自落霞山的千年醉。」

浪翻雲神色不動，淡淡道：「三年不見，乾兄功力更勝從前，可喜可賀。」

一人由暗影大步踏出，也不見如何動作，便坐在浪翻雲對面的石椅上，毫不客氣拿起另一壺酒，指尖微一用力，捏碎壺蓋，舉酒一飲而盡。這人看來只有三十歲許，面目英俊，高瘦瀟灑，身上灰藍色長袍，在江風裏獵獵飄響。竟是原在黑榜上排名第一，後因施詭計害浪翻雲不成反吃了大虧，雄霸北方黑道的乾羅山城城主，毒手乾羅。

乾羅手一揚，空壺拋向後方遠處，落入江水裏，哈哈一笑道：「人生便如此壺，不知給誰投進這人海裏，身不由己，也不知應飄往何處去。」

浪翻雲望往天上明月，緩緩道：「乾兄語意蕭寒，似有所指，不知所因何事，以致壯志沉埋？」

乾羅長嘆道：「浪兄淡泊名利，不屑江湖爭奪，要來便來，要去便去，哪知世情之苦？」

浪翻雲收回目光，望向乾羅，苦笑道：「正如乾兄所說，一旦給投進這人海，自然受此海流牽制，誰能倖免，誰能無情？」

乾羅長笑道：「說得好，佛若無情，便不會起普渡眾生之心。」

浪翻雲仰望亭外夜月，她悄悄地升離江水，爬往中天，揮散著金黃的光彩。自古以來，明月圓了又缺，缺了又圓，但人世間滄海桑田，變幻無已，生命爲的究竟是甚麼？前不見古人，後不見來者，念天地之悠悠，獨愴然而淚下。

乾羅道：「讓我借花獻佛，敬你一壺！」

浪翻雲一言不發，再盡一壺，眼中哀色更濃。

乾羅沉聲道：「小弟此來，實有要事奉告。」

浪翻雲道：「這個當然，只是乾兄能在此時此地現身，相信實動用了令人咋舌的人力物力。」

乾羅嘆道：「我一個手下也不敢動用，而是親自出馬，追了浪兄七日七夜，才在此地趕上浪兄。」

浪翻雲愕然道：「如此說來，乾兄自是不想任何人知悉乾兄找我一事，只不知乾兄爲何有此顧忌？」

要知乾羅在黑道上呼風喚雨四十多年，橫行無忌，放手而爲，何曾有任何顧慮，但現在竟連來找浪翻雲也要偷偷摸摸，不敢張揚，其中自有不足爲外人道的原因。

乾羅又飲一壺千年醉，苦笑道：「魔師重出江湖一事，浪兄是否知道？」

浪翻雲默然不語。

乾羅豪氣忽起，長笑道：「古人煮酒論英雄，今夜長江滿月，千年醉酒，我們可效法古賢，暢論天下豪雄，亦一快事。」

浪翻雲莞爾笑道：「難得乾兄有此興致，讓小弟先敬一壺。」

乾羅大笑痛飲。這兩位黑道的頂尖高手，原本是敵非友，此刻對坐暢飲，卻像至交好友，肝膽相照，一點作態也沒有。

乾羅拋去空壺，一聲悲嘯，長身而起，步至亭邊，負手仰望天上明月，嘆道：「唯能極於情，故能極於劍，小弟與浪兄怒蛟島一戰中敗得口服心服，三年來潛心靜養，每思起當日一戰，大有領悟。」

浪翻雲正容道：「當日乾兄敗在猝不及防四字裏，若現在公平決戰，誰勝誰敗，仍難作定論。」

乾羅搖頭道：「非也非也，浪兄覆雨劍已達劍隨意轉，意隨心運、心遵神行，技進乎道的化境，乃古往今來劍術所能攀上的峰巔，唯能極於情，故能極於劍，小弟獲益良多，所以我才能在這短短三年內，突破以往二十年也毫無寸進的境界，浪兄實乃小弟的良師益友。」

浪翻雲愕然道：「乾兄若以輩分論，足可當我的師公輩有餘，乾兄實在太誇獎了。」

乾羅霍地轉身，眼中精芒電閃道：「這年紀正是你我間高下的關鍵，我們的年紀差了三十多年，但你的武功比我只高不低，正代表著你的天分才情，實勝於我。想百年前傳鷹大俠，以二十七歲年紀，憑手中一把厚背刀勇闖驚雁宮，先後與蒙古三大高手八師巴、思漢飛、蒙赤行決戰爭雄，斬殺思漢飛千軍萬馬之中，於虛懸千丈之上的孤崖躍入虛空，飄然仙去，留下不滅美名，年長年幼，於他何礙？」

浪翻雲長笑起身，順手取了兩壺酒，悠悠來至乾羅身旁，遞了一壺給他，道：「說得好，讓小弟再敬你一壺。」

「噹！」兩壺相碰，一飲而盡。兩人同將目光投往滾向東流的長江逝水，天上明月映照下，江水像有千萬條銀蛇，掙扎竄動。

乾羅道：「自浪兄十八歲時連敗當時黑道十多名不可一世高手，助怒蛟幫建下基業，名震一時，但卻從沒有人知道浪兄師門來歷，就如浪兄是從石頭裏爆出來的神物，浪兄可否一解小弟心中疑團？」

浪翻雲淡淡道：「洞庭湖便是我的良師！」

乾羅愕然，望向與他並排而立的浪翻雲，後者投往江水的目光，射出深刻無盡的感情，乾羅驀地全身一震，長嘆道：「我明白了，我明白了……我明白了。」說到最後一句時，音量轉細，低回無限。

浪翻雲微笑道：「天下能明此理者，屈指可數，潮漲潮退，晨霜晚露，莫不隱含天地至理，所謂外師造化，中得心源，想當年傳鷹大俠觀鳥飛行之跡，悟通劍法，後又在雷雨中貫通劍道之極致，以人為師，又怎及以天地為師？」

乾羅霍霍霍連退三步，一揖至地，正容道：「多謝浪兄指點，他日有成，必乃拜浪兄今日一席話之賜。」

浪翻雲長笑退開，道：「來！乾兄請入席，尚有八壺好酒，今晚不醉無歸。」

乾羅瀟灑一笑，毫不客氣，坐回石椅，兩人又盡一壺，頻呼痛快。

乾羅話題一轉道：「小弟今日此來，實有一事，想和浪兄作個商量。」

浪翻雲道：「能使乾兄頭痛者，捨魔師龐斑還有何人？」

乾羅並不回答，沉吟片晌，喟然道：「當今天下形勢，黑道本以中原怒蛟幫、西陲尊信門和小弟位於北方的乾羅山城鼎足而立，三分天下。而白道自龐斑退隱前，飽受摧殘，元氣大傷，這二十年來偃旗息鼓，默默經營，成立所謂八派聯盟，又有慈航靜齋和淨念禪宗在背後支撐，似弱實強，與黑道成均衡之勢，但龐斑這一出山，形勢立被打破，至於發展至何局面，確是難以預料。」

浪翻雲若無其事地道：「龐斑眞的出山了？」

乾羅道：「浪兄飄泊江湖，似入世實出世，故此對江湖最近的大變才尙未有所聞。」

浪翻雲首次面容微變。要知龐斑若要向江湖插手，首先要對付的當然是黑道最大的三股勢力，怒蛟幫這被譽爲黑道裏的白道第一大幫，自是首當其衝。

乾羅道：「龐斑的首徒方夜羽通過赤尊信的師弟『人狼』卜敵，成功地控制了尊信門，龐斑親自出手，擊敗了『盜霸』赤尊信，露了一手。」

浪翻雲沉聲道：「赤尊信是生是死？」

乾羅兩眼射出銳利的光芒，瞪著浪翻雲一字一字道：「赤尊信負傷突圍而逃，不知所蹤。」

浪翻雲一掌拍在石桌上，喝道：「好！」

乾羅嘆道：「若非赤尊信能全身而逃，今晚我也不會和你對坐此處。」

浪翻雲點頭同意。他當然明白乾羅的意思，若赤尊信當場身死，那代表了龐斑是無可抗拒的人，乾羅他只好一是乖乖俯首聽命，一是找個地方躲起來。但現在赤尊信能突圍逃走，顯示了龐斑的魔功仍是有隙可尋，局面迥然不同。當然，光是龐斑能使赤尊信落荒而逃這事實，已使龐斑震懾天下，無人敢捋其虎鬚。

浪翻雲淡淡道：「那乾兄的乾羅山城，現在是個甚麼樣的角色？」

乾羅道：「方夜羽親來見我，帶來了龐斑的親筆信，要我向他效忠，並要我立刻出手對付怒蛟幫，我表面上答應了他，但卻以自己內傷未癒為理由，暫時不參與對付貴幫的行動，不過這也拖不了多少時間。」

浪翻雲望向天上明月，心中卻想起被乾羅抛往水裏，身不由主隨水而去的空壺，空壺是否注滿了水，沉入江底？乾羅的話聲繼續傳入他耳內道：「十天前，談應手在抱天覽月樓佈下陷阱，要刺殺貴幫幫主上官鷹，嘿！想不到英雄出少年，連談應手這老狐狸也栽了個大觔斗，給上官鷹和翟雨時安然逃去。」

浪翻雲神色木然，沉聲道：「談應手既已出手，他的老相好莫意閒又怎會忍得住不出手做隻好的走狗。」他對莫意閒顯然鄙視之極，語氣不屑。

乾羅道：「說來也令人難以相信，以逍遙門的追蹤之術，到現在仍未能擒下上官鷹，不過我剛接到消息，逍遙門和十惡莊的人正傾巢而出，趕往武昌南面的龍渡江頭，似乎掌握了貴幫主的行蹤。」

浪翻雲悶哼一聲道：「若上官鷹等有任何損傷，莫意閒和談應手兩人休想見得到明年的八月十五。」

天下間或者只有浪翻雲和龐斑才有資格說出這等壯語豪言，要知莫談兩人，都屬跺跺腳便能令江湖震動的厲害角色。

乾羅沉聲道：「浪兄小心一點，若非龐斑答應了親自出手對付你，就算給他兩人天大膽子，也不敢與你為敵。」

浪翻雲長笑起身，道：「生亦何歡，死亦何憾，但能轟轟烈烈而生，轟轟烈烈而死，不受他人左右，意之所之，便不負此生，乾兄以爲如何？」

乾羅眼中精芒暴閃，也長笑而起，向浪翻雲伸出一手道：「乾某一生肆意行事，心狠手辣，陰謀詭計，無所不用其極，只有忠心聽命的手下，從無肝膽相照的知己，三年前與兄一戰，始知人算不如天算之理，這三年潛修靜養裏，每念及浪兄，不但沒有仇恨，反而愛慕之情日增，連我也不明白如何有這種心路轉變，至今晚此刻，明月當頭的美景下，才明白乃受浪兄不爲名利生死所牽礙的氣度所吸引，否則縱能在武技上出人頭地，還不是名慾權位的囚徒，可笑呀可笑！」這不可一世的黑道梟雄，終於在爾虞我詐的一生裏，第一次破天荒地說出了心底的眞話。

浪翻雲一伸手，和乾羅的手緊緊握鎖。兩人四目交投。這對原本是敵非友的對頭，在這奇妙的刹那，產生了別人數世也達不到的瞭解。一切盡在不言中。

韓柏在半昏迷的狀態下甦醒過來，全身脹痛，頭腦若裂，經脈裏充滿著凶燄般的焦燥火毒，滾流竄動，想發狂叫喊，卻叫不出聲。

赤尊信施法前的警告，催眠似地在心中響起，道：「我畢生凝聚的精氣神，將在你體內結成魔種，這魔種具有風暴般的靈力，有若同策四駒，每駒均想奔向一不同方向，略欠定力，必遭車翻人亡之禍，切記切記！」韓柏至此意識略回，咬緊牙根，強忍痛楚，苦守著心頭一點靈明。

好一會後，忽地全身一寒，口鼻像給物件堵塞，呼吸全消。韓柏記起早先赤尊信的解釋，知道這是魔種與自己結合後，由死而生的假死過程，不驚反喜。

「啪！依唉！」牢門大開。一時間牢室滿是腳步響聲。一對手在自己身上摸索起來，有人道：「奇怪！這麼快便死得通透，全身冰冷僵硬。」

何旗揚的聲音響起道：「確是死了！」頓了一頓道：「不要怪我，要怪只怪你的命生壞了。」

韓柏的感覺極爲奇怪，每一個聲音，呼氣吸氣聲，他都聽得比平時清楚百倍，偏是全身一點感覺也沒有。一個念頭在心中升起，難道我眞是死了，現在只剩下魂魄在聽東西？假設永遠保持這種狀況，那比坐牢更要可怕萬倍。

大牢頭金成起的聲音道：「把這小子抬出去，包裹後好好埋了他，記著！不要損傷他的屍身。」

韓柏驚上加驚，心中忽地升起一個念頭，就是異日一定要將這些人百般折磨，要他們不得好死！心念才起，他本人嚇了一跳，這種殺人凶念，還是首次在他心中興起。念頭未完，身體被抬了起來。也不知經過了甚麼地方，神志愈來愈模糊，剛才靜止了的氣流，又開始在全身亂竄亂撞，情思迷迷惘惘，有若天地初開，無數的奇怪幻象，在心靈內此起彼落，狂暴的激情，柔和的思緒，交纏糾結，赤尊信藉魔鼎大法種入他體內的精氣神，開始進入新的階段，和他本身的精氣神漸次融合。一層一層的油布覆裹全身，韓柏被放入坑穴，鏟起鏟落，不一會給埋藏在厚厚的土層下，韓柏眼前一黑，終於完全失去了靈覺。這是至關緊要的階段。赤尊信犧牲自身所播下的魔種，正與韓柏的元神結合，此時不能受到絲毫外物影響，即使風吹草動，也能使他陷入精神分裂的悲慘境地，這情況連赤尊信本人亦不知道。因緣巧合，韓柏恰好被埋入土裏，提供了一個千載難逢的機會，使他能在這至靜至極的環境，不斷吸收大地的精氣，死生交匯，新舊交融。

也不知過了多少時間，韓柏驀地回醒，口鼻自然用力一吸，幾乎窒息過去，張開眼來，一片漆黑，在幾乎變成眞死的刹那，強大無倫的眞氣在體內爆發開來，無師自通地，他作彈簧般收縮，再彈開來時，整個人已飛快往上沖去，「蓬」一聲和著滿天泥屑布碎，衝離地面達兩丈之高，再重重摔回地上，跌了個七葷八素。假設有人碰巧在場，定以爲是千年惡屍復活，嚇個死去活來，韓柏雙目一明一暗，明時精光電閃，暗時陰沉莫測，好一會才回復正常，但那眼神已和從前大不相同，轉動間充滿了沉浮人世的智慧和近乎魔異的魅力。赤尊信破天荒的嘗試，以與龐斑截然不同的途徑，創造出了魔道上另一奇蹟。韓柏這時若借鏡一照，保證嚇個半死，因爲他再也認不出鏡中的自己。他在魔種合體的催生下，由一個瘦弱的青年，變成了一個昂藏壯漢，在泥污沒有掩蓋的部分，肌膚閃閃發亮，自具一股懾人心魄的力量，他重生後的面容，只仍依稀存著往日的清秀善良，使人印象深刻的是那似能擔當任何重任的豪雄相格，顯出剛毅不屈的粗線條輪廓，雖說不上俊俏，但卻深具粗獷的男性魅力。韓柏脫胎換骨，成了另一個人。

他俯伏地上，不住呻吟，各種各樣的奇怪思想，侵襲著他的神經，忽爾間他想起了秦夢瑤，轉眼又被另一個完全陌生的女子面容替代，胸臆間卻升起了無限溫柔。韓柏狂叫一聲，撐起半身，張開眼來，入目墳頭處處，原來是個亂葬崗，外來的景象使他清醒了一點，想起過去的遭遇，恍若再世爲人，剛感嘆這世上渺無公理正義，另一個念頭隨又升起，這不外是弱肉強食的世界，強權便是公理，何用婆媽？韓柏絲毫不覺得這個想法大異於往昔的他，一用力，彈了起來，卓立地上。心中一動，在自己先前葬身處造出種種痕跡，便似自己的屍體被野獸拖走，他的手法熟練，不一會完成了佈置。轉身欲離，忽地停下，想道：「自己爲何會做這種事情？呵！我明白了，當赤尊信的魔種和自己結合時，除了精氣神移到體內，還將他生前的經驗和部分記憶，移植到自己的腦內。」

想到這裏，他跪了下來，恭恭敬敬叩了三個頭，以謝赤尊信的大恩大德，赤尊信的肉體雖死了，但韓柏卻知道他的精華，已藉著自己而繼續活下去。龐斑龐斑，我定會勝過你！韓柏跳了起來，以他自己也難以相信的速度，轉眼間隱沒在林木的深處。一個古往今來從沒有出現過由道入魔的高手，終於降臨人世。與龐斑的鬥爭，亦由此開始。明月高掛中天，以無可比擬的滿月之光，窺視著這前途不明，翻騰不休的浩蕩江湖。

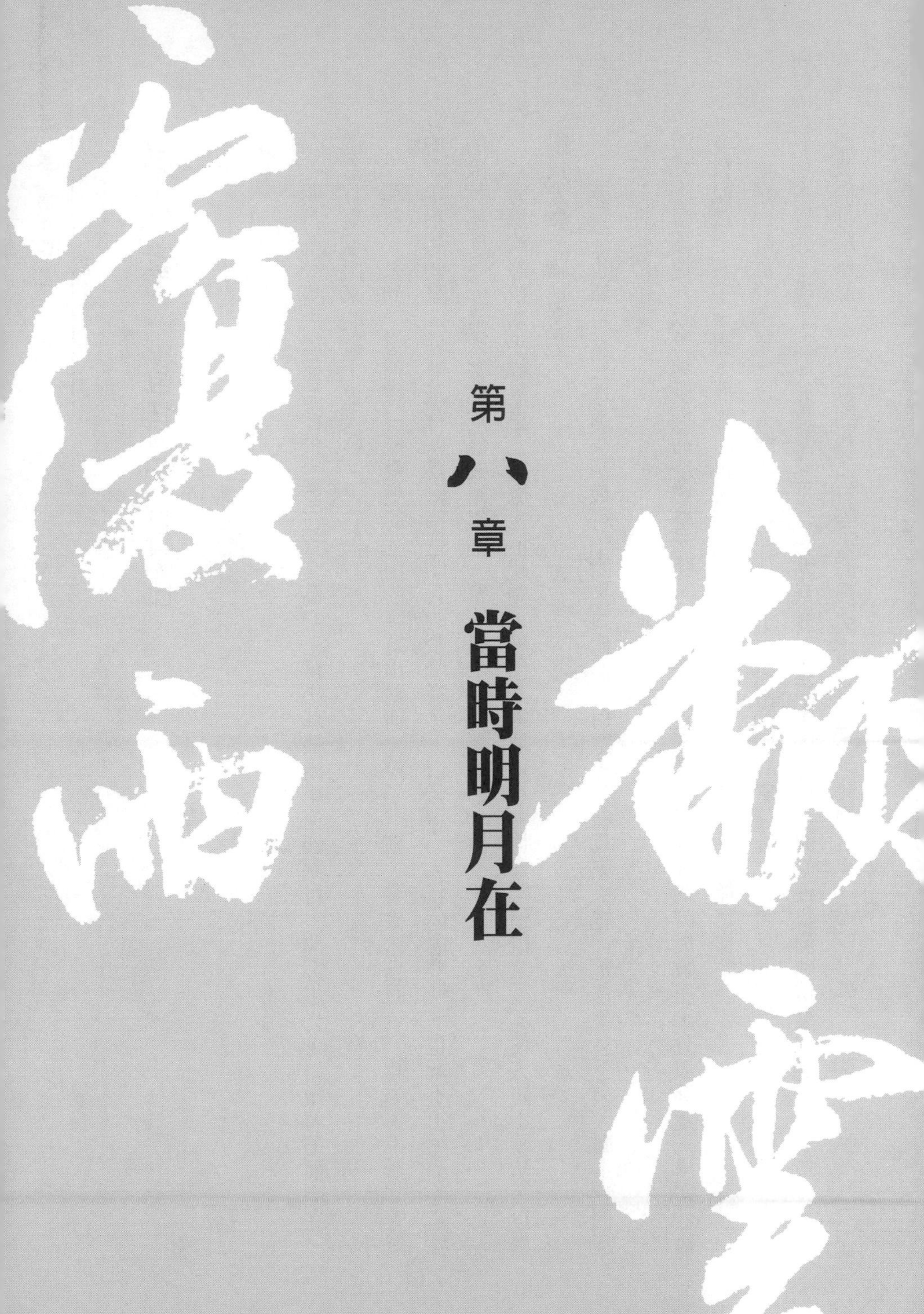

第八章　當時明月在

第八章　當時明月在

明月下一隻大鷹盤旋沖飛。能在百丈高空上辨出草叢內小兔的銳目，閃閃生光，俯瞰著下面剛在一個密林裏竄出來的數十道人影。

那批人來到一道通往層層疊疊的荒山的崎嶇山路前，停了下來，乘機休息回氣。其中生得斯文秀氣的青年抬起頭來，望著飛行軌跡剛橫過明月的飛鷹嘆了一口氣道：「我們怎麼快，也及不上這扁毛畜牲的飛行速度。」這人當然是怒蛟幫年輕一輩的第一謀士翟雨時。

旁邊的怒蛟幫年輕幫主上官鷹也抬起頭，臉色凝重地道：「逍遙門追蹤之術，使人防不勝防，以鷹眼代犬鼻，確是高明。」

戚長征也無可奈何地道：「最可怕的是我們無論用野兔或雀鳥來引牠，牠都不肯下來，難道我們連一隻畜牲也鬥不過？」

上官鷹道：「管牠受過甚麼嚴格訓練，畜牲畢竟是畜牲，只要我們分成數組，分散逃走，這畜牲最多只能跟上其中一組，而那組再又分散，各自單獨逃走，看這畜牲還能怎樣？」

翟雨時沉吟不語。眾人眼光都投往他身上。翟雨時回首望往後面在明月下顯得鬼影幢幢的林木，儼似草木皆兵，嘆了一口氣道：「是否有點奇怪，這惡鷹由龍渡江頭直跟我們到這裏，足有個多時辰，照理我們行蹤已露，以莫意閒和孤竹等人的輕功，怎會追不上我們？」

眾人一想，這果是不合情理。戚長征欲言又止。

翟雨時道：「長征你有甚麼話要說？」

戚長征搖頭道：「我本來想說是否他們等待援兵，待形成包圍網後，才一舉將我們消滅。不過回心一想，我想出來的定不能比你更好，故將話吞回肚裏。」

上官鷹微笑道：「長征你直人直性，但也不能完全依賴雨時的腦袋，否則便會變懶變蠢了。」

翟雨時道：「長征的話不無道理，幸而我精通地理山川之勢，所以逃走的路線，均針對著敵人可能佈下的陷阱而定奪，假設他們仍能將我們逼入羅網，我也只好口服心服。」他語氣裏自有一股自信，使人衷心對他生出敬服之念。

上官鷹道：「那他們不趁早出手，究竟是何道理？」

翟雨時道：「假設我估計不錯，他們如此做法，一方面可對我們形成無處可逃的心理壓力，生出不能與他們對抗的感覺，更重要的是想我們分散逃走，力量分散，便可輕易逐個擊破，說到底他們的目標只是幫主一人。」

戚長征豪氣大發道：「如此我們不如大模大樣，向著怒蛟幫走回去，拚著對上了便跟他們大幹一場，也勝過像現在那落荒之犬的窩囊相。」

翟雨時道：「不！我們正要分散而逃。」眾人齊齊愕然。

圓月高掛中天。韓柏離開了墳場後，全速在山野間飛馳，愈跑愈輕鬆，熱氣如千川百河般由腳板的湧泉穴升上，與從頭頂泥丸宮流下的冷氣，穿過大小經脈，匯聚往舟田氣海處，一冷一熱兩股氣流，交融旋轉，當旋力聚積至頂峰時，又倏地由丹田射出千萬道氣箭，閃電般蔓延全身。這過程周而復始，每次之後，體內的眞氣便增長了少許，眼目看得更清楚，傳入耳內的聲音亦大了許多，皮膚和空氣接觸的感受更深刻、更微妙，一切都不同了。他現在經歷的正是體內魔種和自身精氣結合的異感，這時只是個開始，至於往下去的路怎麼走，不但赤尊信不知道，恐怕古往今來亦從沒有一個人知曉。

韓柏只揀荒山野路走，全身泥污和衣著破爛的他，確不宜與人相遇。他愈來愈感到奔跑毫不費力，天上的圓月、荒茫的大地，在旋轉飛舞，矮樹高林往兩邊流水般倒退，他爲快逾奔馬的高速歡呼，這新鮮的感覺使他忘懷了一切。便若天地初開時，唯一的人在大地上爲生命的存在而狂奔。他忘記了韓家兄妹、馬峻聲、何旗揚，甚至乎令他神魂顚倒的秦夢瑤，和將他由平凡小子造就成不可一世的高手赤尊信，就如他們從來未存在過。魔種和他的逐步結合，使韓柏進入了物我兩忘的道境，在似無盡止的奔跑裏，天地與他的精神共舞著，只剩下他和他的宇宙，孤單但是恆久無邊。奇異的力量海潮般在他的經脈裏澎湃激盪，每一次的沖激都帶來全新的感受。明月孤懸在星弧的邊緣處，又圓又遠。

在這一切都美好的時刻，體內流動的眞氣忽地窒了一窒，然後消失無蹤，代之而起是一股無可抗拒的寒氣，由大小經脈逆轉而行，收縮往丹田處。那種難受的感覺，便像一個人貪婪地呼吸著新鮮空氣，如痴如醉時，忽地發覺下一口吸入的竟全是腐臭毒氣。韓柏慘嚎一聲，打橫切入一個疏樹林，當他穿林而出時，全身一陣劇痛，再也支持不住，往前仆倒，剛好跌在一條官道的正中央處。這下突變眞是莫名所以。他想爬起來，豈知全身有如針刺，連指頭也動不了。韓柏死命守著心頭一點靈明，他有一個感覺，就是假若就此昏去，將永遠也醒不過來。

在施法前，赤尊信曾警告說這魔種因能速成，故非常霸道，在與他眞正完全結合前，會有一段非常凶險艱苦的過程，可是想不到這突變要來就來，全無先兆，比之練武者的走火入魔，更使人難防。就在水深火熱的時間，身後車聲轆轆，馬蹄踏地，一隊騎士，護著一輛華麗馬車，從官道一端徐徐趕至。韓柏模糊間想道：怎會有人趁黑趕路？帶頭騎士一聲吆喝，人和馬車都停了下來。「小丐讓路！」砰一聲，一條馬鞭在空中轉了一個小圈，帶起懾人風聲，重重落下，猛抽往韓柏背上。

若是韓柏神志清醒，當知使鞭者這一下落手極重，是欲一把將他抽往路旁，手段狠毒之至。「啪！」一鞭結結實實抽在背上，早因體格突然壯大而致破爛不堪的衣服，登時碎布散飛。韓柏只覺有些東西輕輕在背上拂過，不但一點疼痛的感覺也沒有，反而痛楚像由背上洩出去了那樣，好過了很多。那人「咦」了一聲，第二鞭加重力道，再抽在韓柏背上。韓柏一聲呻吟，隨著鞭勢帶得橫滾開去，他呻吟並非因為痛楚，只是直至這刻才叫得出聲來。

另一人策馬馳近，大笑道：「邢老三，你是否功夫疏懶了，竟然用到兩鞭，才撇得動這死了半截的乞兒。」

韓柏滾到路邊，「砰」一聲撞上一塊路旁的大石，面轉了過來，由下而上，看到了騎士們和馬車。那二十多名騎士個個目光閃閃，一身黑衣，腰間紮了條紅腰帶，看來似是大戶人家的武師。那輛馬車極盡華麗，由八駿拖拉，非常有氣勢。先前鞭打韓柏的邢老三跳下馬來，小心翼翼來到韓柏前面，一對凶光閃閃的眼在韓柏身上掃了數遍，剛才他第一鞭不能將韓柏帶往一旁，這老江湖立時心生懷疑，故不敢託大，下馬來摸清韓柏的底。韓柏原本僵硬的肌肉，開始有了變化，扭曲起來，不過卻與邢老三的兩鞭無關，只是由於自身的苦痛。

邢老三還以為是自己的傑作，悶哼一聲，正要在韓柏胸前檀中穴補上一腳，好送這乞兒歸西，「咿唉」聲中馬車門打開，一名俏丫嬛走了下來，叫道：「邢老三！小姐有令，要我送一粒保命丹給這位乞兒大哥。」

邢老三縮退一步，恭敬地道：「夏霜姊姊請。」

那叫夏霜的俏丫嬛盈盈來至韓柏身前，聞到韓柏身上發出的泥污汗臭，慌忙捏著鼻子。邢老三倒乖巧得緊，搶前伸手捏開韓柏的口，夏霜一揚手，一粒朱紅色的藥丸，和著濃郁的山草香氣，投進了韓柏喉嚨，直入胃裏，連吞的過程也省了。

夏霜完成了任務，迅速退回馬車去。邢老三飛身上馬，喝道：「起行！」一個甜美的聲音傳出道：「且慢！」

剛才嘲笑邢老三功夫退化的大漢一愕道：「小姐！」

被稱為小姐的道：「祈老大，我說的話你聽不見嗎？你看他有絲毫應有的反應沒有？」雖說在月色之下，但韓柏剛好臥在樹木的暗影裏，馬車又和韓柏隔了三丈之遙，這小姐的眼力確是驚人。

眾人二十多對眼睛齊往韓柏望去，只見他頭臉瀉出了豆大的冷汗水，與應有的反應迥然有異。祈老大向夏霜使個眼色。俏丫嬛點點頭，向車內小姐低聲道：「小姐，只是個乞兒吧！你已盡了人事了，主人在前頭等著你，我們若遲了，主人怪罪下來，誰也擔當不起。」

小姐嘆了一口氣道：「這人體格軒昂，貌相清奇，顯非平凡之輩，落難於此，我又怎忍心見他如此斷送一生。」她的眼力誠然非常高明老到，但在「病況」上卻錯看了韓柏。原來丹丸入喉後，立時化作一股火熱，散往全身，散亂失控的真氣竟奇蹟地重新匯聚起來，由冷轉熱，硬生生逼出一身熱汗，使那位小姐誤會他病情轉劣。

小姐的言語，一字不漏地進入他耳裏，他頓時心生感激，但車窗垂下輕紗，使他對這好心腸的小姐緣慳一面，暗忖不如我使個小計，引她出來。這想法非常自然，連他也不覺大異於自己從前膽怯樸實的情性，不知這正是因與魔種結合後，人亦變得精靈乖巧起來。韓柏忽地裝姿作態，顫抖蜷曲。「唉！」垂遮車窗的輕紗若被柔風吹拂般揚起。一隻白玉般的修長纖手，在月照樹影裏由車窗輕盈舒徐地遞出來，玉手輕揮，三道白光急射韓柏胸前的三個大穴。這時的韓柏眼光何等鋭利，一看三支長針來勢，估計出長針的力道和落點，只是想以針刺的方式打通他胸前閉塞的經穴，使全身氣血運行，乃救命招數，有善意而無惡念，不過由這一手看來，這充滿美感的手的女主人，醫道武技均非常高明，超出了一般高手的水平。

「篤！」三支銀針同時入肉盈寸，韓柏果然胸前一輕，氣脈暢通。他心中剛暗嘆計不得逞，突又駭然大驚，因已積聚在丹田的眞氣，忽地似不受控制的脫韁野馬，山洪暴發般由貫通了的三個大穴直沖而上。「呀！」他忍不住慘叫起來。三股洪流在任脈匯聚，變成無可抗拒的急流，逆上直沖心脈。「轟！」腦際像打了一個響雷。四肢一伸，麻痺感刹那間蔓延全身，整個人空空虛虛，飄飄蕩蕩，便似無一點著力之處。原來這正是魔種的精氣與韓柏體內精氣的結合時刻，在結合之初，首要讓魔種的精氣貫通全身經脈，這三針之助，剛好完成這過程，魔種由早先的假死進入眞死的階段。此後魔種的精氣完全融入韓柏體內，至於將來如何把赤尊信的龐大精氣神據爲己有，就要看韓柏的造化了。

車門推開，一道白影閃出，來到韓柏身前，眾騎士一起恭身道：「小姐！」

那小姐不能置信地道：「沒有可能的，竟死了。」直到這刻，她的語氣依然平淡如水，像世間再沒有任何事物突變，能惹起心湖裏的漣漪。

祈老大踏前一步，恭敬地道：「這乞兒身罹絕症，死不過是遲早的事。」

小姐輕嘆道：「但總是因我學醫未精，錯施針法而起，埋了他吧！」

祈老大一呆道：「小姐，主人他……」

小姐皺眉截斷道：「埋了他！」

祈老大不敢抗辯，道：「小姐請先起程往會主人，小人會派人將他好好埋葬。」

小姐搖頭道：「不！我要親看他入土爲安，盡點心意。」祈老大沒法，打個手勢，立時有人過來將韓柏抬起，往林內走去。

他們的一言一語，全傳入韓柏耳內。他雖目不能睜，手不能動，像失去了體能般空虛飄蕩，但神志卻前所未有的精靈通透，思深慮遠。他感到身旁這有若觀音般慈悲的女子，對他那「死亡」的深刻感受，也捕捉到她哀莫大於心死的黯然神傷。這小姐顯是生於權勢顯赫的大戶人家，究竟發生了甚麼事，使她如此厭倦人世。在一般情形下，年輕女子的煩惱，自是和男女間的感情有關。他被放在濕潤的泥土上。月光映照，柔風拂過，蟲鳴鳥叫，草葉摩挲，他閉著眼睛，以超人的感官默默享受這入土前寧靜的一刻。樹木割斷，泥土翻起的聲音此起彼落。小姐身體的幽香傳入鼻裏，與大自然清新的氣息，渾融無間。她一直伴在他身邊。心裏無限溫馨。甚麼也不願去想。很快他又被抬了起來，心中不由苦笑，這是一晚之內第二次被人埋葬，這種經驗說出去也許沒有人會相信，忽地想起了韓家小妹妹寧芷。降入土坑裏。一幅布輕柔地蓋在他臉上，幽香傳來，當他醒悟到這是小姐所穿披風一類的東西時，大片大片的泥土蓋壓下來。就像上一次，他並沒有氣悶的感覺，體內眞氣自動流轉，進入胎息的境界。

小姐的聲音從地面上輕輕傳來道：「死亡只是一個噩夢的醒轉，你安心去吧！」

祈老大的聲音道：「小姐！請起程吧！」小姐幽幽嘆了一口氣。祈老大再不敢作聲。「噗噗噗……」異響從地面傳來。「主人福安！」韓柏心下駭然，以自己耳目之靈，爲何竟完全聽不到這主人的來臨，此人的架子也大得可以，祈老大等竟要跪地迎迓，就像他是帝皇一樣。只不知那小姐是否也是跪下歡迎，想到這裏，心內一陣不自然。在深心裏，他早把她塑造成不可高攀的尊貴女神，大生愛念。

小姐淡然道：「師尊！」韓柏愕然，那主人竟是她師傅。

一個充滿了男性魅力的低沉聲音道：「你們退出林外等我。」

韓柏泛起一種非常奇怪的感覺，就是他對這聲音非常熟悉，甚至有種恐懼畏怯。步聲響起，眾人退個一乾二淨。韓柏只聽到小姐一人的呼吸微響，卻絲毫沒有那主人的聲息，就像他並不存在那樣，但韓柏知道他仍在那裏。

那主人帶點嗔怒道：「冰雲！我早告訴你，不要再喚我作師尊。」

韓柏心中唸道：「冰雲！冰雲！我會記著這名字。」

冰雲淡淡道：「一日爲師，終身爲尊。」

主人勃然大怒道：「你仍忘不了風行烈？」

韓柏腦際轟然一震。他知對方是誰了。踏在上面地上的人，正是威懾天下的魔師龐斑，自己對他的熟悉和恐懼，正是來自赤尊信經魔種融入自己體內的精氣神，故生出微妙感應。只不知冰雲又和風行烈有何關係？風行烈的傷勢，看來也是龐斑一手造成，這三人間不問可知有著異常的三角戀情。現在的韓柏，因吸納了赤尊信的精華，識見比之以往，自是不可同日而語，剎那間把握了地上兩人的微妙關係。

師徒之戀，本爲武林所不容，但一般的道德規範，又豈能在這蓋世魔君身上生效。

被喚作冰雲的女子一聲不響，韓柏心想，這豈非來個默認，如此龐斑豈肯放過她。哪知這被譽爲天下第一高手的魔師龐斑，不但沒有勃然大怒，反而放軟聲音，輕嘆道：「情之爲物，最是難言，沒有痛苦的愛情，又哪能叫人心動？所以儘管世人爲情受盡萬般苦楚折磨，仍樂此不疲。昨晚月升之前，繁星滿天，宇宙雖無際無涯，但比之情海那無有盡極，又算哪碼子事！」他的語音低沉卻清朗悅耳，蘊含著深刻眞切的感情，份外使人心動。加上他吐詞優雅，言之有物，所以縱使韓柏和他站在對立的位置，也不由被他吸引。

冰雲冷冷道：「你殺死了他？」

龐斑有點愕然道：「冰雲何出此言？」

冰雲以冷得使人心寒的語調道：「你若不是殺死了他，爲何絲毫不起嫉妒之心？」

埋在下面的韓柏暗讚此女心細如髮，竟能從龐斑的微妙反應裏，推想到這點上，不過他卻是知道風行烈尚殘喘在人間的有限幾人之一。他倒很想知道以智慧著稱的這一代魔君，如何應付這直接坦白的質詢。

龐斑聲音轉冷道：「放心吧！他還沒有死，我感覺得到。」語氣裏透出鐵般的自信。

韓柏心中大奇，風行烈是生是死，他又怎能憑感覺知道。上面一時間靜了下來。韓柏一直全神貫注，竊聽兩人的對話，反而忘記了自身的情狀，這刻注意力回到自身處，虛虛蕩蕩無處著力的感覺逐漸消退，代之而起是一種暖洋洋的感受，說不出的舒服。他口鼻雖停止了呼吸，依然不覺氣悶。

冰雲忽地幽幽嘆了一口氣，道：「龐斑，假設你能退出江湖，我願陪你隱居一生一世，心中只有你一個人，只想你一個人。」

韓柏心中一震，對這冰雲敬佩之心油然而生，冰雲這樣做，純粹是犧牲自己，以換取這魔君不再荼毒武林。

龐斑沉吟片晌，嘆道：「你這提議，眞的令我非常心動，假設我以愛情爲人生的至終目的，我會毫不猶豫地欣然領受，可惜……唉！」一聲嘆氣，便閉口不言。

一陣沉默後，龐斑打破僵持的氣氛，道：「這次東來，是爲了怒蛟幫的浪翻雲，上天已注定了我們兩人中只有一人能快樂地活下去，與他的決戰，亦是這世間除你之外，罕有能使我心動的事物之一，那可超越了江湖一般的仇殺鬥爭，是對武道的追求，只有在劍鋒相對的時刻，生命才會顯露它的眞面目。」

韓柏駭然大震，這魔君現蹤於此，竟是專爲對付浪翻雲而來，他對浪翻雲心存極大敬愛，又想起赤尊信曾說過，浪翻雲比起龐斑，敗多勝少，不由心中大急。他當然不知道若非龐斑聲稱要對付浪翻雲，莫意閒和談應手等人也不會膽大包天，竟敢追殺怒蛟幫幫主，公然剃高踞黑榜首席的覆雨劍他老人家的眼眉。換了是以前的韓柏，這下子只能空自著急，但他現在的腦袋，吸納了一代梟霸赤尊信的智慧和膽色，立時忙碌起來，從各種妙想天開的角度，思索著化解浪翻雲這一厄難的方法。

龐斑見冰雲毫無反應，柔聲道：「還有兩個時辰便天亮了，夜羽和楞嚴正在前路等待與我會合，我先行一步，你隨後趕來，應還可共賞日出前的滿月。」

兩人緩緩離去。韓柏不敢浪費時間，將精神集中到體內開始澎湃的眞氣，致虛極，守靜篤，不一會，早先散亂的眞氣千川百河般重歸丹田下的氣海，積聚成形時，再激流般由後脊的督脈直沖而上，

「轟！」一聲破開腦後的玉枕關，氣流由熱轉涼，由泥丸宮直落前面的任脈，如是者轉了不知多少轉，眞氣重歸丹田。直至這刻，經過由死復生，兩次被葬，赤尊信成就的魔種，才能眞正歸他所擁有。

「蓬！」韓柏破土而出。明月當空。他將早先在土內想到的計畫重溫一次，天眞地咧嘴一笑，穿出樹林，來到官道處，循著車隊走過的方向追去。

江水滔滔。名動天下，成爲了天下群魔老祖宗魔師龐斑的最強勁對手的覆雨劍浪翻雲，頂著金黃的滿月，沿著江邊全力往龍渡江頭趕去。以他的淡然自若，心中也不由自主地生出一股對上官鷹的焦慮。

眼前形勢已至劣無可劣的情況。上官鷹等雖是年輕有爲——上官鷹的「沉穩」，翟雨時的「智計」，戚長征的「剛勇」，都是這年紀的後生小子身上罕有的優美特質，足當大任，只苦對手卻是位居黑榜的「逍遙門主」莫意閒和「十惡莊主」談應手，不要說取勝，連逃走的機會亦等於零。問題在他是否能於莫談等人截上這批怒蛟幫第二代精英前，制止住他們。即使他能及時趕到，亦必因不斷加急趕路而使眞元損耗過鉅，對付不了這兩名同列黑榜高手的聯擊。何況等著他的可能還有一個比這兩高手加起上來還更厲害的魔師龐斑，對方以逸待勞，自己豈非以下駟對上駟，自掘墳墓。這些念頭電光石火般劃過他腦際，卻絲毫不能逼使他慢下半分來。自惜惜死後，這世界已沒有事物能比「死亡」更吸引著他，只有那事發生後，他才能掌握那渺不可測的再會亡妻的機會。假若死後眞的存在另一個生命，另一個世界，不管這個死後的世界和眞實的世界是同樣地虛假，同樣是夢，只要有惜惜在身旁，那便是最深最甜的美夢。

船划破水面的急響，傳入浪翻雲耳內。浪翻雲心中一動，此時若有一艘帆船，憑著今夜的東南風，可迅速將我送至龍渡江頭，省時省力，豈非十全十美。回頭看去。在明月下，一艘精美的小風帆順流而至，尖窄的船身沖碎了點點交融的水與月，風帆漲得鼓滿滿的，有種說不出的莊嚴和聖潔。浪翻雲為人不拘小節，行事因時制宜，毫不客氣，連開言問好亦省回，全力一躍，天馬行空地從一塊大石借力躍起，夜鷹般在獵獵的衣袂拂動聲中橫過江水的上空，氣定神閒地躍落在小風帆船首處。長若二丈的小風帆船身全無傾側，這不單是因浪翻雲用力極有分寸，更重要的是船體堅實，有良好的平衡力和浮力。浪翻雲微笑道：「雙修夫人你好！」

正跪在船尾的麗人輕紗蒙臉，婀娜動人，聞聲將修長的玉頸輕輕回過來，像帶著很大的畏羞將頭垂至貼及浮凸有致的前胸，以悅耳的聲音柔柔地道：「月夜客來茶當酒，妾身剛才摘了一些路邊的野茶葉，正烹水煮茶，還望浪大俠賞臉品嚐，不吝賜教。此去龍渡江頭，還有半個時辰，喝茶談心，豈非亦是偷得浮生片刻時的好享受。」她語雖含羞，但說話內容的直接和大膽，卻教人咋舌，充分顯示出這成熟和閱世已深的美女別具一格的風情。

浪翻雲氣度雍容地坐了下來，挨在船頭，一對若閉若開的眼凝視著雙修夫人，淡淡道：「本人一生以酒當茶，卻從未有過以茶當酒，何礙今夜一試。」

雙修夫人聞言，喜孜孜地抬起垂下的俏臉，恰好與浪翻雲的眼神短兵相接，呆了一呆，不能控制地俏臉通紅，直紅出輕紗外，連浪翻雲也看到她粉紅了的小耳。她藉著轉身煮茶的動作，避過了這使她無限靦覥的一刻，如此嬌態在這成熟美女身上出現，分外扣人心弦。

風帆順江而去。浪翻雲長身而起，代替了雙修夫人的舵手職務，操縱著船向。江風迎面吹來，波光萬道。不久，雙修夫人捧著一個茶盤，盛著一小杯茶，來到浪翻雲前，微微一福，獻上香氣四溢的清茗，以茶寄意。

浪翻雲一把接過，將茶送到鼻端，悶哼道：「這酒眞香！」一揚手，將茶撥進張開的口內。

雙修夫人見他說話的語調和內容，都有種天眞頑皮的味道，噗嗤一聲笑了起來，小女兒般惹人憐愛。浪翻雲古井不波的情心不由一動，生出一種無以名之的溫馨感覺，像一些古遠得早已消失在記憶長河裏的遙久事物，迴盪心湖。深藏的痛苦不能自制地湧上來。他記起了初遇惜惜的剎那，那種驚艷的震盪，到這刻亦沒有停下來。若沒有那一刻，生命再也不是如現在般美好，生前的惜惜，美在身旁；死後的惜惜，美在夢中。

浪翻雲仰望天上的明月，哈哈一笑道：「我醉了！」

雙修夫人聽出他語氣中的荒涼淒壯，忽地低頭舉手，就要解開面紗。

當她手指尚未碰上扣環，浪翻雲淡淡道：「你不用解紗，我早看到你的絕世容顏。試問一塊紗布又怎能隔斷我的目光，我們這是第三次見面了。」

不言可知，雙修夫人就是那貌似惜惜的絕世美女。剛才雙修夫人在近距離向浪翻雲仰起俏臉，被浪翻雲偷了點月色，加上穿透性的銳目，看破輕紗內的玄虛。

雙修夫人動作毫不停滯，纖手輕拉，脫去面紗。一張清麗哀怨的臉龐，默默含羞地垂在浪翻雲眼下尺許遠處，就像那次初遇惜惜的情景又再活了過來。就如復活了的惜惜。浪翻雲心中嘆道：上天竟有如此妙手，連神情氣質也那麼肖似。

雙修夫人抬起俏面，勇敢地和他對視著道：「大俠或會怪妾身唐突，可是你又怎明白我送你一程後，便會回山潛隱，此後再無相見之期，所以我定要趁這時刻，來和你話別。」

浪翻雲心下恍然，正因爲她知道自己和他只有「送一程」的緣分，所以即使大膽示愛，亦不怕浪翻雲誤會她放蕩，勾引男人。這種沒有結果的愛，別具震撼人心的淒美。浪翻雲一動不動，眼光轉往船首，龍渡江頭，已然在望。船一泊岸，他便要趕赴戰場，生死難卜。她卻要避世隱居，對他不聞不問。生命是否只是一個惡作劇。

雙修夫人踏前一步，嬌體幾乎貼上浪翻雲，才停了下來，輕輕道：「送君千里，終須一別，但有此烹茶侍君的一刻，上天已無負於我。」

浪翻雲想不到她如此勇敢灑脫，一呆後長笑而起，往江邊跳去。他的聲音一字一字地傳回來道：「公主珍重。」

雙修夫人別過臉來，看著浪翻雲消失的身影，低頭道：「你終於知道我是誰了。」假設她不是雙修公主，和浪翻雲怎會只是「送一程」的緣份。這有如江潮般湧入心湖的突發愛情，不需任何原因，任何先兆，忽然間填滿了她的天地。

風帆放江而去，轉瞬間融入了月色迷茫的深遠裏。

上官鷹、翟雨時、戚長征三人在十二名怒蛟幫好手護持下，越過一道狹隘山徑，眼前豁然開朗。在這群山環峙的高地裏，一潭湖水寧靜安詳地躺在前方，湖邊的草叢荒地上，堆著東一堆西一堆的房子餘骸，告訴著來者這湖邊的奇妙天地間，曾有人在這裏生活過。

翟雨時忽生感嘆，道：「我有點後悔選擇這地方來作戰場，鮮血與喊殺會污染和打破了她的安詳和驕傲。」

上官鷹奇道：「雨時你一向冷靜實際，想不到也有這麼感情流露的時刻。」其實他內心想到的卻是，是否人在自知必死前的一刻，都愛做些一向禁止自己去做的事。他一點也不看好這根本沒有取勝機會的一戰。

戚長征欣然笑道：「老翟你怕有些悲觀了，人亦多愁善感，但對我來說，只要曾經擁有某些珍貴事物一丁點時間，便管他媽的是否能永遠保有，這湖既已享受過她的安詳驕傲，被破壞也是活該。」

翟雨時笑罵道：「好一個『活該』。」

上官鷹一聲長嘆，兩人愕然望向他，這年輕的怒蛟幫幫主，一向以沉穩大度著稱，為何竟作出此罕有之嘆呢？

上官鷹道：「直到這刻我才心服口服，為何長征的武功在過去這兩年來，能大大超前我們。因為說才智，他不及雨時；說刻苦厲行，他不及我，但他勝的地方卻在他不肯依從一般成規，故而自由活潑，練武時每能別出蹊徑，非若我兩人之古板。」

三人言笑晏晏，似乎一點也不把敵人放在眼裏，一點不把即將到來的一戰，當作是一回事。但從另一個角度說，此正代表了這批還有大好青春等著去品嚐的年輕高手，豁了出來，勝敗已無關重要，最要緊是能放手一拚，讓敵人付出慘痛代價，否則他們將死不瞑目，很多好兄弟已犧牲了！十二名也是幼時玩伴的手下，感染了他們悲壯的豪情，戰志高昂。談笑裏，眾人從往下落去的崎嶇山路抵達湖邊的草地上。這有若山神的山中大湖，反映著天上的圓月，淒迷妖艷，使這群闖入者也心神被攝，停止了對話。

翟雨時低喝道：「行動！」

十二名好手，立時分別奔往高處，掏出煙花訊號火箭，輪流發放，這些煙花被防水布包得密不透風，即使泗江逃命時，也沒曾將它們浸濕，而致不能使用。一朵朵血紅的煙花，依循著某一默契裏的節奏，升往天上。翟雨時要它們排著隊上天，是希望延長這些僅餘煙花在天上的時間，增強己方援兵看到的機會。若他估計不錯，凌戰天的大軍應在途中。這怒蛟幫內僅次於浪翻雲的鬼索凌戰天，精明厲害，豈是易與，其武功亦足以與黑榜上的高手一爭短長，只是一向被浪翻雲掩蓋了光芒罷了。當年幫爭時，翟雨時便處處落在凌戰天下風，而在對浪翻雲的評估上，他更落後了一大截，當然輸的是經驗，但亦只有經驗，才能培養出眼光。

一聲奇異尖銳長嘯從後方傳來，那是典型的逍遙門攻擊的前奏。戚長征長笑道：「來吧來吧！我背上的大刀等得好苦啊，二十年學技，等的就是這個時刻。」這寧靜的天地，大戰一觸即發。

馬隊在前路急趕，車輪撞上石塊的咿嗦聲，夾雜著起落紛亂的蹄聲，在月夜裏形成沉悶的節奏，破壞了應有的寧祥。韓柏一聲大喝，從後趕上，他知道龐斑不在車隊裏，故而毫無顧忌，這亦是赤尊信一輩子習慣了的行事方式。馬隊後的十多名龐斑的親衛，反應也令人讚嘆驚異，不但隊形沒有絲毫紊亂，連停馬回首的動作也一致地完成，二十多對眼冷冷看著接近的韓柏，兵刃均離鞘而出。其中兩人扳弓搭箭，瞄正來犯者。

祈老大回頭見是韓柏，先是一呆，繼是大驚失色，此乞丐怎還未死？呼道：「邢老三，這小乞丐交給你了，我護小姐上路。」策馬和半數手下護車先去。

邢老三性格凶暴，也不細想對方怎能從墳墓裏復活過來。聞言獰笑道：「射他雙足。」

「嗖！嗖！」兩支勁箭往韓柏雙腿電射而去。這兩支箭似乎是筆直往韓柏射去，但落在他眼裏，卻清楚地看到兩箭都是移滑了一個細微的弧度，由略呈彎曲的路線向他射至。他心中泛起一個奇異的感覺，就是他清楚地知道長箭抵達的時間，和現在的動作延續下，被利箭射中的地方，和兩支箭微小的先後差異。換言之他完全地把握了箭矢的角度和速度。

當長箭越過了射程的中間點，邢老三得意狂笑起來，他判斷出韓柏就算要避也遲了。箭至，韓柏雙腿鬼幻般搖了兩下，長箭分由左右貼腿而過。邢老三張大了口，目瞪口呆，其他大漢亦色變。此人是個可怕的高手。

韓柏在敵人高舉的兵刃下，身子前撲，當身體和地面快要平行時，兩腳微曲再撐，幾乎是貼著地面竄入馬腳的陣勢裏。健馬自然驚起跳蹄。邢老三怒喝道：「臭小子！」離馬而起，凌空朝著剛仰起身形的韓柏臉龐一刀劈下。刀未至，鋒寒已至。韓柏這時才想起自己雖得赤尊信「眞傳」，但在現實裏卻從未學過一招半式，最多也是當韓家兄妹練武時作個旁觀者。

勁風同時從後掠至，顯示最少有兩個人從後施襲。這批人能作龐斑的親衛，豈會是易與之輩。韓柏的驚慌一掠而沒，代之而起是冰雪般的冷靜，像生前的赤尊信般，通過鋼鐵般的神經，把握審察正身陷其中的形勢。首先他判斷出最先到達的，是右後方攻來的大鐵矛，然後才是邢老三劈面的一刀，和左後方抽擊左脅下的鐵鍊。他不用回頭，已有如目睹般憑風聲和感覺，掌握了最先刺到那一矛的角度和速度。韓柏只覺胸襟擴闊，湧起萬丈豪情，長笑聲中，往左急閃，脅下一開一緊，已將長矛挾個正著，左邊的鐵鍊亦隨而掃空。邢老三想不到他如此高明，凌空怒叱變招，改劈爲抹，抹向他咽喉處。韓柏再退，硬生生弓背將持矛者撞得倒飛後跌，鐵矛來到手中，剛好硬挑在邢老三的刀鋒上。「噹！」邢老三被震落地上，連退四、五步，臉色轉白。長矛一落在韓柏手上，直覺地他已知道了長矛的優點和弱點，那便似將隻從未沾水的小狗丟進河裏，牠自然而然便懂得游泳。要知赤尊信以善用各類形不同兵器著稱武林，這種天份，亦藉魔種轉嫁到韓柏身上，確是妙不可言。

四周刀矛閃閃，敵人全力圍攻。長矛在空中轉了個大圓，忽又分成滿地矛影，由下盤攻往敵人。「叮叮噹噹！」不絕於耳。慘叫聲中，敵人紛退，有兩人更當場受傷。韓柏在矛影護翼下，沖天而起，闖過包圍網，往遠方的車隊趕去，邢老三等被拋在後方。韓柏身法何等迅快，幾個起落，來至馬車後十多丈處。祈老大臉色一變，心想此人從未聽人提起，爲何如此厲害，連邢老三等也阻不了他片刻時間，急喝道：「護著小姐！」車隊終於停下。韓柏長矛已至。祈老大身爲眾衛之首，武功眼力均比邢老三高明得多，不敢託大，一夾馬腰，健馬前飆，掛在馬旁的長戟，藉著馬勢俯身提起，由馬身左側下迎著韓柏硬攻過去。「鏗鏘！」矛戟攪扭在一起。祈老大躍離繼續前衝的健馬，借那力道連人帶戟往韓柏壓去。連韓柏也不由暗讚對手反應迅快，在剎那裏便定下以馬勢加強攻擊力的戰術，確是受過嚴格訓練的好手。韓柏哈哈一笑，充滿了使敵人沮喪的自信，竟化前衝之力爲橫移。他單足蹲地，略施巧勁，將祈老大有逾千斤的力道，帶往後方。若在一般的較量裏，祈老大乘勢躍往敵人身後，再部署反擊，乃最自然應分的事，可惜祈老大的職責卻是要保護馬車。祈老大臨危不亂，怒叱一聲，硬生生將身體反抽向後，只是這下變勢，已可使他躋身一流高手之列，於此亦可見龐斑的實力。韓柏像早估計到他的反應，大矛前擲，竟離手而去，「噹！」長矛打橫撞正祈老大的長戟。祈老大整個是退勢，哪還堪韓柏貫滿衝力的再擊，那便像自己和別人合作推倒自己，哪能倖免，驚叫聲中，整個人向後踉蹌急退，將後面趕上來助陣的同僚撞得隊形散亂。

驚魂未定間，韓柏欺身而至，彷彿要劈出一掌，當祈老大感到下盤勁風襲體時，才省悟眞招是下面朝小腹踢來的一腳，急忙移戟下擋。「啪！」戟身折斷，韓柏側身劈掌，正中祈老大胸前。這時長矛仍有二寸才掉在地上，韓柏腳尖一移，挑起長矛，祈老大暗叫吾命休矣，「蓬！」一聲倒掉地上，發覺雖全身不能動彈，但氣脈暢通，竟沒受傷，這才知道對方手下留情。

矛影以韓柏爲中心暴漲開去，敵人紛退。韓柏在眾人眼目被惑的剎那，趕了上去，閃電般破門進入馬車內。馬車內佈置豪華，早先的丫嬛夏霜嬌叱一聲，手中短劍迎面刺至。韓柏心中冷笑，想也不想使了個快若閃電的手法，抓著了夏霜握劍的手，內力由腕脈傳入，連制對方數個穴道。短劍墜地，夏霜身子一軟，往後倒回座位裏。韓柏往後座望去，剛好接觸到迎來的美目。他終於看到那叫冰雲的女子。能令龐斑鍾情的絕世紅粉。

怒蛟幫的十五人，卓立湖邊一塊高起的大岩石上，圍成一個小半圓，將上官鷹重重保護著，背湖而戰。敵人分由進入這湖谷的後方和前方湧入，顯示出早完成了對他們的包圍網。不一會他們已陷入敵人重圍裏。一邊是逍遙門的十二位逍遙遊士和副門主孤竹，另一邊是先前在抱天覽月樓襲擊上官鷹等人的岳州府黑道高手「狂生」霍廷起、葉眞、「布衣門」門主陳通、燕菲菲等人，連同他們的手下，足有八十二人，實力可說佔了壓倒性的優勢。

戚長征站在半圓的最外圍處，一把長刀守著眼前以眾凌寡的敵人，長笑道：「莫意閒和談應手爲何不滾出來？」

眾人一起色變，以這兩人在江湖上的聲勢威望，即使敵對者也不敢如此公然表示不敬，因爲這世上尚有很多比死還使人痛苦的手段。

孤竹低喝道：「斗膽！」高瘦的身形在眾人還未轉去第二個念頭前，鬼魅般欺至戚長征身前，張爪往他面門抓去，無負以輕功著稱黑道的盛名。

濃烈的殺氣，隨刀揚起。這看似簡單的一刀，內中大有玄虛，厲害並不在於刀勢的凌厲，而是在於這一刀所顯示出的自信。戚長征真的是一點也沒有將孤竹放在心上，這並不是說他大意輕敵，而是他並沒有被對方的威名和聲勢所懾，只是這點，已可使戚長征揚名江湖。孤竹當然看出對方沒有絲毫畏縮驚懼，心中一懍，低喝一聲，一掌劈出，正中刀鋒。「噹！」孤竹的肉掌絲毫無損。戚長征全身往後一搖，臉色掠過一陣火紅，再晃一晃，收刀立定。

孤竹冷冷看著他道：「手底下果然有兩下子，難怪敢口出狂言。」

戚長征長笑道：「還你一刀！」左腳移前，大刀當頭劈下，由提刀、舉起至劈下，這三個動作有種連綿不斷的氣勢，使人感到不能在這動作完滿結束前，向他作出任何反擊。陳通和燕菲菲等人齊齊臉色一變，想不到戚長征的武功，更勝在早先一戰曾重創黑道一流高手梁歷生的上官鷹。身在其中的孤竹感受更深。他外號「鬼影子」，大半武功都在鬼魅般的輕功上，不善打硬仗，但在這樣的情勢下，勢不能飛避開去。悶哼一聲，一拳打出，戚長征心中大奇，自己這一刀挾整晚竄逃的悶氣出手，威力驚人，對方怎會蠢得以拳頭來硬格。心中一動，刀勢微妙地由大開大闔，變化巧生，刀鋒顫震間，爆起一朵朵刀花，驀然間籠罩著孤竹可能攻入的每一角度。

「叮叮噹噹！」孤竹拳化掌，掌化爪，五指屈彈，連續五次彈在刀鋒上，封擋了戚長征的攻勢。戚長征哈哈一笑，刀收再出，由直劈改為斜掃，長刀巧妙地傾側，刀身恰好反映著天上明月的黃光，照上孤竹的雙目。孤竹眼目受擾，一時間看不出大刀的來勢，心中一懍，硬往後移。這不啻是輸了半招。

戚長征大笑道：「領教了！」

孤竹想不到對方竟能利用天上月色，使自己在眾人之前大失面子，惱羞成怒，左爪往戚長征抓去，右爪卻收在較後處，隱藏著厲害的殺著。戚長征收刀後退，沒入陣內。一劍一矛，分由左右補上戚長征位置的兩名怒蛟幫年輕好手擊出。孤竹怒哼一聲，分往劍矛抓去，若能強奪對方兵器，也可挽回些許面子。豈知矛劍同時生出變化，避過他的鬼爪，仍向他攻至。孤竹心下駭然，這兩人功力雖遠遜戚長征，但二人聯擊，威力卻大增，無奈下爪改為掌，分拍在矛尖和劍鋒上，由奪人兵器改為自保。兩人功力和他頗有一段距離，不得不退後以化去他剛猛的勁力。孤竹正要乘勢搶入陣裏，豈知眼前寒光暴起，翟雨時長劍橫攔，封阻了陣門露出的空隙，他至此才省悟到對方擺出的是一個威力強大的陣式，設計此陣的人當然是怒蛟幫內，以戰術稱著黑道的凌戰天。孤竹倏地退後。兩幫人回復對峙之局。

陳通等臉色再變，以孤竹之能，連番出手，竟討不了半點便宜，這事傳出去也沒有人相信，幸好消遙門用計將怒蛟幫這群好手分散了實力，否則今夜一戰將更困難。

燕菲菲銀鈴般的嬌笑響起道：「莊主呵莊主！這麼熱鬧的場面，你怎能不來湊興！」

怒蛟幫眾人大為懍然，燕菲菲這蕩女乃十惡莊主談應手的情婦，這番話不問可知是招呼情夫出手。一陣長笑在陳通等人身後響起，接著是「劈劈啪啪」的骨骼響聲，一個人驀地「長大」起來，變成雄偉高大的黑榜十大高手之一的談應手。原來他一直以縮骨法躲在眾人最後處，此刻「現身」出來。

戚長征冷喝道：「談應手，你敢不敢與我單打獨鬥？」

談應手腳步極大，略一移動，便跨越眾人，來到燕菲菲身邊，伸出比別人大得多的手掌，一手抄著燕菲菲的小蠻腰，乾咳道：「這是何苦來哉，明月美人，動手動腳徒殺風景，只要上官幫主犧牲小我，一死以成全大局，我們大家都可以回家喝酒作樂，豈不快哉！」

燕菲菲對談應手的怪手欲拒還迎，媚叫道：「莊主……」

翟雨時長笑道：「這才是何苦來哉，莊主既懾於浪翻雲的威名，但又要對我們這些後輩出手，真是何苦來哉。」這幾句話點出了談應手因懼怕浪翻雲的報復，才有讓上官鷹自了的提議，否則以談應手的殘忍好殺，又怎會肯放任何人活著離去。

以談應手的老奸巨猾，也不由臉色微變，再咳一聲，忽地放開了摟著燕菲菲的手，高達七尺的巨體微搖幾下，不知怎地已來到再守在最前線的戚長征前。

翟雨時在後叫道：「長征退後！」戚長征最服膺翟雨時的智計，毫不逞強，猛往後退。

談應手何等人物，生平大小千百戰，經驗豐富至極，豈會讓他逃出一對大手之下，如影附形，跟入陣裏。左右一劍一矛，分別襲至。談應手看也不看，大手縮入衣袖裏，分左右拂出，正中劍矛，就像是送上去給他表演那樣。兩名好手悶哼一聲，踉蹌跌往兩旁，口鼻均滲出鮮血，可見此兩拂之威。戚長征忽地橫移。光芒閃起，一點精芒，飆前而來，原來是上官鷹的矛尖。同一時間戚長征的刀，翟雨時的劍，一左一右伴著上官鷹這全力一擊，由兩翼殺至，怒蛟幫的三名年輕高手，傾力合擊這不可一世的黑道巨擘。談應手不愧黑榜內的人物，悶哼一聲，厚背蝦般弓起，兩隻大手像裝了彈弓般前飆，幾乎是不分先後地格在三把不同的兵器上。上官鷹等人觸電般往後躍去。談應手不進反退，瞬眼間閃出陣外，大手安然無恙，但兩隻衣袖卻化成了碎片。

眾人至此真正動容。誰也想不到三人聯手之威，竟能將談應手逼退。上官鷹等敵退我進，來至最前線處，嚴陣以待。

談應手深吸一口氣，又噴出來，吸氣時腹部驀脹，噴氣時深縮下去，像青蛙般發出令人震耳欲聾的「呼嚕呼嚕」聲，如是者三吸三噴後，才肅容道：「這聯擊之術，是否傳自浪翻雲？」

上官鷹朗笑道：「這等遊戲之作，浪大叔豈屑為之。」

談應手心中懍然，要知這聯手之術，若是傳自浪翻雲或凌戰天，則總還有隙可尋，但若如上官鷹所言，乃出於三人默契，則此聯擊之術將渾然天成，無懈可擊。這亦是「繼承」和「自創」的大別。

翟雨時冷冷道：「我們今天已決定死戰於此，還望莊主不吝賜教！」

談應手心頭再震，若此三人拚卻性命，死命力戰，確是不好應付，自己雖能穩勝，但能否不損毫毛，卻是全無把握。他乃一代黑道宗師身分，既已出面，勢不能使其他人先消耗對方體力，自己再撿便宜，那將令天下人竊笑，成為污點，一時心下猶豫。更令他擔心的是仍未有魔師龐斑攔截得浪翻雲的消息傳來，要知浪翻雲先前現身迷離水谷，輕勝南粵魅影劍派高手刁辟情之事，早傳入他耳內。

戚長征長笑道：「談應手，你怕了嗎？」

談應手怒極而笑道：「好！三十年來你還是第一個敢如此向本人說話的人，本人便破例不殺死你，只斷你雙臂，看你還用甚麼傢伙來握刀。」

一個陰惻惻的怪聲音在遠方響起道：「老談火氣仍是那麼大，竟和這些後生小輩一般見識？」說到最後一句，寒風捲起，月色下人影一閃，一大團東西已立在談應手之旁，原來竟是個水桶般又矮又大的胖子，但身法的迅快卻勝比輕煙。

孤竹和十二逍遙遊士一起躬身道：「門主萬安！」

逍遙門主莫意閒眼鼻口都因過肥而擠在一起，肥肉抖顫裏，張口道：「難怪當年連赤尊信和乾羅也討不了便宜，我還以為乃浪翻雲一劍之力，現在看來你們當時亦不會閒著，好！好！我最喜歡有為的年輕人。」

燕菲菲嬌聲道：「多年不見門主，怎麼你又肥了？」

逍遙門主瞇著不能再細的眼睛，上上下下貪婪地在燕菲菲玲瓏浮凸的玉體上巡邏，淫笑道：「我肥了，你也豐滿了，不是正可配對嗎？」

談應手嘿然道：「你既對這蕩婦有興趣，這處事了之後，便讓她陪你十晚八晚，玩厭了再還給我吧。」

燕菲菲格格浪笑，一點也沒有被當作禮物送出而不高興。

莫意閒道：「我才不入你的圈套，假設日後你向我索取我的逍遙八姬，我可沒有你的胸襟。」

三人言笑晏晏，打情罵俏，就像四下裏只有他們三人那樣。而上官鷹則是他們囊中之物。

翟雨時低聲向上官鷹和戚長征道：「小心！他們即將出手。」

他語聲雖細，卻瞞不過莫意閒。莫意閒細眼一瞪，射出兩道閃電般的精光，投向翟雨時，陰聲道：「你們共有四十九人，其他人到哪裏去了？」

眾人大奇，怒蛟幫的人因躲避逍遙門惡鷹的追蹤，分散逃走，莫意閒豈非明知故問？

翟雨時淡淡道：「門主何有此問？」

莫意閒冷冷道：「起始時我也以為你中計分散逃走，但看你能來至此地，又故意引我們現身，便知你是將計就計，其他詐作散逃的人，必已潛回此處，隨時加入戰場，使你們的實力大幅增強，翟雨時你果不負怒蛟幫智者之名。」眾人至此方才明白。

翟雨時被他揭破心計，毫無驚容，從容道：「門主明察秋毫，晚輩佩服之至，只不知魔師龐斑是否正在來此途中？」他先兩句看似奉承，但卻是對對方的評語和問話不置可否，使人莫測高深，後一句奇兵突出，攻其不備，以莫談兩人身分，勢不能虛應了事。莫意閒知他想試探龐斑和浪翻雲動上了手沒有，因若交上了手，龐斑哪用趕來。

談應手望向天上明月，向莫意閒笑道：「現在動手，還趕得及在天亮前和你的艷姬睡上一覺吧。」

莫意閒笑罵道：「知我者莫若你，我人既在此，逍遙帳和八艷姬又怎會在遠處，怕只怕將鴨子趕入了水中，就不是那麼容易撈上來。」

談應手大笑道：「難道還要我教你這老狐狸怎麼做嗎！」

莫意閒長笑而起，大鳥般飛過戚長征等人的頭頂，飛往湖邊外的上空，一個盤旋，往回撲至，顯示出超卓至極及與他體型絕不相配的輕功。肥體帶起狂烈的勁風，向守在湖邊巨石上後方的兩名怒蛟幫好手壓去。同一時間談應手向戚長征等攻去，牽制著這武功最高的三人，使他們不能抽身去逼退凌空由後攻上的莫意閒。這兩大高手一出招，聲勢立時不同。兩名好手慘叫跌退間，莫意閒已穩立巨岩靠湖的另一端，封死了對方由湖水逃走的後路。瞬眼間，形勢逆轉，怒蛟幫一眾人陷入腹背受敵的險境。孤竹陳通等早等得不耐煩，乘勢前衝，由談應手的兩翼發動攻勢。

翟雨時一聲長嘯，響徹雲霄，湖的兩邊立時分別竄起許多條人影，向戰場奔來。怒蛟幫的其他好手，終於出現。翟雨時嘯聲收止，但嘯聲卻沒有停下來。反而愈趨響亮，由遠而近，來勢迅速至駭人聽聞的地步。莫意閒剛拍斷了一名怒蛟幫好手的右臂，聞嘯聲臉色一變，收手退後。談應手亦是一呆，撐開戚長征的一刀後，抽身退後。激戰忽地完全靜止，就像開始時那麼突然。孤竹等也退回原處。莫意閒落到談應手身側，兩人面面相覷，他們何等樣人，只從嘯聲接近的速度，已知來者是誰。

十多里外的一座大神廟裏，龐斑負手而立，仰望著俯瞰眾生的金身大佛，木無表情。祈老大那老三等一眾親衛，跪遍身後原本禮佛敬拜的空地。這隊趾高氣揚的人，現在卻有若待宰的羔羊。站在一旁的是兩位氣質神態完全不同的男子，年紀都不過三十。其中一人文秀已極，肌膚比少女還滑嫩，但身形頗高，肩寬膊闊，秀氣裏透出霸氣，造成一種糅合柔弱和強悍兩種相反氣質的魅力，予人文武雙全的感覺。另一人枯黃高瘦，面目陰沉，但一對眼精光爍閃，使人感到他堅毅不屈，城府陰沉的性格。

龐斑平靜地道：「夜羽，你對這事有何看法？」

方夜羽轉向跪在地上的祈老大，柔聲道：「以小姐的武功，誰能在一照面間將她擄走，你是否看走了眼，疏忽了對方的卑鄙手段？」他的聲音語調不慍不火，使人很難想像他狂怒時說話的情景。

祈老大一陣哆嗦，顫聲道：「奴才無能……但……但……」

方夜羽微笑道：「放心說吧！你們的失手若查清只是因敵手太強，而非因你們的失職，師尊又怎會降罪於你們。」

祈老大像吃了顆定心丸般挺起了少許佝僂了的腰背，卑聲道：「若我沒有看錯，小姐是故意不作反抗，讓那人擄走。」

那枯黃高瘦的男子發言道：「師尊在上，楞嚴有話要說。」龐斑微一揮手，表示允許。

叫楞嚴的男子道：「浪翻雲於一個時辰前在龍渡江頭現身，顯示正趕往援救怒蛟幫的人，師尊若不親自出手，談應手和莫意閒兩人恐擋他不住，請師尊定奪。」龐斑沉吟不語。

方夜羽恭敬地道：「小姐的事，可交由我們兩人處理，以我們的實力，保證此人不能逃出百里之外，何況他還帶了一個人。」

龐斑冷冷道：「你們心中只看定了浪翻雲是我們達成霸業的最大阻礙，故疏忽了其他。要知此人擄走冰雲的時間地點，都恰到好處，若對方是以此法阻止我往會浪翻雲，則此人的智計和見地，比他的武功更爲可怕，若不能斬殺此子，我們將難以安枕。」

方夜羽愕然道：「但師尊仍可先會浪翻雲，再追殺此人，那他的計策有何用處？」

龐斑露出一絲微笑道：「這看法說明了你們對我堅定不移的信心，但卻忽略了浪翻雲的可怕處。此人已達技進乎道的超然境界，所以我絕不在心中記掛著冰雲時，與他相見，而擄走冰雲的人正看清楚此點，才不愁我不掉轉頭去追他。」

方夜羽和楞嚴同時心中一震，他們也是足智多謀、天資卓越之士，一點便明，只不過早先想不到龐斑對靳冰雲用情之深，竟到如此地步。靳冰雲正是這威懾天下的魔師的唯一弱點，也是他自己一手造成的弱點，若非利用這弱點，風行烈也難以在他手底下逃生。

龐斑聲音轉寒，下令道：「立即發動所有人手，攔截這擄走冰雲的人，浪翻雲便讓他多活一會，待他聲勢更盛時，我才將他擊殺，當可更收懾人之效。」眾人轟然答應。

湖畔暫時停止殺戮的戰場上，除上官鷹三人大致完整外，其他人多已浴血負傷。依計潛回的怒蛟幫好手重歸隊伍，使人少力弱的他們大增聲勢。兩軍對壘，殺氣漫天！嘯聲忽止，人已到。月色下，一個高大的身形悠悠出現，看似懶閒閒地，但幾步起落已來至兩個對峙陣營的正中處。怒蛟幫眾爆出狂熱的歡叫。來者正是黑榜第一高手，覆雨劍浪翻雲。

談應手乾咳一聲，道：「七年前一會後，浪兄風采更勝往昔，可喜可賀。」

浪翻雲似醉還醒的黃睛在兩人身上掃視一番後，淡淡道：「做人走狗的滋味不大好受吧？」

談莫二人想不到他如此直截了當，臉色齊變。

燕菲菲眼中露出對浪翻雲大感興趣的神色，嗲聲嗲氣道：「誰人學得你浪大俠的瀟灑，誰人學得你浪大俠那般不愛惜生命財富？」

浪翻雲眼尾也不瞅她一下，仰天長笑道：「貪生怕死，屈於權勢之輩，武功又哪能進入武道的至境，動手吧！」

莫意閒陰惻惻道：「現在已沒有甚麼道理好說，浪翻雲你亦未必能穩勝我們兩人的聯手合擊吧？」戚長征怒喝，正要出言，浪翻雲作了個阻止的手勢，沉聲道：「勝勝敗敗，動手便知，多言無益。」

談應手嘆了一口氣道：「這是何苦來哉？」

浪翻雲截斷道：「我們間已不是一般的比試較技，現在你們投向了龐斑，是敵非友，我又怎能容你們生離此地？」他明知談莫兩人不會單獨應戰，故樂得大大方方，並不在這方面出言諷刺。

上官鷹等極少見浪翻雲說話如此毫不客氣，知他已爲他們動了眞怒，心中感激無限。大戰一觸即發。這將會是一場從未在武林史上出現過的硬仗，自五百年前，由當代黑道泰斗「武閥」常勝，創出「黑榜」後，從沒有兩個黑榜高手聯手對付另一個。這絕不「公平」！但看來已沒有任何力量可以阻止這毫無先例的一戰。因爲唯一能阻止此戰發生的龐斑，並不在場。

談應手一下深呼吸，厚背又弓了起來，頭髮無風狂動，衣衫一下一下鼓動著。自四十年前他以自創的「玄氣大法」，先後擊殺白道九名威名赫赫的好手後，直至今天，想報仇的人都一一死在他手下。在黑榜裏，從沒有人像他之殘忍好殺，樹敵之多，所以龐斑向他送上個眼色，他便乘機答應，樹大好遮蔭，而且龐斑還拍心口擔保他會對付浪翻雲，這才「欣然」答應做出手對付怒蛟幫的走狗，但想不到現在卻要拿出性命去拚搏。這眞是何苦來哉。

身形毫不逍遙的逍遙門主莫意閒，由懷裏掏出一把尺許長的摺扇，「唻」一聲，將扇打了開來。這十七年來，他從沒有用這扇對付過任何人，不是說他人緣特好，全無敵人，而是沒有人値得他動扇。他扇上的功夫正是他畢生武技的至極。「一扇十三搖」使他躋身於白道驚懼，黑道景仰的「黑榜」。但他眼前的對手卻是浪翻雲。他唯有亮出他的扇，但心內卻沒有逍遙的感覺。

兩人出手在即。浪翻雲像完全感覺不到山雨欲來，殺氣漫天的危機，微微一笑，眼光優優閒閒地望向天上明月。他看得是那麼專注，那麼深情，自然而然便生出一種使人折服的威嚴和驕傲。唯能極於情，故能極於劍！浪翻雲眼神露出剪不斷的哀傷！談應手和莫意閒兩人大奇，想道：在我們兩人聯手的氣勢壓迫下，他爲何能從容自若至此？接著一陣心神的震動！難道眞是我不如他？狂風忽起。談應手身上的袍服鼓動得更厲害。莫意閒摺扇輕搖，但每一搖都發出「霍」一聲的激響，每搧一下，風就更急勁。圍觀的兩幫人馬自動往四邊移去，騰出更大的空間，以作戰場之用。在場沒有一人有能力或資格插手其中。浪翻雲的衣衫動也不動，就像一點風都沒有。事實上，氣勁已將塵土和斷草颳得狂舞旋飛，將三人籠罩在內。

浪翻雲低吟道：「當時明月在，曾照彩雲歸！」他所吐的每一個字，忽快忽慢，但偏偏和莫意閒搖扇所發出的「霍霍」聲，毫不相配，當他說到彩雲歸最後三字時，莫意閒搖扇的動作竟慢了剎那。

莫意閒早被他情深望月的氣象所懾，現在更被他以念詩音調的奇異節奏，打亂他搖扇的節奏，這種聞所未聞的比鬥方法，使他不由心生寒意。還未與浪翻雲正面交鋒，莫意閒的心志已失守，於此亦可見龐斑這蓋世魔君對浪翻雲的忌憚，絕非無因。浪翻雲在氣機牽引裏，直覺地感受到莫意閒所送出的恐懼訊息，收回望月的目光，平射向莫意閒，兩眼神芒電閃。談應手心知要糟，若讓浪翻雲乘莫意閒志氣減弱的空隙，借勢重擊，兩人聯手的優勢，將反成對兩人的拖累。

月亮的光影忽地破碎。除了談莫兩人外，沒有人看到覆雨劍怎樣由背上彈起，落入浪翻雲修美的長手裏，爆起一天的劍花，割碎了溫柔的月色。談應手長嘯出手。覆雨劍略作回收，滿天的光點從花蕾變成花朵後，再爆開去，一時三人間滿是光碎。從不離身，長三尺八寸的長鐵簫由懷裏彈出，來到談應手手中，剎那間和覆雨劍硬碰了二十七下。覆雨劍法特有的響聲，潮水漲退般起伏著，又像雨打葉上，時大時細。莫意閒肥大的身軀倏進忽退，每一退都是對方劍光暴漲之時，進則扇開扇闔，發出陣陣狂勁，無孔不入地侵進劍影裏。談應手靜，莫意閒動，這正是他們的戰略。黑榜十大高手多是獨立傲然之輩，故罕有互相交往，唯有談應手和莫意閒兩人臭味相投，均為貪花好酒之徒，所以成為莫逆之交，故而上官鷹等一見談應手出手，便知道莫意閒也不應在太遠的地方。因此沒有其他黑榜高手比他們能更合拍，而且聯手亦是那樣自然，那樣天作之合。

浪翻雲長笑道：「莫意閒！明年今日此刻，就是你的忌辰。」

莫意閒冷哼，剛要出言諷刺，以示自己猶有餘力，浪翻雲劍光散去。反映著天上明月的滿空碎點，倏地消失。圍觀的眾人，不論敵我，心中都大感可惜，覆雨劍的光點，比之任何最壯麗的煙花，更好看上千倍萬倍。談應手和莫意閒呆立當場。浪翻雲低頭望向由腹下的手腕處斜伸上來，名震天下的覆雨劍，晶瑩的劍身正反映著天上的圓月，借劍觀月。今晚又是惜惜的忌辰了！

談應手和莫意閒表面看去冷靜得若崇山峻岳，其實心中的震駭，簡直到了無以復加的地步。原來剛才浪翻雲收劍的刹那，剛好同是他兩人舊力剛消，新力未生的刹那空隙，使他們欲攻不能，欲退也不能。唯有守在原處，不敢冒進。亦只有他神乎其技的覆雨劍法，才能造出這等奇蹟似的戰況。浪翻雲施展渾身解數，務求在氣勢和心理上挫折對方，其中的智慧意境，尤爲高絕。

劍芒再起。一團強光在浪翻雲懷裏暴起，化作長虹，直擊莫意閒。莫意閒感到劍意全都歸於他，就像談應手不再存在那樣，如此三千寵愛在一身，氣勢早已被奪的他，如何受得了。狂吼一聲，摺扇張開，閃電般向劍鋒點去，同時肥體像塊枯葉般往後飛退。談應手心想這個便宜怎能不撿，一搖身已趕至像背後全不設防的浪翻雲身後，右手大掌往浪翻雲的虎背按去，鐵簫反收在背後。浪翻雲微微一笑，劍芒像流水不可斷般突然中斷，爆起另一團光點，往四方擴散。浪翻雲身法加速，閃入了光點裏，就如刺蝟縮入了牠的戰甲內，避過了談應手的大手。光點狂風驟雨般轉往談應手捲去。莫意閒退勢難止，直退入陳通等人裏，肥體的去勢何等迅驟，登時有五個人給他撞得倒飛後跌，骨折聲響起，兩大高手聯手之勢已被破去。談應手心叫中計，可惜這並非適合後悔的時刻。大手狂縮，左手的鐵簫幻出千萬光點，迎上撒來的覆雨。危急間，他已顧不得即使龐斑親來，也不敢如此和浪翻雲比拚誰快一點。沒有速度比覆雨劍更快。勝負立決。談應手踉蹌後退，乍看去只是肩膊輕輕中了一劍，但談應手卻是有苦自己知，浪翻雲這小小一劍，內中暗含十三種力道，剛好破了他護體的「玄氣」，皮肉之傷無可足道處，但內傷卻是深蝕進他的經脈內，震斷了他的心脈。莫意閒一退便沒有停下來，穿過人群，沒入暗影裏。談應手完了。今夜這一戰有敗無勝，莫意閒心膽已寒。孤竹長嘯一聲，率著十二逍遙遊士，向他追去，一齊落荒而逃，爲繼續「逍遙」而努力。

談應手終於站定。臉上再沒有半點血色。燕菲菲嬌軀一震，搶入戰圈，一手緊摟著他，一臉不能置信的神色。沒有人能使談應手負傷的。陳通一眾人等，腳步不斷後移。

浪翻雲望向談應手，嘆道：「這是何苦來哉！」

談應手嘴角牽出一絲苦笑，喃喃道：「這是何苦來哉？」

苦笑凝結。談應手雙腿一軟，巨柱不堪撐持般倒入燕菲菲懷裏。這一代霸主，最終可以死在女人的懷抱裏，也不知要在前幾世積得多少福份，才抵消得今世的罪孽，能如此死得其所。燕菲菲呆若木雞，完全不知道應如何去作出反應，到此刻她才知自己是如何深愛著談應手。陳通等人一聲發喊，轉眼逃個一乾二淨。劍回鞘內，浪翻雲望向天上的明月，想起了惜惜，想起了雙修公主。當時明月在！

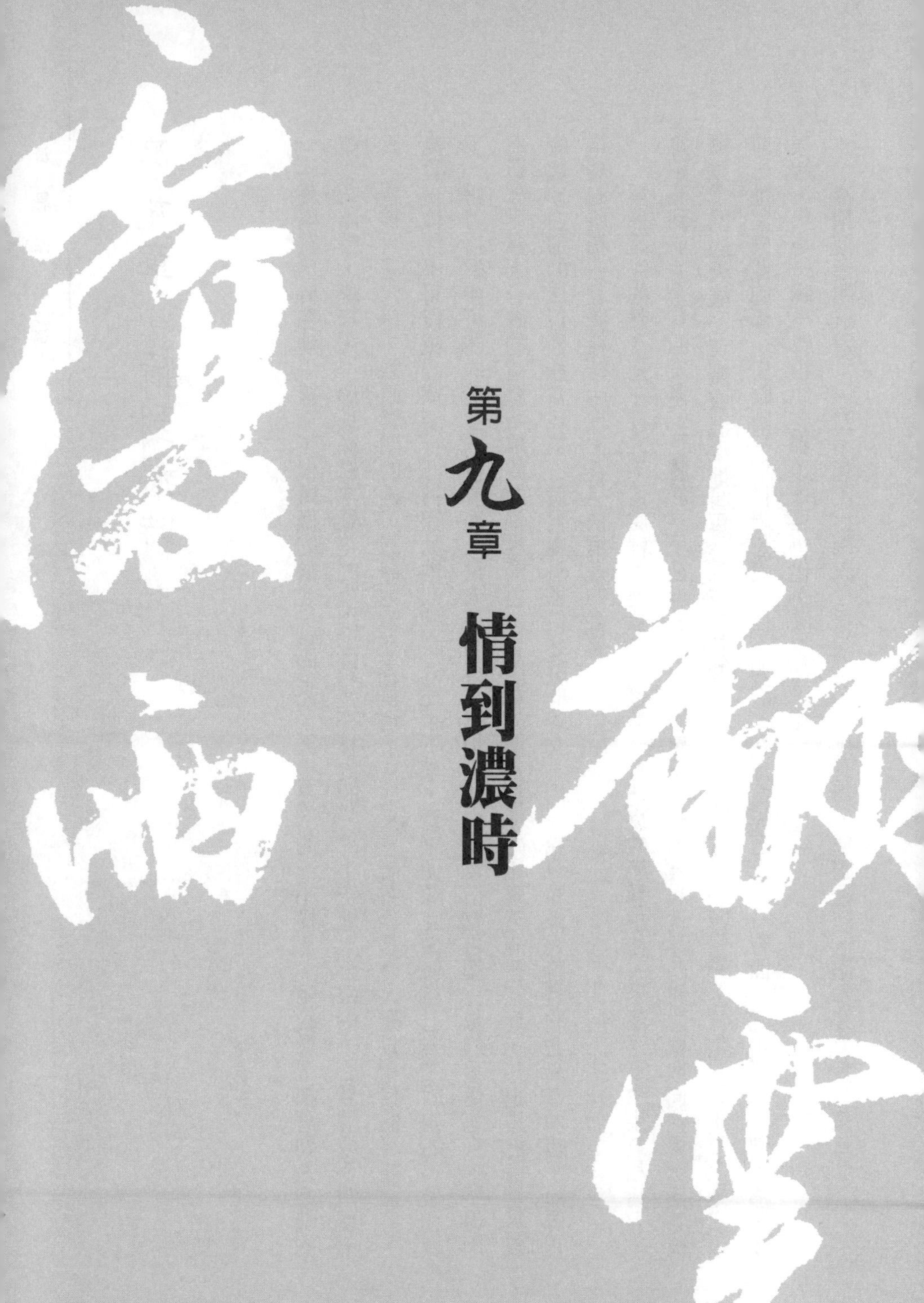

第九章 情到濃時

第九章　情到濃時

朝陽雖仍躲在地平線下，但曦微的晨光，早照亮了天邊最下的一小橫片。韓柏脅下挾著動人心魄的美女靳冰雲，剛穿入一個長滿樹木野花的小山谷裏。在林內的一片小空地上，韓柏小心翼翼放下懷裏玉人，讓被封了穴道，眼睛緊閉的她，靜靜地躺在青草地上。他呆望著靳冰雲令人難以相信的清麗面容，高貴得懍然不可侵犯的嬌姿，心神顫動地在她身旁跪了下來，看來便像在懺悔自己方才對她的不敬和冒犯。對著這香澤可聞的美女，童眞而入世未深的眞正韓柏，像向赤尊信宣告獨立似的重活過來。不但因爲靳冰雲奪人心魄的清麗所構成的絕世艷色，更因爲先前韓柏從她和龐斑的對話裏，知道這能令彗星般崛起於白道的風行烈和當代第一魔君龐斑顚倒迷醉的美女，內在處有顆偉大善良的心。這勾起了那眞正單純的韓柏在和魔種結合後，正迅快消逝的童眞！

溪泉流過的聲音在左後方不遠處輕輕鳴唱，給這晨光蒼茫裏的寧靜小谷，平添了不少生氣和活力。韓柏感到前所未有的安寧，更勝於早先被埋於土內時的感覺。靳冰雲起伏浮凸的曲線像向他揭示出某種難以掌握的天機。黃綢衣溫柔地包裹著她修長纖美，乍看似弱不禁風的嬌軀。韓柏記起了封上她穴道前，她望向他的那一對眼睛。他從未想過一個人的眼，在那電光石火的一瞥間，竟可以告訴別人那麼多東西，只是一瞬，韓柏便看到了永世也化不開的憂思和苦痛。

韓柏低頭閉目道：「對不起！」剛說了這句話，立感有異，雙眼猛睜，眼神變得銳如鷹隼。

靳冰雲的美目張了開來，冷漠地和韓柏對視，一點也不退縮。她的手按在韓柏胸前要害，只要她略一吐勁，保證韓柏心脈立斷，一命嗚呼。

韓柏雙眼神光退去，苦惱地道：「你不是給我制著了穴道嗎？」

靳冰雲眼內閃過憐憫，嘆道：「你武功雖別出蹊徑，能人所不能，但江湖經驗不免太淺，想也不想我身為龐斑之徒，若不是故意為之，豈會如此容易被你擄走。」

韓柏苦笑道：「我不是沒有想過這問題，而是我高估了自己的封穴能力，低估了你的解穴本領罷了。」

靳冰雲奇道：「我現在隨時可殺死你，為何你一點也不放在心上？」

韓柏被靳冰雲提醒，不禁呆了一呆，想了一會，才傻兮兮地道：「可能是因為你這樣躺著的姿勢好看極了，使我不能和殺人連在一起，坦白說，我倒很喜歡你的手掌按在我胸前的感覺。」

靳冰雲見他雖衣衫破爛，但掛著碎布的感覺要比衣裳楚楚的感覺強勝得多，而貌相獷野，散發著懾人的陽剛魅力，偏是說話間帶著濃重的孩子氣，和惹人好感的童真。真不知好氣還是好笑，雖然她已很久也沒有「好笑」的感覺。

韓柏鬆了一口氣道：「好了！你沒有那麼凶了！」他真的感到如釋重負。

靳冰雲微一錯愕，想不到韓柏有如此敏銳的直覺，能感受到她心情的微妙變化。

韓柏忽又皺起眉頭，道：「我在你身旁跪了這麼久，為何直到剛才你才出手制住我？」

靳冰雲一呆，答非所問道：「你才智過人，假以時日，或者可成為龐斑的對手也說不定，可惜！唉！」

韓柏道：「你還未答我。」他這時更像個要求大人給予玩具的孩子。

韓柏眞誠地想知道答案的神態，使靳冰雲感到難以拒絕，唯有坦然相告：「我想試試你的心性，看你會不會侵犯我。」

韓柏愕然道：「假設我眞的侵犯你，你會怎麼辦？」

靳冰雲心想哪有如此問人女兒家的，口上卻淡淡道：「我會讓你先得到我，之後再殺了你。」

韓柏目瞪口呆道：「我毫不出奇你會殺我，但你怎會故意讓我得到你？」

靳冰雲俏目冷如冰霜，以平靜得使人心顫的語氣道：「因爲我恨龐斑，我要他痛苦；而你既侵犯被你強擄的婦女，自亦是死有餘辜。」

韓柏苦笑道：「我明白了，你將會主動告訴龐斑被我姦污了，縱使龐斑悲憤嫉忌，但只能找著我的屍體出氣，如此你便達到了使他痛苦的目的了！但現在你又打算怎樣做？你總不能逼我姦污你，尤其當我知道橫豎也難逃一死，你實不應告訴我才是！」

靳冰雲美目一瞪，收回按在他胸前的奪命纖手，嗔道：「你既不是淫徒，誰又有興趣殺你，還不讓開，我要起來了！」要知韓柏跪得極近，靳冰雲除非先滾開去，否則便很難不發生和韓柏身體碰撞的尷尬場面了。

韓柏連聲應是，不知所措地站起來，連退多步，直到撞上一棵大樹，才停了下來。靳冰雲見到他背撞大樹時，嚇了一跳，神情天眞得像個小頑童，比對起他粗獷的外形，怪異得沒法形容，忍不住「噗嗤」一聲，笑了出來。韓柏只覺眼前一亮。就像在一片荒涼沙漠裏，看到千萬朵鮮花齊齊破土而出的壯觀奇景。靳冰雲怕了他熾熱的目光，舉起衣袖，遮著上半邊臉，盈盈立起。韓柏看到她尖俏的下頷，鮮艷的紅唇，心中一陣衝動。忽地記起了秦夢瑤，芳蹤何處？香風飄來，靳冰雲腳不沾地似的，在他右側掠過。韓柏叫道：「你去哪裏？」追著她沒入林木深處的背影，飛掠過去。

穿出疏林，咚咚水聲塡滿了天地。靳冰雲坐在溪流滾滾中突出來的一塊石上，拏起了裙腳，將白玉般的赤足濯在清溪裏。繡上雙蝶的布鞋安放兩旁，情態撩人。她的美目深深注進溪水裏。韓柏來到溪邊，隨著她的目光，看到溪水裏得水的魚兒。兩人默默看著水中無憂無慮的魚兒。初陽透過林木的樹隙間射進來，將隨風顫震的樹影光暈印在他們和溪水上。

靳冰雲在水裏悠然自得地踢著白璧無瑕的纖足，幽幽道：「只是爲了這自由自在的剎那，我便沒有後悔讓你擄走。」

韓柏跪下，俯身伸頭，雙掌按著岸旁泥地，將上半身探入水裏，靳冰雲踢水的清響，立時傳入耳內，有若仙籟，兩人雖隔了半條溪，但水卻將他們連了起來。靳冰雲大感興趣地看著他這過份了的「梳洗」。韓柏把頭從水裏抽回來，仰天痛快地舒出一口氣，水珠小瀑布般從他頭髮瀉下，跟著呆了一呆，緩緩俯身，以瞪得不能再大的眼睛，看著溪水中自己的反影。與魔種結合後，他還是首次看到自己的尊容。

靳冰雲見他神態古怪，秀眉輕蹙道：「你不是認不出水中的自己吧！」

韓柏打了個寒顫，叫道：「這不是眞的！」

靳冰雲更摸不著頭腦，韓柏一時狡如狐狸，一時傻若孩童，構成了對她非常有吸引力的性格。她甚至感到和他一起時，時間過得特別快。自跟隨龐斑以來，她便壓抑著自己的感情，愈付出得多，痛苦愈多。可是龐斑對她的魅力確也是非同小可，所以她也更恨他，恨他爲了練魔功，甘於將她犧牲了。她不能拒絕，因爲那是注定了的命運，一個賭約。對風行烈，善良的她，背負著噬心的歉疚和憐憫，其中是否有夫妻之愛，連她自己也弄不清楚。但眼前這奇怪的男子，卻使她輕鬆寫意，一點壓力也沒有。

韓柏仍呆望著水中的影子，一臉不能置信的駭意。靳冰雲隨手拿起左旁的布鞋，擲在韓柏的水影上。水中的韓柏化作一圈圈往外擴張的漣漪，小鞋似小舟般隨著清流飄然而去。韓柏茫然抬頭，剛好看到靳冰雲閃著頑皮的目光，和她身旁變成形單影隻的僅餘繡花布鞋。

靳冰雲淡淡道：「你還要不要得到我的身體？」她說話的內容雖可使任何男人驚心動魄，但語氣卻極其平淡，彷彿要獻身給韓柏的人和她半點關係也沒有。

韓柏愕然道：「你說甚麼？」

靳冰雲緩緩道：「我說在龐斑追上來殺死你前，你要不要得到我的身體？」

韓柏聽到龐斑的名字，虎目爆起前所未有的光芒，回復了赤尊信式的自信和精明，哈哈一笑道：「你也不要太小覷我，我既有膽量擄走你，自然有和龐斑較量的本錢。」

靳冰雲沒好氣地嘆道：「剛才我差點便殺了你，你還要在我面前吹大氣。」

韓柏並不爭辯，仰身躺在岸旁，望著天上的白雲，以舒服得像甘心死去的語調道：「爲甚麼太陽落下去，又能回昇上來；人死了卻不會復生，這是甚麼道理？」

靳冰雲訝道：「你眞的不知道龐斑正追來還是假的不知道？你難道有把握勝過他嗎？」

韓柏道：「你還未答我，人死爲何不能復生？」

靳冰雲對他的無動於衷恨得牙癢癢，嗔道：「待龐斑來到後，你便可向閻王爺請教這個問題，不過卻須小心他會拔你的舌頭。」

韓柏將雙手放在頭後，權作無憂的高枕，懶閒閒地笑道：「龐斑的唯一弱點是你，我的唯一弱點也是你，假設你不和我合作的話，我便死定了，你會和我合作嗎？」

靳冰雲見他胸有成竹，實在摸不清他的葫蘆裏有何應付追兵的妙藥，嘆道：「我是不會和你聯手對付龐斑的，何況即使加上了我，我們也不會是他的對手，這世上或者只有浪翻雲才有資格成爲他的對手。」

聽到浪翻雲的大名，韓柏現在變得粗濃如劍的眉毛一揚，眼內閃過崇敬的神色。猶記得在荒廟裏，驚天地泣鬼神的覆雨劍一出，黑白二僕立時落荒而逃。

靳冰雲沒有放過他的反應道：「我果然沒有想錯，你是爲了浪翻雲才擄劫我，這證明了你被埋土下時，聽到了我和龐斑的對話，爲何你被活埋土內，竟不會悶死，這是甚麼武功？」

韓柏想不到她心細如斯，自己的一個反應，便給她推斷出這麼多事物。他一出生便是孤兒，從來沒有人眞正關心他，在乎他，直到遇上靳冰雲。他知道此生再也休想忘記她在他被活埋時，每一句話，每一下嘆息。

靳冰雲瞅他一眼，微嗔道：「你聽到我的話嗎？」

韓柏坐了起來，望向靳冰雲道：「你的話每一句都聽到，每一個字都記得，將來也不會忘記。現在時間愈來愈緊迫，我沒法向你作更詳細的解釋，只問若不是硬橋硬馬和龐斑對著幹，你肯不肯和我合作逃走？」

靳冰雲不能置信地道：「你眞有逃離龐斑魔爪的把握？」

韓柏忽地眉頭一皺，側俯地上，將耳緊貼在泥土上。靳冰雲心下大奇，此人詭變百出，難道竟懂

「地聽」之術嗎?不禁對他作出新的估計。

韓柏坐起來道：「追兵已在三十里外現身，幾乎是筆直往這裏趕來，顯然已發現了我們的行蹤，厲害呵厲害！」說到厲害時，他的童眞和孩子氣又活脫地呈現了出來。

靳冰雲心中一軟，輕輕道：「你要我如何和你合作？」

韓柏歡呼一聲，由坐變站，躍離岸旁，橫掠小溪，行雲流水般來到靳冰雲的身旁，一手抄起她的蠻腰，腳尖點石，凌空而起，投往對岸的林木裏，只留下了隻繡花布鞋。

靳冰雲怒道：「我會自己走，快放我下來！」心中卻暗恨自己剛才不會反抗。

韓柏果然停下。靳冰雲腳一觸地，雙手自然往韓柏推去。豈知韓柏像座山般動也不動，反而摟著她纖腰的手用力收緊，將她動人的玉體摟得往他靠貼過去。

靳冰雲大怒，一掌按在韓柏寬闊的胸膛上，寒聲道：「還不放開我！」

韓柏眼中閃過懾人心魄的異采，沉聲道：「你剛才還說可讓我得到你的身體，又說和我合作，爲何現在又要殺我了?」

靳冰雲微微一呆，玉頸微俯，頭輕垂，嬌軀已給韓柏緊擁入懷裏。鼻中傳入韓柏濃烈的男性氣息，忽地輕呼一聲，原來她感到正和韓柏一起往土內沉下去，就像沉進水裏，但腳踏處明明是實在的青草地。韓柏衣衫無風自拂，眼裏爆起強芒，那是內功運行至極點才出現的現象。驚人的氣勁，使他和靳冰雲硬生生鑽入土裏。靳冰雲心中大訝，韓柏的功力已臻黑榜級高手的境界，爲何從未聽過江湖上竟有這一號人物?兩人已沒至腰部，仍不斷沉下。靳冰雲暗忖，你或者不怕活埋土裏，但我卻定會活生生悶死。可是她並沒有抗議。腦中浮起一幅接一幅的回憶，想到了久遠得像有百年千年之遙的童年時代。八歲之前，她在一個與世無爭的地方，專心劍道。只是一個賭約，使她的一生改變了。她便是賭注，一個八歲的小女孩。她從那件事發生的那日開始，便再也不會哭泣。十八歲那年，她遠赴魔師宮，謁見龐斑，成為他唯一的女徒，開始償還十年前欠下的債。現在她只想長埋土內。

韓柏道：「你在想甚麼？」

靳冰雲輕嘆一聲，終伸手摟著韓柏粗壯的厚背，這時手剛好沉進泥裏。

韓柏道：「看著我！」

靳冰雲仰起俏臉，剛好韓柏的大嘴封下來，啜緊她嬌艷欲滴的紅唇。靳冰雲待要掙扎，忽地發現了這一吻並沒有任何邪慾成分。一道眞氣通過唇搭的橋樑，綿延不斷地由韓柏的口中渡過來，使她渾身舒泰。眼前一黑，終沒入土裏，但卻沒有絲毫氣悶的感覺。

被譽為天下第一高手的蓋代魔君龐斑，挺立高崖之上，一手收在背後，另一手垂下，緊握著一乾一濕兩隻繡了雙蝶紋的布鞋，眼神投往高崖下平原遠方墳起的小丘間內的小谷。就在那裏找到了冰雲的這對鞋子。龐斑智慧的眼神像是洞悉了一切。有「小魔師」之稱的愛徒方夜羽卓立背後，自他將布鞋送到這裏來後，龐斑一直默然不語，使人不知他腦內轉動著甚麼念頭。事實上自懂事以來，方夜羽從來不知道龐斑腦內轉著甚麼念頭。這使他除了對龐斑天神式的崇敬外，還充滿著畏懼。

落下的太陽在遠方地平線上散發著動人心魄的火紅餘暉，扇子般投射往入黑前的天空。

龐斑平靜地道：「浪翻雲勝了！」

方夜羽微一錯愕，因為弄不清楚這是說出一個事實，還是一個問題？

龐斑道：「你步聲較平時重了少許，顯是受心情影響所致，若不是浪翻雲勝了，你何會如此？」

方夜羽恭身道：「可是我之所以心情沉重，也可能是因找不到小姐而惹起的。」

龐斑微微一笑道：「我當年選爾爲徒，正是看出你性格堅毅。搜索冰雲之事才剛剛開始，夜羽你怎會如此快便沮喪，故我可斷言你剛收到了有關浪翻雲的情報，並知道了於我們不利的戰果。」

方夜羽臉上泛起衷心佩服的神色，道：「果是如此，談應手和莫意閒聯擊浪翻雲，仍然落得一死一逃的下場，使浪翻雲聲威更振，除非師尊親自出手，否則對我們聲勢的損害，實在難以估計。」

龐斑長笑道：「好一個浪翻雲，雖說談莫兩人這些年來縱情酒色，功夫有退無進，但你能破他兩人聯手，足見覆雨劍法已達因情造勢，以意勝力之道境，否則你浪翻雲如何能勝。」

他雖不在當場，但卻有如目睹當時所發生的一切，還未動手，浪翻雲超然於生死勝敗的意態，便使談莫兩人心生懼意，氣志被奪。唯能極於情，故能極於劍。龐斑的「因情造勢，以意勝力」八個字，正點出了其中關鍵。於此亦可見眞正理解浪翻雲的，便是這最可怕的大敵。

方夜羽道：「我已撤退了所有對付怒蛟幫的後勤力量，因爲在師尊親自出手搏殺浪翻雲前，我們實不宜再有任何因對付怒蛟幫而招致的敗績。」

龐斑眼光凝望遠方，像想起了世間上最美妙的事物似的，出奇地柔和道：「在洞庭湖內，怒蛟島東三十里處，有一終年給雲霧怒濤封鎖的無人孤島，據漁民說，那是當神仙遊湖時，落腳弈棋的地方。」

方夜羽呆了一呆，把握不到龐斑爲何忽然提起此一無人孤島。爲了對付怒蛟幫易守難攻的天險，他曾下了一番工夫研究怒蛟島和附近的地理環境，自然知道有這名爲「攔江」的荒島，但想不到這二十年不問世事的師尊，對此島竟也知道得那麼詳細。

龐斑低吟道：「浪翻雲呵！你知否我多麼想念著你。」

方夜羽聽出龐斑語氣盈溢著憧憬和熱戀般的深刻情緒，不禁肅然起敬，只有龐斑這種心胸氣魄，才能使他六十年來，高踞天下第一高手寶座。浪翻雲你究竟是怎麼樣的超卓人物？竟能如此得龐斑「錯愛」？

龐斑仰天重重舒出一口壓在心頭的豪情壯氣，徐徐道：「自先師蒙赤行百年前與傳鷹那使天地色變的一戰後，天下再無一可觀之戰，浪翻雲呀！你莫要讓我龐斑失望呵。」

方夜羽心湖激起了千丈巨浪，他知道龐斑已定下了出手決戰高踞黑榜首位的無敵高手覆雨劍浪翻雲的地點和日子。

龐斑放在背後的手衣袖「霍」聲一拂，示意方夜羽離去，看似隨便地道：「告訴浪翻雲，明年月圓之夜，當滿月升離洞庭湖面時，我在攔江島恭候大駕。」他心中感到一陣莫名的痛苦，因為他終於放開對靳冰雲的想念，並下了決定任由靳冰雲自由離去，她若對他的恨比對他的愛少，終有一天她會回來的。情到濃時情轉薄。

方夜羽俊秀的臉透出難以掩飾的激動。儘管他知道龐斑和浪翻雲的決戰，如箭在弦，勢在必發，但當龐斑說出來時，他仍壓不下心中的激情。沒人比他更明白，為何龐斑將決戰推遲至一年後。因為龐斑想給這數年來劍技一直突飛猛進的浪翻雲多點時間。六十年來無敵天下的龐斑眞的不想浪翻雲是他的另一個「失望」。

方夜羽離開龐斑傲然卓立處的高崖後，撤退了所有圍捕韓柏的人手，雖然龐斑沒有告訴他這樣做，但他已掌握了龐斑的心意。否則龐斑又怎會一句也不提起靳冰雲？他若仍放不開靳冰雲，他便不會見浪翻雲。現在他定下了決戰浪翻雲的地點日期時間，自是他決定已將兒女私情撥到一旁，不成障礙。所以方夜羽自然要在這一年內，不碰任何和靳冰雲有關係的事，以免影響了龐斑決戰浪翻雲前的心境。

說放就放。也唯有龐斑這級數的修養，才能做到。浪翻雲的可怕在於他的放不下。龐斑的可怕在於他的放得下。前者有情。後者無情。

韓柏和靳冰雲在山野間奔行。靳冰雲白衣飄飄，仙女般在月夜裏的草原上幽靈般掠過。韓柏追在她背後，心中還想著和她在土裏的親吻和肉體的接觸。那是時間停止了推移，星辰停止了流動的美妙時刻。

靳冰雲忽地停了下來，亭亭俏立。她白玉般的一對赤足，輕盈地踏在濕潤的草地上。

韓柏來到她身旁訝然止步，奇道：「爲何不繼續走，龐斑隨時會轉頭來找我們的。」

靳冰雲冷冷地道：「你以爲你耍的把戲眞能瞞過龐斑嗎？你既能活埋不死，自亦可躲入土裏，怎能瞞過他們？」

韓柏搔頭道：「即使知道又怎麼樣，難道他能把大地翻過來找尋嗎？」

靳冰雲看到以堂堂大漢之軀，作出這個小孩子搔首的動作，心中無由一軟，不想在言語上嘲弄他，嘆道：「龐斑何等樣人？他會的其中一種魔功，一經運展，可察知方圓十里土地內外所有的生命，他便曾用此法，找到我走失了的小田鼠，又怎會不知你藏在地底那裏？」

韓柏心中一寒，道：「若是如此，他現在到哪裏去了？」

靳冰雲眼中抹過失落的哀傷，低聲道：「他正看著我？」

韓柏駭然一震，驚呼道：「甚麼？」

靳冰雲那似對人世毫無依戀的眼光，飄到他那裏去，呢喃低語道：「我說他正在某處緊盯著我，這絕錯不了，因為以前每當他專注地望著我時，我都有現在這感覺。」

韓柏打了個寒顫。但很快又回復了冷靜。他的目光往四方遠近逡巡，最後落在後右方四里許外一座像鶴立雞群般，高出其他山頭的高峰。那是可俯瞰這周遭數十里內景物的制高點。龐斑要嘛便是不在，否則必立於其上。山峰被月亮的大光環暈襯托著，更突出了它的幽暗和神祕。韓柏遙望山峰，一種微妙的感覺流過身體。他明白了靳冰雲感應到龐斑在看她的第六感，因為他也感到龐斑正在看他。奇妙的感覺驀地消去，他知道龐斑收回了他的目光。

靳冰雲的甜美聲音突像仙曲般從背後傳來道：「他知道我們發覺到他，所以走了。」

韓柏回過頭來。靳冰雲已坐在草地上一塊平滑的石頭上，側挨著石旁的大樹，兩眼望著自己的一雙赤足，有種軟弱無依、惹人憐愛的感覺。

韓柏來到她身旁，單膝跪了下來，問道：「他為何不出手對付我？」

靳冰雲臉上掠過痛苦的神色，以令人心碎的聲音溫柔地道：「因為他已定下了與浪翻雲決戰的日子，其他一切都再不重要了。」

韓柏目光一沉，射出森冷的寒光。靳冰雲訝然審視他。韓柏一忽兒天真無邪，一忽兒又像個冷靜睿智的老手，構成了一股奇異的吸引力和特質，令她冷靜多時的心田，也泛起波動。

韓柏望向靳冰雲，剛要說話，靳冰雲先道：「不要求我作任何不利龐斑的事，無論如何，我雖不會幫他，但也不會對付他，你或浪翻雲若眞有本事，除掉他好了，何用依靠我這個小女子，好了！我要回家了。」說到「除掉他時」，眼中掠過令人心痛的哀傷。

韓柏先是沒趣，聽到最後兩句，卻是大吃一驚，跳了起來道：「你要回家？」

靳冰雲站了起來，緩緩轉頭，望往遠方的天空，彷彿那片夜空，就是她家上頭的天空。

韓柏跳到她俏臉扭往的前方，擺下個攔著她回家之路的姿態，張開雙手道：「你竟然還有家？」

靳冰雲以平靜得怕人的聲調道：「當然有，我離家已有一百年一千年了，龐斑既已不要我，我爲何還不回去？」接著秀眉一蹙道：「讓開！」

韓柏呆了一呆，才想起自己攔著她的去路，大大不好意思，慌忙收手退後一步，卻沒有讓過一旁。

靳冰雲幽幽一嘆，柔聲道：「我只是個苦命的人，趁我還有家時，讓我回家吧！」

韓柏熱血上衝，一拍心口道：「讓我送你回去，橫豎我這連家也沒有的人也沒有甚麼事可做。」

靳冰雲垂首道：「謝謝你，可是我只想能自己一個人獨自回家去，你的心意，我領受了。」

韓柏大急道：「你這便要離開我嗎？」

靳冰雲見到他大孩子的神態，忍不住噗嗤一笑。韓柏眼前一亮。她的笑容確能使明月也失去顏色。

靳冰雲將俏臉躲入高舉的衣袖裏，往後飄飛。

韓柏看著靳冰雲遠去的倩影，高叫道：「你的家在哪裏？」

靳冰雲在沒入樹林前，聲音遠遠送來道：「家在此山中，雲深不知處，他日若有閒，可往慈航靜齋一行。」

韓柏全身一震。慈航靜齋。靳冰雲的家竟是慈航靜齋？她和秦夢瑤又有何關係？

清晨。大雨。雨聲淅瀝裏，水珠由寺廟的斜簷串瀉下來，在風行烈前織出一面活動的水簾，雨水帶來的清寒，使他靈台一片清爽，就像這所山中寺廟超然於塵俗之上。雨點打在泥上、植物上，水珠濺飛，每一個景象，都似包含著某一種不能形容的眞理。

平靜的女音在他身後嚴肅地道：「風施主小心晨雨秋寒，稍一不愼著了涼，於你虛弱的身體，並無好處。」

風行烈眼光由下往上移，跨過了廟牆頂的綠瓦，送往山雨濛濛的深遠裏，淡淡道：「玄靜師父有心了，一飲一啄，均有前定，若上天確要亡我風行烈，誰也沒法挽回。」

玄靜尼淡淡道：「天下還有很多事等待風施主去做，若施主如此意氣消沉，怎對得起送你來的廣渡大師，若非有他出面，我們空山隱庵又豈會破去二百年來不招待男賓的慣例，將你收容。」

風行烈雖沒有回頭，卻可以想像到玄靜尼清麗的俏臉。她這麼年輕美麗，爲何卻要出家爲尼？還是這所名剎的女主持。其中定有一個曲折的故事。

「風施主！」風行烈嘆了一口氣道：「大恩不言謝，這些日來我閒著無聊，從佛堂借了很多經典來看，頗有所悟，有緣無緣，確是絲毫不可勉強。」他心中想著的卻是靳冰雲，她究竟在哪裏？是否也如他般如此地掛念著他？

玄靜尼柔聲道：「天將降大任於斯人也，怎會是舒舒服服的一回事，施主若不振起雄心，武功怎能回復往昔？」

風行烈驀地轉身，握拳咬牙道：「就算我武功回復舊觀，甚至更勝從前，但又怎能勝過龐斑？天下根本沒有人能勝得過他！」

玄靜尼從他眼中看到對龐斑深刻的仇恨，暗嘆人世間的恩怨交纏，若蠶之吐絲，至死方休！心中也無由地升起對這落難的俊秀年輕武林高手的憐惜和慈悲心。

風行烈倏地省覺到自己的失態，退後垂手道：「師父請原諒風某失敬之處。」

玄靜尼若無其事地道：「風施主回房休息吧！」

風行烈環目四顧這處於空山隱庵南區的獨立院落，清清寂寂，住在這裏的尼姑，都因他的到來而遷往其他院落，除了伺候他一日數餐的兩名老尼外，便只有玄靜不時來查看他傷勢痊癒的進展。

玄靜尼微嗔道：「風施主！」

風行烈訝然望向她。她最使人印象深刻的是清麗挺拔的秀眉、明亮的眼神，和似乎從未經過情緒波動的容顏，這令人聯想起一張沒有人曾書寫染污過的美麗雪白的紙張，她那身素灰色的袈裟，更突出了她不染俗塵的超然身分。像現在這種微嗔的神態，風行烈還是這些日來首次看到。

玄靜尼雙手合十，掛在指隙間的佛珠串一陣輕響，低頭道：「貧尼動了嗔念，罪過罪過！」

風行烈心中掠過一個奇怪的念頭，暗忖即使身入空門，是否就須如此壓制自己的眞情性，她若能嫣然一笑，必是非常好看。他當然不能將這冒犯不敬的想法說出來，充滿歉意道：「都是在下不好，觸怒了師父，風某來此已久，也應該走了！」

玄靜尼淡然道：「風施主現在毫無保護自己的能力，若在途中出了任何事，我們很難向淨念禪宗交代。而據我們最新的消息，龐斑的黑白二僕正竭力找尋你的行蹤，所以廣渡才連探望你的念頭也要打消，更不要說將你帶回淨念禪宗了。」

風行烈恭敬地向她一躬身，道：「在下心意已決，並寫下書信，若將來廣渡問起，你將信予他一看，事情便可清楚明白。」

玄靜尼平靜地道：「施主去意，貧尼怎會不知？剛才我曾到施主靜室看過，早發現了寫給廣渡大師的信和收拾好的衣物包裹，不過據廣渡大師所言，施主的安危牽涉到天下蒼生的禍福，施主眞要走，還請三思。」

風行烈苦笑道：「我能避到哪裏去，龐斑的勢力正不斷膨脹，終有一天會找到這裏來，那時牽累了師傅等與世無爭的人，我怎過意得去？師傅請了。」

玄靜尼眼中掠過一絲難以形容的神色，藉低頭的動作不讓風行烈看到，輕輕道：「施主去意已決，我自然不會攔阻，正如施主所說，天下事無一件能走出『機緣』之外，來也是緣，去也是緣，施主珍重了。」

風行烈哈哈一笑道：「來也是緣，去也是緣！」聲音裏卻毫無歡喜或激動的情緒。

玄靜尼看著他從房中取出隨身小包袱，撐起雨傘，消失在煙雨濛濛的門外。「啪！」捏著佛珠串的纖手硬生生的捏斷了佛珠串和一顆佛珠子。數十顆佛珠瀉落地上，像廊外面的水珠般彈起，發出叮叮咚咚的響聲。可是她猶似不知，只定眼望著風行烈消失在那裏的濛濛山雨。

韓柏和靳冰雲分手後，趕了一夜路，黎明時來到官道上。道上靜悄無人。韓柏心想難道眞是天要助我，一個龐斑的人也撞不到，自己和靳冰雲一起時，龐斑或會不動他，但離開了靳冰雲後，龐斑便沒有放過他的理由。走了一會，仍是不見一個人，不禁大感可疑，爲何一個趕市集的人也不見。

韓柏冷哼一聲，站定下來。一個文士裝束、英秀俊美但卻體格軒昂魁梧的年輕人緩緩從林間步出，來到官道的正中心，彬彬有禮地道：「兄台相格雄奇，又能在我們手中劫走冰雲小姐，公然向魔師挑戰，顯非平凡之士，敢問高姓大名？」

韓柏道：「在下韓柏，公子是龐斑的甚麼人？」

文士溫和一笑道：「本人方夜羽，乃魔師次徒，失敬了。」

韓柏想不到他如此溫和有禮，雖是敵對，仍大生好感，道：「請問魔師何在？」

方夜羽哈哈笑道：「韓兄確是志氣可嘉，可惜家師事忙，未能來會韓兄，只好由徒弟代師之勞了。」若換了別人，早勃然大怒，但方夜羽卻偏仍是那副謙謙佳公子的風度。

韓柏鬆了一口氣如釋重負地道：「你果然不是龐斑，魔師怎會如你那麼年輕？」

方夜羽心中大奇，這人應是智勇雙全之士，為何竟如此不掩飾對龐斑的畏懼，而且神態有若未成熟的人，訝道：「韓兄既如此懼怕家師，為何又公然和他作對？」

韓柏理所當然地道：「怕歸怕，作對歸作對，又怎可因怕而甚麼也不敢去做。」

方夜羽暗忖此子若非傻子，便是個眞英雄，韓柏年紀看來像二十三、四，又像三十一、二，在江湖上理當有段經歷，為何卻從未聽人提起？因道：「韓兄究竟是哪個門派的大家？」

韓柏一呆道：「我也弄不清楚。」

方夜羽從從容容，一拍掛在背後的兩支短戟，微笑道：「韓兄既不願說，在下唯有出手請教高明，從韓兄的手底下摸出韓兄師門來歷，韓兄請！」

韓柏想不到大家說得好好的，竟然說打就打！駭然退後一步，搖手道：「不公平不公平！」

方夜羽一愕道：「韓兄若認爲不公平，在下就以空手領教。」

韓柏皺眉道：「這依然不公平。」

方夜羽大訝道：「這又有何不公平之處，請韓兄指教。」

韓柏坦然地道：「方公子雙戟乃隨身兵器，若棄而不用，武功自不能盡情發揮，反之我卻慣了兩手空空，爾消我長，對公子當然不公平。」

方夜羽像看怪物般瞪了他好一會，嘆道：「韓兄左也不是、右也不是，而我偏不能讓你就此離去，眞教在下非常爲難。」

韓柏見他對著自己這可惡的敵人，依然瀟灑自若，有風度之至，不禁暗暗心折，由此推及其師，可見龐斑亦當是氣概萬千的不世人傑，當下嘻嘻一笑，不好意思地道：「橫豎你背插雙戟，不如借一把給我，公平決戰。」這種提議，也虧他韓柏說得出口。

方夜羽絲毫不以爲忤，愕然道：「韓兄實戰經驗顯然非常缺乏，驟然用上別人兵器，不是更吃虧嗎？」

這回輪到韓柏大奇道：「你怎知小弟缺乏實戰經驗？」

方夜羽哂道：「這有何稀奇，假設韓兄轉戰天下，早震驚江湖，在下又何須請教韓兄高姓大名？」

韓柏恍然，一面暗驚這方夜羽心思細密，另一面卻暗笑無論對方有何神通，也不會猜到赤尊信將自己造就成高手的離奇手段。

方夜羽忽地長嘯一聲。手動，白芒閃，長三尺八寸的精鋼短戟，插在韓柏腳前三寸，戟尖沒入泥土的深度，不多不少，恰好支持起挺插的戟身。韓柏心中大懍。只是這一手，已使他知敵手難惹。

他伸出手，握在短戟的把手上，卻不拔出來。一股奇異至難以形容的感覺，由戟身傳入他的手裏。

韓柏雖然事實上看不見，也聽不到，卻感覺到短戟的殺氣，感覺到短戟曾經歷過的每一次拚殺，心中泛起一種慘烈的情緒。短戟離土而出，頓時在空中幻出萬道青芒，驀然往韓柏身前回收，變回從容握在右手爍光流閃的三尺八寸短戟。

方夜羽心內的震駭確是難以形容。要知他這仗以成名的「三八戟」是用北海海底據說來自天上的神祕「玄鐵」所製，不但煉製時的火溫要比一般精鐵高上數倍，熔鑄出來後的玄鐵，也比一般精鐵重上數倍，所以別小看這支短戟，竟有百斤之重，一般人雙手也未必能將它捧起。但韓柏舞動短戟時，那種瀟灑和從容，就像拿起一枚繡花針在虛空中縫出最細緻精巧的圖案，又像曾看著那短戟出世那樣，對「戟性」熟悉無比。

韓柏嘆道：「好傢伙！把手處這些螺旋粗條紋使握著它也變成享受。」他自幼便負責韓府武庫的打理工作，對兵器的感情之深，真沒有多少人能及得上。

方夜羽興致勃勃地道：「難道韓兄原也是用戟的高手嗎？」

韓柏搖頭苦笑道：「我也不知自己應用哪種兵器，只覺每一種都很好很好……」

方夜羽像完全忘記了韓柏是他的大敵般，微微一笑道：「韓兄知道嗎？在下今年雖只二十八歲，但與人生死搏擊的經驗卻是不少，可是從未有過像現在般在交戰以前，便把對敵手虛實知道得如此地一清二楚。」

韓柏愕了一愕，恍然失笑道：「我明白了我明白了。」

方夜羽臉上笑意更盛。他忽地發覺自己頗有點喜歡韓柏，此人貌似天真，其實才智高絕。

韓柏道：「對於小弟手上此戟的認識，自是無人能出方公子之右，所以只看我多舞了兩下，方公子便能揣出我的斤兩，不知方公子勝算可高？」

方夜羽苦笑道：「只是五五之算。」接著苦笑化作掛在唇邊的傲意，冷然道：「但若你手中的戟重歸我手，以雙戟對韓兄的空手，韓兄能支持百招以上，已屬異數。」

韓柏心中一熱，豪情湧起，大聲道：「那我便將戟還你！擋你百招看看則個。」

方夜羽喝道：「萬萬不可！」

韓柏皺眉道：「方公子難道要捨易取難嗎？」

方夜羽坦白道：「不瞞韓兄，我對你起了愛才之念，故想換個方式，來和韓兄比試。」

韓柏有點感動地道：「能不和公子兵刃相見，自是最好。」本性善良的他，不禁對眼前這氣概風度優美得無以復加，隱然有繼承魔師龐斑影子的超卓人物，起了惺惺相惜之心。

方夜羽道：「遊戲的方式任由韓兄定下，方某無不奉陪，韓兄若敗了，便須歸順我師，作我的頭號手下；韓兄若勝了，方某便代家師赦過你擄走冰雲小姐之罪，不再追究，此條件接受與否，韓兄請一言而決。」語意間自具縱橫捭闔的豪氣。韓柏眉頭大皺道：「我就算空手對方公子的雙戟，最劣也只是落敗身亡罷了，但比起要做你的手下，總要有種得多，更何況我根本想不到捨手底下見眞章外，還有甚麼其他方法可採擇？」

方夜羽成竹在胸地道：「韓兄江湖經驗畢竟淺薄了些，方某雖是一人現身，但早在這裏佈下了天羅地網，只是家師親手訓練的十大煞神，便能令韓兄飲恨於此，韓兄可相信嗎？」

韓柏道：「你不說我也感覺得到，剛才我握戟在手時，便曾想過立即逃走，但隱隱間感覺到方兄在暗處佈有高手，才打消了這念頭，所以怎會不信方公子所言？奇怪的只是公子剛才還準備和我單打獨鬥，一決雌雄，現在忽又改變主意，派手下圍攻於我？」

方夜羽長笑道：「這個道理你日後自會知道，你既想不到比試的方式，不如由方某劃下道來，看看尊意如何？」

韓柏想了想道：「公子何妨說來聽聽！」

方夜羽正容道：「由現在開始，我撤去所有監視韓兄的人手，任由韓兄躲起來，三天後我便會動用所有人力物力，追捕韓兄，若能於三個月內將你生擒，便算韓兄輸了，反之則是方某敗了，韓兄意下如何？」

韓柏一聽大爲意動，先不說方夜羽是否眞能找到他，即使找到他後還要將他生擒活捉，那是談何容易，喜叫道：「這即是捉迷藏的遊戲，小弟最愛玩的了。」

方夜羽見他神態宛若兒童，但已見怪不怪，微微一笑，飄身退後。

韓柏舉起短戟，高呼道：「你的戟！」

方夜羽的聲音遠遠傳來道：「一天方某的單戟不能勝過韓兄的單戟，這三八戟便交由韓兄保管。」

韓柏看著方夜羽消失在官道的轉彎處，眼中射出佩服的神色。方夜羽不愧龐斑之徒，行事磊落大方，教人折服，亦教人莫測高深。他一聲長嘯，沒入林內。遊戲開始。假設韓柏敗了，這一生他再也休想向魔師龐斑挑戰。

龍渡江頭上游三十里。一艘巨舟放風而來，赫然是怒蛟幫的旗艦「怒蛟」。船還未曾泊向岸，一群人從船上躍起，落往岸旁，與沿岸奔來的數十人相會。從船上躍下的當然就是趕來援手的凌戰天和龐過之等一眾心腹猛將。

凌戰天看到眾人安然無恙，一反平時的冷靜沉著，激動得叫道：「小鷹！」

正奔上來的上官鷹全身一震，止步道：「二叔，這十年來，你從沒有喚過我這乳名！」

凌戰天一呆，在上官鷹前五尺處煞住馬步，喃喃道：「真有十年了，我也很久沒聽你叫我做二叔了。」

兩人對望一眼，忽地一齊仰天長笑起來。這上下兩代兩個人，三年前雖說放棄了成見，和洽相處，但互敬有餘，親愛不足，可是在眼前這等動輒死別生離的非常時期，死去已久的「叔姪」情，終於復燃。

凌戰天嘆道：「還是那個小鬼頭。」心中湧過在上官鷹小時逗玩他的種種情景。

上官鷹激動地道：「只要能換來二叔這句話，小鷹便覺得這些日來冒的風險，是沒有白熬了。」

凌戰天冷哼一聲道：「我早勸過你不要隨便離開怒蛟島。」

上官鷹忍著心中歡悅再肅容道：「小鷹知罪！」

凌戰天「咦」了一聲，道：「大哥在哪裏？」

翟雨時份外恭敬地道：「浪首座說過他會追上我們。」

凌戰天不滿地搖搖頭，眼光轉往戚長征身上，奇道：「長征！你一向最多話，爲何直至此刻一句也未聽你說過？」

凌戰天顯然心情大佳，否則也不會一反慣例打趣這些後生小輩。

戚長征正容道：「幫主和副座在上，戚長征有一個請求，務請答應。」

這次連翟雨時和上官鷹也齊感愕然，他們都聽出戚長征語調所顯示出來的堅決意味。

凌戰天臉色一沉道：「不好聽的話，最好別說。」他也感到事情的不尋常。

戚長征堅決地道：「這事不能不說，不能不做！」

凌戰天臉色由沉轉寒，冷冷望著戚長征。在一眾後輩裏，他最喜歡的便是這爽朗磊落的青年，此子剛中帶柔，粗中有細，是習武的罕有奇才。

上官鷹道：「有話便說出來吧！何用忸怩？」

翟雨時截入道：「匹夫之勇，長征你須三思而後行。」

戚長征嘆道：「雨時你定是我肚內的蛔蟲，否則爲何沒有一件事能瞞過你？」

上官鷹猛然醒悟，臉色一沉，怒道：「怎麼？你竟是要去找馬峻聲算賬？」

戚長征哈哈一笑道：「此不義之人險累我斷送了幫主和一眾兄弟的性命，戚某若不取他首級，怎能厚顏留在怒蛟幫？」

翟雨時緩緩道：「無論成敗，你可有想過那後果？」

馬峻聲在八派聯盟年輕一輩裏，聲勢如日中天，即使戚長征勝了，只會惹來與白道化不開的深仇，爭鬥火併，永無寧日。尤其當現在怒蛟幫正處於孤立無援的劣境，問題便更嚴重。

戚長征道：「是非黑白，自有公論！」

上官鷹默然不語，他怎會不清楚戚長征的性格，假設他不批准戚長征此行，戚長征將再也不會快樂起來。

凌戰天雖未清楚事起因由，但已猜到幾分，喝道：「我不贊成！」

「戰天！讓他去吧！」眾人愕然，往聲音傳來的江邊望去。一名大漢拿著酒壺從江畔高及人腰的青草叢中坐了起來，正是劍動天下的「覆雨劍」浪翻雲。

戚長征全身一陣抖顫，叫道：「大叔！」

浪翻雲咕嘟「吞」下一口酒，冷喝道：「小子莫再多言。快向幫主請示！」

戚長征來到上官鷹跟前，待要下跪，上官鷹已一把扶著，輕輕道：「長征珍重！」戚長征瞬也不瞬地深望著上官鷹，一聲長嘯，退了開去，轉瞬沒入江旁的樹林裏。

浪翻雲霍地站起，淡然自若道：「三年內若此子不死，他的成就將會超越『左手刀』封寒，成爲當今刀法第一大家。」

眾人心中一陣激動，能得浪翻雲如此讚許，戚長征死而無憾。

凌戰天一愕道：「大哥的看法，我絕對同意，但是他能活著回來的機會實在是太少了。」

上官鷹默不作聲，眼神閃著憂色。

浪翻雲微微一笑道：「只有能人所不能，才能超越其他人，沒經烈火燒煉的刀，又怎能保持刀的鋒利；沒有痛苦流血的人，又怎可保持人的鋒利。」他說罷又喝了一大口酒，平靜地道：「好了，回家吧！」

凌戰天愕然望向他。翟雨時將頭垂下，避過凌戰天的目光，他也如凌戰天般看破了浪翻雲要回家背後的情由，但他不想凌戰天曉得他的才智竟達到這地步。在他面前，翟雨時總是收歛鋒芒，那幾乎成爲了一種習慣。浪翻雲決定了挑戰天下無人敢惹的魔師龐斑。

凌戰天道：「大哥與龐斑一戰如箭在弦，勢所難免，我便和大哥回島去痛飲他媽的十晝十夜，預祝大哥旗開得勝。」

浪翻雲啞口失笑道：「得勝得敗尚是言之過早，不過說到喝酒，你便一定喝不過我，怕只怕素素到時不肯放你過來跟我如此喝酒。」

上官鷹心頭一陣激動。凌戰天才是浪翻雲的眞正知己，從浪翻雲一句話，便猜出浪翻雲欲在與龐斑決戰前，重溫和亡妻惜惜生前共處過的事物；島上孤雲、洞庭夜月，濤聲擊楫，寒露濕衣。所以他要回家了。

《覆雨翻雲》卷一終

新人間叢書128

覆雨翻雲修訂版〈卷一〉

作　　者—黃易
主　　編—葉美瑤
編　　輯—邱淑鈴、黃嬿羽
校　　對—黃易、佘淑宜、陳錦生
企　　畫—陳靜宜
董 事 長
發 行 人—孫思照
總 經 理—趙政岷
出 版 者—時報文化出版企業股份有限公司
10803台北市和平西路三段二四〇號三樓
發行專線—(〇二)二三〇六—六八四二
讀者服務專線—〇八〇〇—二三一—七〇五・(〇二)二三〇四—七一〇三
讀者服務傳真—(〇二)二三〇四—六八五八
郵撥—一九三四四七二四時報文化出版公司
信箱—台北郵政七九~九九信箱
時報悅讀網—http://www.readingtimes.com.tw
電子郵件信箱—liter@readingtimes.com.tw
法律顧問—理律法律事務所　陳長文律師、李念祖律師
印　　刷—盈昌印刷有限公司
初版一刷—二〇〇四年十一月十五日
初版三刷—二〇一三年十二月三日
定　　價—新台幣二四〇元
⊙行政院新聞局局版北市業字第八〇號

ISBN 957-13-4187-8
Printed in Taiwan

國家圖書館出版品預行編目資料

覆雨翻雲修訂版／黃易著. --初版. --臺北
市：時報文化, 2004〔民93-〕
冊；　公分. --（新人間；128-139）

ISBN 957-13-4186-X（一套：平裝）

ISBN 957-13-4187-8（第1冊：平裝）ISBN 957-13-4188-6（第2冊：平裝）ISBN 957-13-4189-4（第3冊：平裝）ISBN 957-13-4190-8（第4冊：平裝）ISBN 957-13-4191-6（第5冊：平裝）ISBN 957-13-4192-4（第6冊：平裝）ISBN 957-13-4193-2（第7冊：平裝）ISBN 957-13-4194-0（第8冊：平裝）ISBN 957-13-4195-9（第9冊：平裝）ISBN 957-13-4196-7（第10冊：平裝）ISBN 957-13-4197-5（第11冊：平裝）ISBN 957-13-4198-3（第12冊：平裝）

857.9　　93016670

編號：AK0128	書名：覆雨翻雲 卷一
姓名：	性別：＿＿＿＿ 1.男 2.女
出生日期： 年 月 日	e-mail：

＿＿＿＿ **學歷**：1.小學 2.國中 3.高中 4.大專 5.研究所（含以上）

＿＿＿＿ **職業**：1.學生 2.公務（含軍警） 3.家管 4.服務 5.金融 6.製造 7.資訊 8.大眾傳播 9.自由業 10.農漁牧 11.退休 12.其他

地址：＿＿＿＿縣（市）＿＿＿＿鄉鎮區＿＿＿＿村＿＿＿＿里

＿＿＿＿鄰＿＿＿＿路（街）＿＿＿＿段＿＿＿＿巷＿＿＿＿弄＿＿＿＿號＿＿＿＿樓

郵遞區號＿＿＿＿＿＿

（下列資料請以數字填在每題前之空格處）

＿＿＿＿ **您從哪裡得知本書／**
1.書店 2.報紙廣告 3.報紙專欄 4.雜誌廣告 5.親友介紹
6.DM廣告傳單 7.其他＿＿＿＿

＿＿＿＿ **您希望我們爲您出版哪一類的作品／**
1.長篇小說 2.中、短篇小說 3.詩 4.戲劇 5.其他＿＿＿＿

您對本書的意見／
＿＿＿＿ 內　　容／1.滿意 2.尚可 3.應改進
＿＿＿＿ 編　　輯／1.滿意 2.尚可 3.應改進
＿＿＿＿ 封面設計／1.滿意 2.尚可 3.應改進
＿＿＿＿ 校　　對／1.滿意 2.尚可 3.應改進
＿＿＿＿ 翻　　譯／1.滿意 2.尚可 3.應改進
＿＿＿＿ 定　　價／1.偏低 2.適中 3.偏高

您的建議／

請沿虛線摺下裝訂，謝謝！

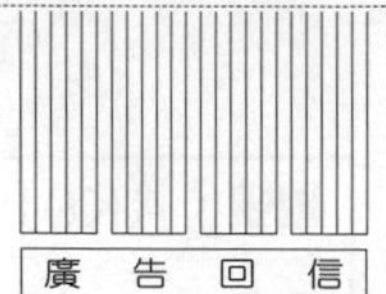

廣　告　回　信
台北郵局登記證
台北廣字第2218號

時報出版
CHINA TIMES PUBLISHING COMPANY
尊重智慧與創意的文化事業

地址：10803台北市和平西路三段240號3樓
讀者服務專線：0800-231-705・(02)2304-7103
讀者服務傳眞：(02)2304-6858
郵撥：19344724 時報文化出版公司

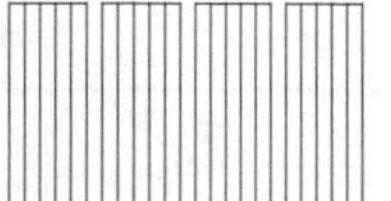

請寄回這張服務卡（免貼郵票），您可以——
●隨時收到最新消息。
●參加專為您設計的各項回饋優惠活動。

新人間

新感覺・新人間・文學的新版圖

寄回本卡，掌握新人間系列的最新訊息